MW01708696

Le chien de guerre

J'AI LU

MICHAEL MOORCOCK | *ŒUVRES*

L'ASSASSIN ANGLAIS
LES AVENTURES UCHRONIQUES D'OSWALD BASTABLE
BYZANCE
LES DANSEURS DE LA FIN DES TEMPS
LA DÉFONCE GLOGAUER
LE DIEU FOU
ELRIC
L'ÉPÉE DE L'AURORE
LE JOYAU NOIR
LÉGENDES DE LA FIN DES TEMPS
LE NAVIRE DES GLACES
LE PROGRAMME FINAL
LE SECRET DES RUNES
LE SEIGNEUR DES AIRS
VOICI L'HOMME
LE CHIEN DE GUERRE — *J'ai Lu* 1877***

MICHAEL MOORCOCK

Le chien de guerre

TRADUIT DE L'ANGLAIS
PAR HENRY-LUC PLANCHAT

ÉDITIONS J'AI LU

Pour le docteur A.C. Papadakis, pour Valérie, Amanda, Charles Platt et tous les autres qui, avec Jill, favorisèrent les circonstances qui ont conduit à l'écriture de ce livre.

Ce roman a paru sous le titre original :

THE WAR HOUND AND THE WORLD'S PAIN

Voici la véritable histoire du Graf Ulrich von Bek, ancien commandant d'infanterie, retranscrite en l'année de Notre Seigneur 1680 par le frère Olivier du monastère de Renschel, au cours des mois de mai et de juin, tandis que le gentilhomme nommé ci-dessus reposait sur son lit de douleur.

(Jusqu'à nos jours, ce manuscrit était resté scellé dans le mur de la crypte du monastère. Il fut découvert lors des travaux effectués en vue de la restauration de l'édifice, qui avait subi des dommages considérables durant la Seconde Guerre mondiale. Il est parvenu entre les mains du premier éditeur grâce à des sources familiales et il paraît ici pour la première fois en France dans une traduction moderne. Presque tout le travail initial de traduction nous a été donné par le prince Lobkowitz; la présente édition est en grande partie l'œuvre de Michael Moorcock; enfin, cette version française est principalement due à Henry-Luc Planchat.)

1

C'était en cette année où la vogue de la cruauté exigeait non seulement la crucifixion des jeunes paysans, mais également celle de leurs animaux domestiques, que je fis la connaissance de Lucifer et que je fus emmené en Enfer; car le Prince des ténèbres souhaitait conclure un marché avec moi.

Jusqu'en mai 1631, j'avais commandé une troupe irrégulière d'infanterie, constituée principalement de Polonais, de Suédois et d'Ecossais. Nous avions pris part à la destruction et au pillage de la ville de Magdebourg, car nous nous étions trouvés alors dans l'armée des forces catholiques sous les ordres du comte Johann Tzerclaes Tilly. La poudre à canon emportée par le vent avait transformé la ville en un énorme baril qui avait explosé d'un seul coup, ne laissant qu'un piètre butin en récompense de nos rudes efforts.

Déçus et furieux, fatigués par les rapines et les massacres, se disputant les quelques biens pitoyables qu'ils avaient pu arracher aux maisons en flammes, mes hommes décidèrent de se séparer des forces de Tilly. Son armée était d'ailleurs singulièrement mal nourrie et pauvrement équipée, victime de l'orgueil de quelques alliés querelleurs. Ce fut un soulagement de l'abandonner derrière nous.

Nous prîmes vers le sud, par les contreforts de la Harz, avec l'intention de nous reposer. Cependant, il m'apparut avec évidence que certains de mes hommes avaient contracté la peste; il me sembla donc plus prudent, une nuit, de seller mon cheval en silence et de continuer mon voyage tout seul en emportant un peu de nourriture.

Ayant abandonné mes hommes, je ne fus point libéré pour autant de la présence de la mort et de la désolation. Le monde était à l'agonie et criait sa douleur.

Vers midi, j'avais déjà pu voir sept potences auxquelles des hommes et des femmes avaient été pendus, ainsi que quatre roues sur lesquelles trois hommes et un garçonnet avaient eu les os brisés. Je passai devant les restes d'un bûcher où l'on avait brûlé quelque misérable (sorcier ou hérétique) : des os blanchis dépassaient de la masse de chair et de bois calcinés.

Aucun endroit n'était à l'abri du feu; les forêts elles-mêmes portaient la puanteur de la carbonisation. Une épaisse couche de suie recouvrait la route, apportée par les fumées noires qui s'élevaient interminablement des innombrables corps calcinés, des villages pillés, des châteaux détruits par les canonnades et les sièges; et, durant la nuit, mon chemin était souvent éclairé par les lueurs des monastères et des abbayes en flammes. Le jour était noir et gris, que le soleil brillât ou non; la nuit avait la rougeur du sang et la blancheur d'une lune aussi pâle qu'un cadavre. La mort et l'agonie étaient partout; et partout le désespoir.

La vie quittait l'Allemagne, et peut-être le monde entier; je ne voyais en tout lieu que cadavres. Une fois, j'aperçus une créature en haillons qui s'agitait devant moi sur la route, en titubant, et s'affala comme une corneille blessée; mais la vieille femme avait expiré avant que je ne la rejoigne.

Même les corbeaux des champs de bataille étaient mortellement effondrés sur les restes des charognes, tenant encore dans le bec quelque morceau de chair putréfiée, le corps raidi, les yeux ternes comme s'ils regardaient un vide insondable, qui n'était ni le Paradis, ni l'Enfer, ni même les Limbes (où demeure, malgré tout, un peu d'espoir).

Je commençais à croire que mon cheval et moi-même étions les deux seules créatures auxquelles il était permis de rester en vie, par une quelconque fantaisie de Notre Seigneur, afin de témoigner du sort qui s'était abattu sur Sa Création.

Si l'intention de Dieu avait été de détruire Son œuvre, comme cela semblait être le cas, je peux dire que j'avais très volontiers servi Son dessein.

Je m'étais entraîné à tuer avec aisance, avec adresse, avec une fourberie efficace et sans la moindre ambiguïté. Mes ruses étaient toujours rapides et décisives. J'avais appris l'art de torturer avec indifférence afin d'obtenir des biens ou des informations. Je savais comment terrifier pour parvenir à mes fins, qu'elles fussent les désirs de la chair ou les raisons de la stratégie.

Je savais comment rassurer une victime avec la douceur d'un boucher apaisant un agneau. J'étais devenu expert dans l'art de voler du grain ou du bétail pour que mes soldats puissent se nourrir et me demeurer aussi fidèles que possible.

J'étais le modèle même du bon capitaine mercenaire; un soldat de fortune que l'on enviait et que l'on cherchait à imiter; survivant à toutes les formes de danger, qu'il s'agisse du combat, de la peste ou de la vérole, car il y avait longtemps que j'avais accepté les choses comme elles étaient, et que j'avais cessé de m'interroger ou de me plaindre.

J'étais le capitaine Ulrich von Bek et j'avais la réputation d'être chanceux. L'acier que je portais, casque, plastron, jambières et gants, était de la meilleure qualité, ainsi que la soie de ma chemise trempée de sueur, ou que le cuir de mes bottes et de mes hauts-de-chausses. J'avais choisi mes armes parmi celles des hommes les plus riches qui avaient succombé sous mes coups et toutes, pistolets, épée, dagues et mousquet, étaient dues aux meilleurs forgerons. Mon cheval était grand, robuste et très bien équipé.

Mon visage ne portait pas de cicatrices ni les marques d'une maladie, et si mon allure était un peu raide, on affirmait que cela me donnait un air autoritaire empreint de dignité, même lorsque je conduisais les plus horribles destructions.

Les hommes me considéraient comme un bon commandant et ils étaient heureux de servir sous mes ordres. J'étais parvenu à une certaine renommée, et j'avais gagné un surnom, que l'on utilisait parfois : *Krieghund.* On disait que j'étais né pour la guerre. Je trouvais cette opinion amusante.

Je suis né à Bek. Et je suis le fils d'un gentilhomme fort pieux qui était aimé pour ses bonnes œuvres. Il prenait grand soin de ses terres et protégeait ses tenanciers. Il respectait ses supérieurs, et respectait Dieu. Il avait reçu une éducation conforme aux critères de cette époque, sinon à ceux des Grecs et des Romains, et son adoption de la religion luthérienne était le fruit d'un débat intérieur, d'une recherche intellectuelle et de nombreuses discussions. Même chez les catholiques, il était connu pour sa bonté, et il avait empêché une fois qu'un juif soit lapidé sur la place de notre ville. Presque toute créature avait droit à sa tolérance.

Lorsque ma mère mourut, encore jeune, après avoir donné naissance à la dernière de mes sœurs (j'étais le seul fils), mon père pria pour son âme et attendit patiemment de pouvoir la rejoindre au Paradis. Dans l'intervalle, il suivit le dessein de Dieu, tel qu'il le voyait, et s'occupa des pauvres et des faibles, dont il découragea certaines aspirations qui ne pouvaient que conduire les âmes ignorantes sur le chemin du Démon; il prit également soin de me faire donner la meilleure éducation possible, à la fois par des hommes d'Eglise et par des précepteurs laïcs.

J'appris la musique et la danse, l'escrime et l'équitation, ainsi que le latin et le grec. J'étais également versé dans les Saintes Ecritures et leurs commentaires. On me considérait comme un bel homme, viril, craignant Dieu, et tout le monde m'aimait bien dans la ville de Bek.

Jusqu'en 1625, j'avais été un étudiant consciencieux, un protestant dévot, qui s'intéressait peu aux guerres et aux batailles se déroulant dans le Nord (sinon en priant pour notre cause).

Petit à petit, cependant, à mesure que le conflit grandissait et que les enjeux semblaient devenir plus importants, je me décidai à obéir du mieux possible à mon Dieu, et à ma conscience.

Dans la quête de ma foi, j'avais levé une compagnie d'infanterie, et j'étais parti servir dans l'armée du roi Christian de Danemark, qui proposait en retour son aide aux protestants de Bohême.

Après la défaite du roi Christian, je servis un certain nombre de causes et de maîtres dont beaucoup n'étaient pas protestants, loin de là; la plupart ne pouvaient même en aucune façon être considérés comme chrétiens. J'avais également visité une grande partie de la France, de la Suède, de la Bohême, de l'Autriche, de la Pologne, de la Moscovie, de la Moravie, des Pays-Bas, de l'Espagne, et bien sûr, presque toutes les provinces allemandes.

Tout ceci m'avait enseigné une profonde méfiance à l'égard de l'idéalisme; j'en étais venu à mépriser toutes les formes que pouvait prendre une foi trop aveugle, et j'avais découvert un bon nombre d'arguments puissants pour démontrer la méchanceté naturelle, la sournoiserie et l'hypocrisie de mes semblables, qu'ils fussent papes, princes, prophètes ou paysans.

J'avais été élevé dans la croyance qu'une parole donnée entraînait automatiquement une action appropriée. J'ai rapidement perdu ma naïveté, car je ne suis pas un homme stupide.

En 1626, j'avais déjà appris à mentir aussi couramment et facilement que n'importe lequel des principaux acteurs de cette guerre, qui combinaient fourberie sur fourberie pour atteindre des buts qu'eux-mêmes commençaient à considérer comme insensés; car ceux qui compromettaient les autres se compromettaient eux-mêmes, et perdaient ainsi la capacité d'apprécier la valeur des choses et des personnes. Pour ma part, je n'attribuais de valeur qu'à ma propre vie, et je ne faisais confiance qu'à moi pour la conserver.

Magdebourg seule aurait suffi à justifier mon point de vue. Lorsque nous quittâmes la ville, nous avions massacré la majeure partie de ses trente mille habitants. Les cinq mille survivants n'étaient presque que des femmes, et leur destin était tracé par l'évidence.

Indécis, consterné par les conséquences de sa fureur désespérée, Tilly permit aux prêtres catholiques d'effectuer quelques tentatives pour marier les femmes aux hommes qui les avaient emmenées; mais les prêtres ne reçurent que des railleries en réponse à leurs efforts.

La nourriture que nous espérions trouver avait été brûlée avec la ville. Nous n'avions pu sauver que du vin, et nos hommes remplirent leurs estomacs vides avec le contenu des barriques.

Ce qu'ils avaient commencé à jeun, ils l'achevèrent dans l'ivresse. Magdebourg devint un fantôme tourmenté, pour ne plus cesser désormais de hanter les quelques rares personnes qui, comme moi-même, possédaient encore une conscience.

Une rumeur courut parmi nos troupes, selon laquelle Falkenbourg, le protestant fanatique, avait délibérément mis le feu à la ville pour ne pas la laisser capturer par les catholiques, mais cela ne faisait guère de différence pour ceux qui souffraient ou ceux qui étaient morts. Pendant des années, les troupes catholiques qui demanderaient grâce aux protestants recevraient en retour la « pitié de Magdebourg » et seraient exécutés sur-le-champ. Ceux qui pensaient que Falkenbourg était l'auteur de l'incendie célébrèrent sa gloire, et appelèrent Magdebourg la « Lucrèce protestante » qui s'était suicidée pour préserver son honneur. Pour moi, tout ceci n'avait pas de sens et il valait mieux tenter de l'oublier.

Bientôt, Magdebourg et mes hommes furent à des journées derrière moi. Néanmoins, l'odeur de peste et de fumée demeura dans mes narines bien longtemps après que j'eus quitté les montagnes pour pénétrer dans les bois de chênes situés à la lisière nord de la grande forêt de Thuringe. Là, régnait une certaine paix. C'était le printemps; les feuilles verdoyaient et leur senteur repoussait peu à peu les relents des massacres.

Je gardais quand même à l'esprit les images de mort et de désordre. La tranquillité de la forêt me semblait artificielle. Je soupçonnais des pièges.

Je ne pouvais pas m'empêcher de penser que les arbres cachaient des brigands, ou que la terre elle-même pouvait dissimuler une chausse-trappe. Très peu d'oiseaux chantaient à cet endroit; je ne voyais aucun animal.

L'atmosphère me laissait penser que le Jugement de Dieu s'était abattu ici avec autant de force qu'ailleurs. Cependant, j'aurais pu apprécier n'importe quelle forme d'accalmie et, après deux jours passés sans qu'aucun danger se présentât, je me suis rendu compte qu'il m'était possible de dormir assez sereinement pendant plusieurs heures et de manger avec une certaine quiétude; je buvais de l'eau douce des ruisseaux, une eau qui me semblait étrange car elle n'avait pas le goût, par exemple, des cadavres qui encombraient l'Elbe d'une rive à l'autre.

Je remarquai curieusement que, plus je m'enfonçais dans la forêt, moins je rencontrais de vie. Le silence commençait à m'inquiéter; j'étais content d'entendre le bruit de mes propres mouvements, celui des sabots du cheval sur le sol, ou la brise qui agitait parfois les feuilles des arbres, pour leur donner vie et les faire ressembler à des géants immobiles observant mon passage avec indifférence tout en connaissant les dangers qui m'attendaient.

Il faisait chaud, et j'eus plus d'une fois l'envie de retirer mon heaume et mon plastron, mais je me forçais à les garder, et dormais en armure, comme à mon habitude, une épée dégainée à la main.

J'en vins à croire, finalement, que cet endroit n'était

pas un paradis, mais une frontière entre la Terre et l'Enfer. Je n'avais jamais été superstitieux, et je partageais la vision rationnelle de l'univers qu'avaient nos alchimistes modernes, nos anatomistes, nos médecins et nos astrologues; je ne pensais pas que mes angoisses étaient dues aux fantômes, aux démons, aux juifs ou aux sorciers; mais je ne parvenais pas à donner d'explication à cette absence de vie.

Aucune armée dans les environs, pour faire fuir le gibier. Aucun grand prédateur ne rôdait par ici. Il n'y avait même pas de chasseurs. Je n'avais pas découvert la moindre trace d'habitation humaine.

La forêt semblait n'avoir subi aucun dommage depuis le début des temps. Rien n'était empoisonné. J'avais bu de l'eau et mangé des baies. Le sous-bois sain et luxuriant, tout comme les arbres et les arbustes. J'avais mangé des champignons et des truffes; la bonne herbe profitait à mon cheval.

Je pouvais voir un ciel bleu et dégagé à travers les feuillages, et les rayons de soleil réchauffaient les clairières. Mais aucun insecte ne dansait dans la lumière; pas la moindre abeille pour grimper sur les feuilles des fleurs sauvages; pas même un ver de terre entortillé près d'une racine, bien que le sol fût noir et, d'après son odeur, fertile.

Il me vint à l'esprit que cet endroit était peut-être une partie du globe n'ayant pas encore été peuplée par Dieu, un coin oublié, négligé durant les derniers jours de la Création. Etais-je un Adam errant, venu là pour trouver une Eve et donner un nouveau départ à la race humaine? Désespéré devant l'incapacité de l'humanité à conserver ne serait-ce qu'une idée claire de Ses desseins, Dieu avait-Il décidé d'effacer Sa première tentative? Mais je ne parvenais qu'à la conclusion qu'une catastrophe naturelle, famine ou maladie, avait chassé de ce lieu le royaume animal, qui n'était pas encore venu reprendre sa place.

Vous pouvez vous imaginer que cette explication raisonnable devint beaucoup plus difficile à soutenir lorsqu'un après-midi, émergeant brusquement de la forêt elle-même, je vis devant moi une colline verte et fleurie couronnée par le plus joli château que j'eusse jamais admiré : une construction en maçonnerie élégante, avec des flèches et des créneaux décoratifs, tout en couleurs douces, bruns clairs, blancs et jaunes pâles; et ce château me semblait être au centre même du silence, étendant son autorité sur des milles alentour, se protégeant comme une nonne pourrait le faire, avec une froide candeur et une confiance insouciante. Et pourtant, je savais qu'il était insensé de penser une telle chose.

Comment un bâtiment pourrait-il exiger le calme au point que pas même un moustique n'oserait le déranger? Ma première réaction fut d'éviter ce château, mais ma fierté prit le dessus. Je me refusais de croire qu'il y avait là quelque chose de vraiment mystérieux. Un large chemin de rocaille sinueux montait à flanc de colline entre deux talus recouverts de fleurs et d'arbustes odorants, qui prenaient peu à peu l'allure de jardins en terrasses, avec des balustrades, des statues et des parterres agencés d'une manière classique.

C'était un endroit paisible, construit pour satisfaire des goûts civilisés, et qui ne reflétait rien de la guerre. Tout en montant lentement le chemin, je lançais quelques saluts en précisant mon titre et en demandant asile selon une tradition reconnue; mais je ne reçus aucune réponse. Les vitraux des fenêtres scintillaient comme des yeux de lézards bienveillants, mais je n'apercevais aucun œil humain et n'entendais aucune voix.

Je finis par atteindre les portes ouvertes de l'enceinte extérieure du château, et je passai sous la herse pour pénétrer dans une agréable cour, pleine de vieux arbres et de plantes grimpantes, au centre de laquelle se trouvait un puits. Autour de cette cour étaient situés les appartements et les installations de ceux qui devaient normalement résider ici, mais il était manifeste qu'aucune âme ne les occupait.

Je mis pied à terre et tirai un seau du puits pour donner à boire à mon cheval après l'avoir attaché; je remontai les marches qui menaient aux portes principales, que j'ouvris en tournant une énorme clenche de fer.

A l'intérieur, l'air était agréable et frais. Les ombres n'avaient rien de sinistre tandis que j'escaladais quelques marches supplémentaires pour entrer dans une salle garnie de vieux coffres et de tapisseries. Plus loin se trouvaient les appartements habituels d'un riche gentilhomme de goût. J'ai visité toutes les pièces des trois étages.

Rien n'était en désordre. Dans la bibliothèque, les livres et les manuscrits étaient en parfait état. Les garde-manger contenaient de la viande, des fruits et des légumes bien conservés, les caves renfermaient des barriques de bière et des jarres de vin.

Apparemment, le château avait été laissé ainsi en prévision d'un prochain retour de ses occupants. Il n'y avait aucun signe de dégradation. Mais une chose me sembla particulièrement remarquable : comme dans la forêt, on ne trouvait pas la moindre trace des petits animaux que l'on aurait pu s'attendre à découvrir ici, tels que les souris ou les rats.

J'effectuai prudemment quelques petits prélèvements dans le cellier, et la nourriture me parut excellente. Je décidai quand même d'attendre un moment avant de prendre un vrai repas, afin de voir comment réagirait mon estomac.

De ce côté, les vitres étaient vert clair; je jetai un coup d'œil par la fenêtre pour vérifier que mon cheval était bien satisfait de sa situation. Il n'avait pas été empoisonné par l'eau du puits.

Ayant grimpé au sommet d'une tour, j'ai poussé une petite porte en bois pour sortir sur les remparts. Ici aussi, des baquets contenaient des fleurs, des légumes et des herbes qui ajoutaient à la douceur de l'air. Au-dessous de moi, les feuillages des arbres ressemblaient aux vagues tranquilles d'une mer verte et gelée. Je pouvais observer la région sur plusieurs milles alentour; je fus soulagé de n'apercevoir nul signe de danger.

Je mis mon cheval à l'écurie et revins explorer le contenu de quelques coffres, afin de voir si je pouvais découvrir le nom du propriétaire de ce château. L'un d'eux aurait dû contenir une histoire de la famille, des armoiries et des choses de ce genre. Mais il n'y avait rien.

Le linge ne portait ni insigne ni devise; les vêtements (en quantité suffisante pour vêtir des personnes de tous âges et des deux sexes) étaient de bonne qualité, mais anonymes. De retour aux cuisines, j'allumai un feu et je me mis à faire chauffer de l'eau pour pouvoir prendre un bain et profiter de certains des plus soyeux habits découverts dans les coffres.

Je me disais qu'il s'agissait probablement de la résidence d'été d'un riche prince catholique qui ne voulait plus désormais quitter sa capitale pour prendre les risques d'un voyage, ou qui n'avait pas le temps de se reposer. Je me félicitais de ma bonne fortune. Je jouais avec l'idée audacieuse de faire mien ce château, de trouver des serviteurs pour l'occuper, peut-être une femme ou deux pour me tenir compagnie et partager un des grands lits confortables que j'avais déjà essayés. Mais comment, après m'en être emparé, pourrais-je l'entretenir dans cette région déserte ?

Il n'y avait évidemment ni fermes, ni moulins, ni villages dans les environs; et, par conséquent, ni rentes ni approvisionnement. L'âge du château était difficile à déterminer et, d'après ce que j'avais vu, aucune route bien délimitée n'y conduisait.

Peut-être le propriétaire avait-il d'abord découvert cette forêt paisible; et il y avait fait construire ce château en secret. Un très riche aristocrate, aspirant à une profonde solitude, aurait pu réaliser une telle chose. Je pouvais m'imaginer moi-même en train d'élaborer un projet de ce genre. Mais je n'étais pas riche. Le château constituait donc une excellente base pour lancer des incursions. Et on pouvait le défendre, même s'il était découvert. Je me disais qu'il avait également pu être bâti par quelque ancien baron brigand, à l'époque où presque toutes les provinces allemandes étaient dirigées par de méchants seigneurs qui passaient leur temps à guerroyer entre eux ou à s'attaquer à la population des régions environnantes.

Ce soir-là, j'allumai de nombreuses chandelles et je m'installai dans la bibliothèque; portant du linge frais, je bus du bon vin tout en lisant un traité d'astronomie écrit par un élève de Kepler et je réfléchis au fait que j'étais de plus en plus en désaccord avec Luther, qui avait considéré la raison comme le principal ennemi de la foi et de la pureté de ses croyances. Il avait comparé la raison à une courtisane, cherchant à satisfaire n'importe qui, mais cela ne faisait que prouver sa méfiance envers la logique. J'en venais à penser qu'il était bien le dément que décrivaient les catholiques. La plupart des fous considèrent la logique comme une menace contre le rêve dans lequel ils aimeraient vivre, une menace contre leur tentative de transformer ce rêve en réalité (généralement par la force, l'intimidation, la manipulation ou le carnage). Les hommes sensés sont bien souvent les premiers à être exécutés ou exilés par les tyrans.

Celui qui choisit d'analyser le monde, au lieu de lui imposer un ensemble d'attributs, s'expose fortement à la colère de ses semblables, même s'il se montre le plus obéissant et le plus tolérant des hommes. J'ai souvent pensé que, si l'on souhaite trouver un réconfort en ce monde, on doit également être prêt à accepter au moins un ou deux mensonges fondamentaux. Un confesseur doit posséder une foi immense avant de pouvoir vous aider.

Après avoir donné à mon cheval de l'avoine trouvée au grenier, je me suis couché de bonne heure; j'ai dormi paisiblement, car j'avais pris la précaution de baisser la herse, et je savais que je ne manquerais pas de me réveiller si quelqu'un tentait de s'introduire dans le château durant la nuit.

Ce fut un sommeil sans rêve et, pourtant, lorsque je

m'éveillai, dans la matinée, je gardais une impression de blanc et d'or, de terres sans horizons, sans soleil et sans lune. C'était une nouvelle journée claire et chaude. Il ne manquait qu'un petit chant d'oiseau pour achever ma tranquillité d'esprit, mais je sifflotai pour moi-même en descendant aux cuisines; je me fis un petit déjeuner composé de hareng et de fromage, que j'aidai à glisser avec un peu de bière coupée d'eau.

J'avais décidé de passer le plus de temps possible dans ce château, pour me recueillir et me reposer avant de poursuivre mon voyage jusqu'au moment où je trouverais un maître susceptible d'utiliser les capacités qui étaient les miennes. Il y avait longtemps que j'avais appris à me satisfaire de ma propre compagnie, et je n'éprouvais donc pas la solitude que d'autres auraient pu ressentir à ma place.

Dans la soirée, tandis que je pratiquais quelques exercices sur les remparts, j'aperçus des signes de combats à quelques milles de distance, près de l'horizon. La forêt était en flammes dans cette direction; ou peut-être était-ce un village qui brûlait. Je pus même voir le feu s'étendre, mais aucun vent ne poussa la fumée vers moi. Avec le coucher du soleil, je distinguai une faible lueur rougeâtre, mais je pus néanmoins me coucher et dormir profondément car aucun cavalier n'aurait pu atteindre le château avant le matin suivant.

Réveillé juste après l'aube, je me rendis aussitôt sur les remparts. Apparemment, l'incendie s'éteignait. Je pris un repas, puis je lus jusqu'à midi. Un autre passage sur les remparts me fit constater que le feu s'étendait à nouveau, indiquant qu'une troupe de taille respectable se dirigeait vers moi. Il me fallait moins d'une heure pour être prêt à partir, et j'avais appris à ne parer qu'au danger le plus immédiat. Il y avait toujours la possibilité que cette armée changeât de route bien avant d'être en vue du château.

Pendant trois jours, j'ai observé la troupe qui s'approchait; enfin, il m'a été possible de la voir directement grâce à une trouée du feuillage due à une large rivière.

Elle était installée sur les deux rives, et je connaissais suffisamment bien ce genre d'armée pour constater qu'elle était composée dans des proportions habituelles : au moins cinq civils pour chaque soldat.

Des femmes, des enfants et des serviteurs de toutes sortes étaient là pour subvenir aux besoins des combattants. Il s'agissait de gens qui avaient perdu leur foyer, pour une raison ou une autre, et qui se trouvaient plus en sécurité avec l'armée que n'importe où ailleurs; des gens qui préféraient s'identifier à l'agresseur plutôt que jouer le rôle de sa victime.

Il y avait environ une centaine de chevaux, mais la plupart des hommes étaient des fantassins, portant les uniformes et les livrées d'un bon nombre d'Etats et de princes. Il était impossible de dire quelle cause servait cette troupe – s'il y en avait une – et il valait donc mieux l'éviter, d'autant plus qu'elle portait un air de défaite récente.

Le lendemain, je vis des cavaliers s'approcher du château; presque aussitôt, ils firent demi-tour sans prendre le temps de discuter. D'après leurs armes et leurs livrées, je déduisis que ces cavaliers étaient d'origine allemande, et j'eus l'impression qu'ils connaissaient l'existence du château et qu'ils étaient bien pressés de l'éviter. Si une quelconque superstition locale les tenait à l'écart et préservait ainsi ma tranquillité, je ne pouvais que me réjouir de leurs craintes. Cependant, je me proposai de les surveiller attentivement jusqu'à ce que je fusse assuré de ne pas être dérangé.

En attendant, je poursuivis mon exploration du château.

La réaction effrayée de ces cavaliers avait encore éveillé davantage ma curiosité. Malgré tout, aucun de mes efforts ne put me révéler qui était le propriétaire du château, ni même le nom de la famille qui l'avait fait construire. Il était évident qu'il s'agissait d'une riche famille, à en juger d'après le nombre des soies et des laines luxueuses qui pendaient un peu partout, d'après les tableaux et les tapisseries, l'or et l'argent, les vitraux des fenêtres.

Je cherchai des caveaux où l'on aurait pu enterrer des ancêtres, mais je n'en découvris aucun. J'en conclus que ma première opinion était probablement la bonne : il s'agissait de la retraite d'un riche prince. Sans doute une résidence privée, où il ne souhaitait pas être connu sous son vrai nom. Si le propriétaire entretenait tant de mystères sur son identité, il était également possible que sa puissance fût grande, et même surnaturelle dans cette région; ce serait la raison pour laquelle ce château demeurait à l'abri. Je songeais aux légendes de Johannes Faust et d'autres mages mythiques du siècle confus qui avait précédé le nôtre.

Deux jours plus tard, l'armée avait disparu en poursuivant son lent cheminement; je me retrouvais seul à nouveau. J'en vins très vite à m'ennuyer; j'avais lu la plupart des ouvrages qui m'intéressaient dans la bibliothèque, et je commençais à ressentir une forte envie de viande et de pain frais, ainsi que la compagnie de quelque jolie paysanne pareille à celles que j'avais aperçues parmi la troupe de passage. Mais je suis encore resté là pendant près d'une semaine, en dormant beaucoup et en reconstituant les forces de mon corps ainsi que celles de mon esprit.

Tout ce que j'avais comme projet, c'était un long voyage, le recrutement d'une nouvelle compagnie de soldats, puis la recherche d'un autre maître ayant besoin de mes services. Un moment, j'ai songé à retourner à Bek, mais je savais que je n'étais plus fait pour le genre de vie qui continuait là-bas. J'aurais été une déception pour mon père. Je m'étais juré depuis longtemps de ne revenir à Bek que si j'apprenais qu'il était mourant, ou mort. Je voulais qu'il pense à moi comme à un brave soldat chrétien servant la cause de la religion qu'il aimait.

La nuit précédant la date à laquelle je désirais partir, je ressentis une sorte d'agitation dans le château, comme si la construction elle-même prenait vie. Afin d'apaiser mes légères angoisses, je pris une lanterne pour explorer le château une fois de plus, d'un bout à l'autre, des caves au grenier, et je ne découvris rien d'extraordinaire. Cependant, j'en fus d'autant plus déterminé à partir le matin suivant.

Comme d'habitude, je me suis levé dès l'aube et j'ai sorti mon cheval de l'écurie. Il était en bien meilleure condition que lors de notre arrivée. J'avais relevé la herse et j'étais en train de glisser de la nourriture dans les sacoches de ma selle quand j'entendis quelque chose à l'extérieur, une sorte de grincement et de bruit de pas.

Je me rendis aux portes du château et je fus étonné par la vision qui s'offrait à moi. Une procession remontait la colline dans ma direction. J'ai pensé aussitôt que c'était le propriétaire du château qui revenait. Je n'avais pas songé auparavant qu'il ne s'agissait peut-être pas d'un prince temporel, mais d'un ecclésiastique de haut rang.

Il y avait quelque chose de monastique dans le déplacement de cette procession. Devant chevauchaient six cavaliers bien armés, le visage dissimulé sous un heaume de métal noir, tenant chacun une pique reposant dans la botte d'étrier; derrière eux s'avançaient une quarantaine de moines encapuchonnés, vêtus de noir, halant des cordes attachées à une sorte de chariot qui aurait normalement dû être tiré par des chevaux. Près d'une douzaine de moines marchaient encore derrière la voiture, et ils étaient suivis par six autres cavaliers semblables à ceux qui se trouvaient en tête de la procession. Le chariot était en bois brut et luisait un peu sous la lumière du soleil. Des rideaux fermaient les fenêtres, mais il ne portait pas d'armoiries, pas même une croix.

Les tenues des cavaliers me semblèrent papistes, et je sus que je devais agir avec prudence si je voulais éviter le combat.

Je n'ai pas perdu de temps. J'ai enfourché ma monture et j'ai descendu la colline dans leur direction. J'aurais préféré que les pentes fussent moins raides, ce qui m'aurait permis d'éviter la route. Cependant, je ne pouvais pas m'en aller sans passer près d'eux, mais j'étais content de ne plus me trouver dans le château et d'avoir au moins une chance de m'échapper au cas où ces moines et ces guerriers se montreraient belliqueux.

En m'approchant, j'ai commencé à les sentir. Ils empestaient une odeur de pourriture. Ils exhalaient des relents de viande avariée. Je me suis dit que la voiture transportait peut-être quelque cardinal décédé. Puis je me suis rendu compte que toutes ces créatures se ressemblaient. La chair paraissait se détacher de leur visage et de leurs membres. Leurs yeux étaient des yeux de cadavres. Dès qu'ils me virent, ils s'arrêtèrent brusquement. Les cavaliers baissèrent leurs piques. Craignant de les irriter, je ne fis aucun geste pour saisir mes propres armes. Néanmoins, j'étais prêt à les charger si cela s'avérait nécessaire.

Un des cavaliers parla d'une voix lente, mais avec une effrayante autorité, comme s'il était la Mort elle-même, comme si la pique qu'il tenait à la main était la Grande Faux.

– Vous avez transgressé la règle, compagnon... Vous avez transgressé la règle... Ignorez-vous que ce lieu vous est interdit ?

Les mots semblaient former une suite de phrases préfabriquées, entrecoupées de longues pauses, comme si celui qui parlait devait se remémorer les notions du langage.

– Je n'ai vu aucun signe, répondis-je. Je n'ai entendu aucun avertissement. Comment l'aurais-je pu, alors que ce pays ne possède pas un seul habitant ?

Durant toute mon expérience de l'horreur, je n'avais jamais rien vu qui pût être comparé à ce cadavre parlant. Je ressentais une crainte déconcertante que j'avais le plus grand mal à maîtriser.

Il s'exprima de nouveau :

– Cela est reconnu... Par tous... Semble-t-il... A part vous.

– Je suis étranger, déclarai-je, et je cherchais l'hospitalité du seigneur de ce château. Je ne m'attendais pas à le trouver désert. Je demande pardon pour mon ignorance. Je n'ai commis aucun dommage.

J'étais prêt à éperonner mon cheval. Un autre cavalier tourna vers moi sa tête métallique. Des yeux froids, injectés de sang desséché, fixèrent les miens. Mon estomac regretta d'avoir été rempli si récemment.

Il déclara :

– Comment est-il possible que vous ayez pu aller et venir ainsi?... Avez-vous conclu le pacte?

Je me suis efforcé de répondre d'une voix raisonnable :

– Je suis venu à cheval et je m'en vais de même, comme vous pouvez le voir. Je n'ai aucun engagement envers le maître de ce château, si c'est bien cé que vous voulez dire.

Je me suis adressé à la voiture, croyant que le propriétaire du château devait être assis à l'intérieur :

– Mais je demande à nouveau pardon pour avoir enfreint cette règle involontairement. Je n'ai pas commis de dégâts, je n'ai fait que manger un peu, abreuver mon cheval et lire un ou deux livres.

– Aucun pacte, marmonna l'un des moines comme si cela le stupéfiait.

– Aucun pacte dont il ait connaissance, déclara un troisième cavalier.

Et ils se mirent à rire entre eux. Ils produisaient un son écœurant.

– Je n'ai jamais rencontré votre maître, dis-je. Il est peu probable que je le connaisse.

– Il vous connaît, sans aucun doute.

Leur raillerie, le malin plaisir que leur donnait ce secret qu'ils croyaient partager, tout cela troublait mon sang-froid et commençait à m'impatienter.

J'ai déclaré :

– S'il m'est permis d'approcher et de me présenter, vous découvrirez que je suis de noble naissance...

Je n'avais pas réellement l'intention de discuter avec l'occupant de la voiture, mais s'il m'était possible d'avancer un peu, je pourrais gagner du temps et trouver une meilleure position – et avec un peu de chance, je pourrais leur échapper sans avoir besoin d'utiliser mon épée.

– Vous ne pouvez pas approcher, dit le premier cavalier. Vous devez revenir avec nous au château.

Je répondis d'un ton faussement courtois :

– J'ai déjà abusé trop longtemps de votre hospitalité. Je ne veux pas m'imposer davantage.

J'ai souri intérieurement. Mon assurance commençait à se raffermir, comme à chaque fois qu'il m'était demandé d'agir. Je ressentais maintenant cet enjouement serein que l'on trouve chez bien des soldats professionnels lorsqu'il devient nécessaire de tuer.

– Vous n'avez pas le choix, précisa le cavalier.

Il inclina sa pique : une menace. Je reculai sur la selle, m'assurant une assise bien ferme.

– Je fais mes propres choix, monsieur, répondis-je.

Mes éperons touchèrent les flancs de mon cheval, qui se mit à trotter en direction des hommes d'armes. Ils ne s'attendaient pas à cela. Ils avaient l'habitude de provoquer la terreur. Mais je les soupçonnais de n'avoir pas l'habitude du combat.

En quelques secondes, je m'étais frayé un chemin à travers eux. A peine effleuré par une pique, je tentai ensuite de repousser les moines. J'ai donné des coups d'épée aux hommes encapuchonnés. Ils n'étaient pas menaçants, mais ils faisaient d'énormes efforts pour ne pas lâcher les cordes de la voiture et ne pouvaient pas s'écarter de mon chemin. Ils semblaient parfaitement prêts à mourir sous ma lame plutôt que d'abandonner leur fardeau.

J'étais obligé de me retourner pour faire encore face aux cavaliers. Ces gens-là n'avaient aucun don pour le combat, et leurs gestes étaient indécis, malgré leur arrogance. J'eus de nouveau l'impression d'une hésitation, comme s'ils devaient se souvenir momentanément de chaque action individuelle. Ils étaient si maladroits que leurs piques furent enchevêtrées par quelques mouvements d'épée.

J'ai fait reculer mon cheval dans le groupe de moines. Ils offrirent la pesante résistance des cadavres. J'ai fait faire demi-tour à ma monture. Je l'ai laissée se cabrer; deux moines s'écroulèrent sous ses coups de sabots. Je franchis d'un bond la première corde tendue, puis la seconde, et je me dirigeai vers les flancs herbus de la colline escarpée quand les cavaliers de l'arrière-garde s'avancèrent au galop pour me barrer le passage.

Il y avait une balustrade devant moi, et quelques statues à ma gauche, derrière lesquelles la pente tombait presque à pic. J'étais obligé de m'arrêter à nouveau. J'ai tenté de dégager un pistolet pour tirer vers eux en espérant que la détonation affolerait leurs montures. Je ne pensais pas pouvoir retarder leur charge en blessant l'un d'entre eux.

Mon cheval s'agitait un peu trop; il était prêt à galoper, mais ne savait pas où aller. J'ai tiré sur les rênes, faisant résolument face à l'essaim de piques qui fonçait sur moi.

Quelques coups d'œil à droite et à gauche me prouvèrent que mes chances avaient augmenté. J'avais de nombreuses possibilités de fuite. Je n'étais plus terrifié par mes agresseurs. Au pire, je pouvais présumer quelques blessures superficielles pour moi-même et une ou deux foulures pour mon cheval. J'ai saisi mes pistolets; les piques approchaient.

A cet instant, une voix claire et plaisante s'éleva de la voiture :

– Tout cela est inutile. Ce n'était pas prévu. Arrêtez immédiatement, vous tous. J'exige que vous cessiez ce combat !

A leur tour, les cavaliers tirèrent sur leurs rênes et se mirent à relever légèrement leurs piques.

Serrant mon épée entre les dents, j'ai sorti les deux

pistolets des sacoches, tiré les chiens, appuyé sur les détentes. Une seule des deux armes se déchargea, projetant un cavalier hors de sa selle. L'autre pistolet ne s'était pas déclenché et devait être réarmé; avant que j'en eusse le temps, j'entendis à nouveau la voix.

C'était une femme.

– Arrêtez!

Je pouvais les laisser réfléchir à ses ordres. En attendant, cela me donnait un peu de répit pour commencer ma descente. J'ai rengainé mon épée et regardé en bas de la colline. J'avais projeté d'échapper à ce deuxième groupe de cavaliers et de continuer en suivant la route, si cela était possible. J'étais donc obligé de me frayer directement un chemin à travers les piques, mais je pensais pouvoir y arriver assez facilement. Je me préparais, tout en feignant de relâcher ma garde.

La porte de la voiture s'ouvrit. Une jolie femme d'une trentaine d'années, les cheveux noir de jais, vêtue de velours écarlate, grimpa vivement sur le siège du cocher, puis leva les bras. Elle paraissait affolée. Quant à moi, j'étais impressionné par son port et sa beauté.

– Arrêtez! me cria-t-elle. Nous ne voulions pas vous faire de mal.

J'ai répondu par un sourire sceptique. Mais je me suis arrêté, car je possédais désormais un léger avantage, et je ne voulais pas inutilement risquer ma vie ou celle de mon cheval. Je tenais toujours le pistolet chargé dans ma main gantée.

– Vos hommes m'ont attaqué, madame.

– Ce n'était pas sur mon ordre.

Ses lèvres avaient la couleur de sa robe. Sa peau était aussi blanche et délicate que la dentelle qui ornait ses habits. Elle portait un chapeau assorti, à large bord, garni d'une plume d'autruche blanche.

– Vous êtes le bienvenu, dit-elle. Je vous jure que c'est vrai, monsieur. Vous avez chargé avant que je n'eusse l'occasion de me présenter.

J'étais certain qu'elle se contentait seulement de

changer de tactique. Mais je préférais cette tactique-là, qui m'était assez familière. Je lui souris :

– Vous voulez dire que vous espériez me voir effrayé par vos serviteurs, n'est-il pas vrai, madame ?

Elle feignit l'étonnement. Puis elle déclara d'un ton apparemment sincère, et même insistant :

– Vous ne devez pas croire une telle chose. Ces créatures ne sont pas très intelligentes. Ce sont les seuls serviteurs qui me sont accordés.

Elle avait des yeux merveilleux, qui me fascinaient. Elle dit alors :

– Je vous prie de me pardonner, monsieur.

Elle baissa les bras, comme pour me supplier. Elle m'apparaissait nettement comme une femme fortunée, et pourtant il émanait d'elle une émouvante impression de désespoir. Peut-être était-elle prisonnière de ces hommes ? Cela m'amusait presque : une dame en détresse et, moi-même, un paladin pour qui la seule notion de chevalerie était anathème. J'hésitais malgré tout.

– Madame, vos serviteurs me dérangent par leur seule apparence.

– Ce n'est pas moi qui les ai choisis.

– J'espérais bien que c'était le cas. (Je gardais le pouce sur le chien du pistolet.) A voir leur aspect, il y a longtemps qu'ils ont été choisis par la Mort elle-même.

Elle soupira et fit un petit geste de la main droite.

– Monsieur, je vous serais très reconnaissante de bien vouloir consentir à être mon hôte.

– Vos hommes m'ont déjà fait cette invitation. Je vous rappelle que je l'ai refusée.

– Refuserez-vous la mienne ? demanda-t-elle. Je la fais en toute humilité.

C'était une femme intelligente, et il y avait déjà quelques années que je n'avais plus apprécié pareille compagnie. Pourtant, c'étaient surtout ses yeux qui continuaient à m'attirer. Ils étaient sages et avisés, il y avait en eux la trace d'une profonde terreur, et je pensais qu'ils me regardaient particulièrement avec sympathie.

Je lui étais soumis. Je le savais. Et je crois qu'elle le savait. J'ai commencé à rire. Je me suis incliné devant elle.

– Il est vrai, madame, que je ne peux pas décliner votre invitation. L'ennui, la curiosité et ce qui me reste de bonnes manières me poussent à accepter. Mais, plus que tout cela, madame, c'est à cause de vous que j'accepte, car je jurerais voir une âme comparable à la mienne, et aussi intelligente. Vous reconnaîtrez que c'est un étonnant concours de circonstances.

– Je comprends ce que vous voulez dire, monsieur. Et je partage votre sentiment.

Ces yeux merveilleux pétillaient d'un plaisir ironique. Je me disais qu'elle aussi devait être en train de rire, tout au fond d'elle-même. D'une main délicate, elle repoussa les cheveux qui tombaient sur sa joue gauche, puis elle pencha la tête pour me regarder. Un geste conscient, je le savais, et un geste de séduction. Cette fois, j'ai souri.

– Serez-vous donc mon hôte? demanda-t-elle.

– A une condition, répondis-je.

– Monsieur?

– Que vous promettiez de m'expliquer certains mystères de ce château et de ses environs.

Elle releva les sourcils.

– C'est un château ordinaire. Dans une région ordinaire.

– Vous savez bien que non.

Son sourire répondit au mien.

– Très bien, dit-elle. Je promets que vous comprendrez tout très bientôt.

– Je prends note de votre engagement, déclarai-je.

J'ai rangé mon pistolet, puis j'ai fait tourner mon cheval vers le château. Je venais de faire le premier pas décisif en direction de l'Enfer.

2

J'ai offert mon bras à la demoiselle et je l'ai accompagnée dans la cour, puis nous avons monté les marches pour entrer dans le château tandis que ses horribles serviteurs emmenaient le cheval et la voiture dans l'écurie. J'étais pris au piège de la curiosité.

Le désir, que je n'évaluais pas encore complètement, s'était également agrippé à moi.

Je me disais avec un certain plaisir que, tout bien considéré, je venais de me faire habilement attraper. Mais à cet instant, cela m'était égal.

– Je suis Ulrich von Bek, fils du Graf von Bek, lui dis-je. Je suis capitaine d'infanterie dans le conflit actuel.

Son parfum était chaud et apaisant comme les roses de l'été.

– Dans quel camp ? demanda-t-elle.

J'ai haussé les épaules.

– Dans celui qui est le mieux organisé, et le moins divisé, quel qu'il soit.

– Vous n'avez donc pas de profondes convictions religieuses ?

– Aucune.

Puis j'ai ajouté :

– Est-ce inhabituel, à notre époque, pour des hommes comme moi ?

– Pas du tout. Pas du tout.

Elle semblait doucement amusée.

Elle retira son manteau. Elle était presque aussi grande que moi, et son galbe était magnifique. Bien qu'elle donnât l'impression de posséder une volonté très forte, et peut-être même excentrique, il y avait malgré tout en elle un manque de vigueur qui me fit supposer qu'elle était actuellement dominée par les circonstances.

– Je m'appelle Sabrina, dit-elle, sans ajouter de titre ni de nom de famille.

– Est-ce votre château, dame Sabrina ?

– Je réside souvent ici.

Elle restait dans le vague.

Peut-être était-elle peu disposée à parler de sa famille. A moins qu'elle ne fût la maîtresse du puissant prince auquel appartenait ce château, comme je l'avais imaginé au début de mon séjour. Peut-être était-elle exilée ici pour avoir commis quelque crime effrayant. Elle avait également pu être envoyée ici par son mari, ou un autre parent, afin de demeurer à l'écart des vicissitudes de l'amour ou de la guerre. La bienséance m'empêchait de lui poser d'autres questions à ce sujet.

Elle posa une main blanche sur mon bras.

– Partagerez-vous mon repas, capitaine von Bek ?

– Je n'aurais pas de plaisir à manger en présence de vos serviteurs, madame.

– Cela ne sera pas nécessaire. Je préparerai moi-même le repas tout à l'heure. Il ne leur est pas permis de pénétrer dans ces appartements. Ils ont leurs propres quartiers dans la tour opposée.

J'avais déjà vu ces logements. Ils ne paraissaient pas assez grands pour autant d'hommes.

– Combien de temps êtes-vous resté ici ?

Elle examina la grande salle, dans laquelle nous venions d'entrer.

– Une ou deux semaines.

– Vous avez tout laissé en ordre.

– Mon intention n'était pas de piller ce château, dame Sabrina, mais de l'utiliser comme refuge temporaire. Depuis combien de temps cette résidence est-elle déserte ?

Elle fit un vague mouvement de la main.

– Oh, quelque temps déjà. Pourquoi me demandez-vous cela ?

– Tout était très bien conservé. Pas la moindre vermine. Pas même de poussière.

– Ah ! Nous n'avons pas beaucoup de problèmes de ce genre.

– Pas d'humidité. Pas de moisissure.

– Rien de visible, dit-elle.

Mes remarques semblaient commencer à l'irriter.

– Je vous suis reconnaissant de m'accueillir ici, déclarai-je pour clore la discussion sur ce sujet.

– Vous êtes le bienvenu. (Son ton devint un peu froid. Elle fronça les sourcils.) Les soldats nous ont retardés.

– Comment cela ?

– Sur la route. (Elle fit un geste.) Par là-bas.

– Vous avez été attaqués ?

– Poursuivis pendant un moment. Pourchassés.

Son doigt chercha de la poussière sur un coffre, mais n'en trouva pas. Elle paraissait réfléchir à mes récentes remarques.

– Ils nous craignent, bien sûr, dit-elle. Mais ils étaient si nombreux.

Elle sourit, découvrant des dents blanches et régulières. Elle parlait comme si j'allais comprendre et la plaindre. Comme si j'étais un camarade.

Je ne pouvais qu'acquiescer de la tête.

– Je ne peux pas les blâmer, poursuivit-elle. Je ne peux blâmer aucun d'eux. (Elle soupira. Ses yeux noirs se voilèrent, devinrent songeurs.) Mais vous êtes ici. Et c'est très bien.

J'aurais dû me sentir gêné par ses manières, mais à ce moment-là je les trouvais captivantes. Elle parlait comme si j'étais attendu, comme si elle était une pauvre hôtesse qui, ayant été retardée, revient chez elle et découvre un invité laissé sans compagnie.

Je fis quelques compliments formels sur sa grâce et sa beauté. Elle sourit un peu en les acceptant comme une personne habituée à ce genre d'éloges, peut-être même en les considérant comme les premières feintes d'un duel sentimental. Je reconnus son expression. Cela m'amena à être un peu plus distant, à me tenir davantage sur mes gardes. J'ai songé qu'elle était une séductrice, entraînée par un ou plusieurs maîtres dans l'art terrible et glacé de la coquetterie intellectuelle. Je trouvais cette femme trop intéressante pour vouloir m'opposer à elle sur ce plan, et j'ai changé de sujet pour revenir à la première raison qui m'avait fait accepter son invitation.

– Vous avez promis de m'expliquer les mystères de ce château, rappelai-je. Et de me dire pourquoi il n'y a pas de vie animale dans cette région.

– C'est exact, dit-elle. Il n'y en a aucune.

– Vous avez confirmé ce que je disais, madame, répondis-je avec douceur, mais vous ne m'avez rien révélé.

Son ton devint légèrement plus sec.

– Je vous ai promis une explication, n'est-ce pas, monsieur ?

– En effet.

– Et vous aurez bientôt une explication.

A cette époque, je n'étais pas homme à me satisfaire de quelques paroles vagues et rassurantes.

– Je suis un soldat, madame. A l'heure qu'il est, je devrais être en route vers le sud. Je vous rappelle que je suis revenu ici à votre demande – et à cause de votre engagement. Les soldats sont gens impatients.

Elle parut à peine troublée par ma remarque; elle repoussa ses longs cheveux, toucha son menton. Puis elle parla d'une voix rapide, en bredouillant un peu :

– Aucune âme – je veux dire aucune âme libre, aussi infime soit-elle – ne peut vivre ici.

J'étais intrigué, mais cela ne me suffisait pas.

– Je ne vous suis pas, madame, déclarai-je avec une fermeté délibérée. Vous êtes énigmatique. Je suis habitué à l'action, et aux simples faits. Et à partir de ces simples faits, je peux déterminer quelle action je dois entreprendre.

– Je ne désire pas vous tromper, monsieur.

Elle me lançait un appel auquel je refusais de répondre.

J'ai soupiré.

– Que voulez-vous dire en affirmant qu'aucune âme ne peut vivre ici ?

Elle hésita.

– Rien de ce qui appartient à Dieu, dit-elle.

– Ce qui appartient à Dieu ? Mais quand même, la forêt... ?

– La forêt se trouve... (Elle eut un geste indécis.)... sur la frontière.

– Je ne comprends toujours pas.

Elle se reprit et me regarda droit dans les yeux.

– Et vous ne le devriez pas, dit-elle.

– La métaphysique ne m'impressionne pas beaucoup. (Je commençais à être irrité. C'était ce genre de discussions abstraites qui avaient causé les malheurs de notre temps.) Laissez-vous entrevoir qu'une sorte de peste a infesté autrefois cet endroit ? Est-ce pour cela que les hommes et les bêtes cherchent à l'éviter ?

Elle ne répondit pas. J'ai continué :

– Après tout, vos serviteurs souffrent de maladie. Seraient-ils affectés d'un mal contagieux propre à cette région ?

– Leur âme... commença-t-elle à nouveau.

Je l'interrompis :

– Encore ces paroles abstraites...

– Je fais de mon mieux, monsieur, affirma-t-elle.

– Madame, vous ne me donnez aucun fait précis.

– Je vous ai présenté les faits, tels que je les comprends. Il est difficile...

– En vérité, vous parlez d'une maladie. N'est-ce pas ? Vous craignez qu'en apprenant son nom je puisse m'inquiéter, et que je décide alors de partir.

– Si vous voulez, dit-elle.

– Très peu de choses me font peur, mais je dois admettre que je deviens très prudent dès qu'il s'agit de la peste. D'un autre côté, j'ai des raisons de croire que je fais partie de ces âmes privilégiées qui sont apparemment immunisées contre la peste, et vous devez donc comprendre que je ne vais pas immédiatement m'enfuir en tremblant comme une feuille. Dites-moi. Parlez-vous d'une maladie ?

– Oui, déclara-t-elle d'une voix lasse, comme si elle était prête à accepter n'importe quelle définition. On pourrait dire qu'il s'agit bien de cela.

– Mais vous n'êtes pas atteinte. (Je fis un pas vers elle.) Ni moi.

Elle se tut. Je me demandais si je devais croire que les signes de l'horrible mal qui affectait ses serviteurs ne s'étaient pas encore manifestés sur nous. J'ai frissonné.

– Depuis quand habitez-vous dans ce château ? demandai-je.

– Je n'y viens que de temps en temps.

Sa réponse me fit penser qu'elle était peut-être immunisée. Et dans ce cas, peut-être l'étais-je également. Je me détendis un peu à cette idée.

Elle alla s'asseoir sur un divan. Le soleil pénétrait dans la salle par un vitrail représentant Diane chasseresse. C'est seulement à cet instant que je me suis rendu compte de l'absence totale de symboles chrétiens dans ce château; pas de crucifix, aucune représentation de Jésus ni des saints. Les tapisseries, les vitraux, les statues et les décorations figuraient tous des sujets païens.

– Quel âge a ce château ?

Debout devant la fenêtre, je fis courir mes doigts sur la plombure.

– Il est très vieux, je pense. Au moins plusieurs siècles.

– Il a été très bien entretenu.

Elle savait que mes questions n'étaient pas innocentes ni fortuites. Je cherchais à en savoir davantage sur cet endroit et sur la mystérieuse maladie qui le frappait.

– En effet, dit-elle.

Je ressentis une nouvelle sorte de tension. Je me suis retourné.

Dame Sabrina passa dans la pièce voisine. Elle revint

bientôt en portant du vin pour nous deux. Lorsqu'elle m'a tendu ma coupe, j'ai remarqué qu'elle ne portait pas d'alliance au doigt.

— Vous n'avez pas de seigneur, madame?

— J'ai un seigneur, répondit-elle en me fixant droit dans les yeux comme si je venais de lui lancer un défi. Oui, j'ai un seigneur, capitaine.

— Mais cette demeure n'appartient pas à votre famille.

— Oh, je vois. Ma famille? (Elle se remit à sourire d'une manière très étrange, puis elle se reprit.) Ce château appartient à mon maître, et depuis de nombreuses années.

— Il n'a donc pas toujours été sa propriété?

— Non. Je crois qu'il l'a gagné.

— Comme butin de guerre?

Elle secoua la tête.

— Une dette de jeu.

— Votre maître est un joueur, hein? Et il aime les mises fort importantes. Participe-t-il à notre guerre?

— Oh, oui!

Son attitude changea de nouveau. Dame Sabrina parla d'une voix rapide.

— Je ne veux rien vous cacher, capitaine von Bek. (Elle sourit; c'était, une fois de plus, l'indice d'un désespoir.) D'un autre côté, je n'ai pas envie de poursuivre cette conversation pour l'instant.

— Je vous prie de m'excuser pour ma brutalité.

Je pensais avoir parlé d'un ton froid.

— Vous êtes direct, capitaine, mais vous n'êtes pas brutal, déclara-t-elle d'une voix tranquille. Pour un homme qui a sans doute vu et fait tant de choses durant cette guerre, vous semblez avoir conservé une rare distinction.

J'ai porté la coupe à mes lèvres — un peu en honneur de sa propre distinction.

— Je m'étonne que vous pensiez ainsi. Cela dit, en comparaison de vos serviteurs, je suppose que je dois paraître meilleur que je ne suis...

Elle s'est mise à rire. Sa peau eut l'air de briller. J'ai senti un parfum de rose. J'eus l'impression que la chaleur du soleil se répandait sur moi, dans cette salle. J'ai su que je désirais Sabrina plus que je n'avais jamais désiré une autre personne, ou autre chose, de toute ma vie. Et pourtant, la prudence maintenait ma réserve. Pour le moment, j'étais simplement heureux d'éprouver ces sensations (ce qui ne m'était pas arrivé depuis bien des années passées sous les armes) sans parvenir à l'accomplissement de mes désirs.

– Comment avez-vous obtenu ces serviteurs ?

Je sirotais mon vin. Il surpassait tous les autres crus que j'avais eu l'occasion de goûter ici. Cela augmentait l'impression d'éveil de tous mes sens.

Elle se pinça les lèvres avant de répondre :

– Ce sont des pensionnaires de mon maître, pourrait-on dire.

– Votre maître ? Vous parlez beaucoup de lui. Mais vous ne le nommez point, lui fis-je remarquer fort gentiment.

– C'est exact.

Elle repoussa une mèche de cheveux.

– Vous ne désirez pas le nommer ?

– Pas pour l'instant.

– C'est lui qui vous a envoyée ici ? demandai-je en savourant le vin.

– Oui, répondit-elle.

Je fis une supposition :

– Parce qu'il craint pour votre sécurité ?

– Non.

Un amusement désespéré, mêlé de tristesse, apparut pendant une seconde au coin de ses lèvres.

– Vous avez donc une mission à remplir ici ? ai-je demandé en me rapprochant davantage.

– Oui.

Elle recula de quelques pas pour s'écarter de moi. J'ai pensé qu'elle partageait les sentiments que j'éprouvais pour elle, mais peut-être étaient-ce simplement mes questions trop précises qui la déconcertaient.

J'ai fait une pause, avant de demander :

– Puis-je savoir quelle est cette mission ?

Elle prit un air joyeux, mais cette attitude était manifestement forcée.

– Vous divertir... (Un petit geste de la main.)... capitaine.

– Mais vous ne saviez pas que je me trouvais ici.

Elle perdit son sourire.

– Le saviez-vous ? continuai-je. A moins qu'un serviteur de votre maître n'ait pu m'épier et vous annoncer ma présence.

Elle releva les yeux. Ignorant ma dernière remarque, elle déclara :

– Je cherchais un homme brave. Un homme brave et intelligent.

– Sur les ordres de votre maître ? C'est ce que vous voulez dire ?

Elle me regardait maintenant d'un air de défi.

– Si vous voulez.

L'instinct qui m'avait permis de conserver la vie et la santé tout au long de mes aventures me prévenait maintenant que cette femme peu ordinaire pouvait bien être l'appât d'un piège. Néanmoins, pour une fois, je n'ai pas tenu compte de cet avertissement. Elle laissait entendre qu'elle était prête à se donner à moi. Je supposais qu'en retour j'aurais à payer un prix très élevé. Mais, à cet instant, le prix à payer m'importait peu. Je me disais que j'étais quand même un homme plein de ressources et que je gardais toujours de bonnes chances de pouvoir m'échapper plus tard. On fait parfois bien trop d'efforts pour sa survie, sans obtenir de résultats supplémentaires.

– Quelle liberté vous laisse-t-il ? demandai-je.

– Celle de faire presque tout ce que je veux, répondit-elle en haussant les épaules.

– Il n'est pas jaloux ?

– Pas d'une manière conventionnelle, capitaine von Bek.

Elle vida sa coupe, et je suivis son exemple. Puis elle

nous versa de nouveau du vin. Elle était maintenant assise près de moi sur le divan, sous la fenêtre. Tout mon corps chantait, ma chair, ma peau, chaque veine et chaque muscle. Moi qui avais développé la maîtrise de mes émotions pendant des années, j'étais à peine capable de conserver une pensée cohérente en prenant la main de Sabrina pour l'embrasser, en murmurant :

– Votre seigneur n'est pas un maître ordinaire.

– C'est également vrai.

J'ai retiré mes lèvres, je me suis laissé aller un peu en arrière en regardant attentivement son merveilleux visage.

– Il vous gâte ? Est-ce parce qu'il vous aime beaucoup ?

Sa respiration s'accordait à la mienne. Ses yeux étaient des joyaux brillants et passionnés. Elle répondit :

– Je ne suis pas certaine que mon maître comprenne ce qu'est la nature de l'amour. Pas au sens où nous l'entendons, vous et moi.

Je me suis mis à rire, en me détendant un peu plus.

– Vous parlez de nouveau par énigmes, dame Sabrina, alors que vous aviez juré de ne plus le faire.

– Pardonnez-moi.

Elle se leva pour aller chercher d'autres coupes.

J'ai observé sa silhouette. Je n'avais encore jamais eu l'occasion de voir une telle beauté alliée à un tel esprit chez un être humain.

– Vous ne voulez pas me parler de votre vie ?

– Pas encore.

Considérant cette réponse comme une promesse, j'ai insisté un peu plus.

– Vous êtes née dans cette région ?

– En Allemagne, oui.

– Et il n'y a pas très longtemps.

C'était en partie pour la flatter. Je savais que ce compliment n'était pas nécessaire, mais en tant que soldat de fortune, j'avais pris des habitudes de taverne qu'il m'était difficile de perdre en un instant.

Sa réplique fut inattendue. Elle se tourna vers moi, une coupe de vin dans chaque main.

– Cela dépend de votre définition du temps, déclara-t-elle en me tendant une coupe pleine. Vous voyez, vous êtes trop impatient, et je me dérobe à vos questions. Pourquoi ne pas discuter de choses moins personnelles ? A moins que vous n'ayez envie de parler de vous ?

– Vous semblez avoir déjà déterminé qui je suis, et ce que je suis, madame.

– Pas entièrement, capitaine.

– J'ai bien peu de secrets. Ces dernières années, j'ai passé la plupart de mon temps dans les armées. Avant cela, je le passais à recevoir une éducation. A Bek, la vie n'a rien d'extraordinaire.

– Mais en tant que soldat, vous avez dû voir et faire bien des choses ?

– Rien d'inhabituel.

J'ai froncé les sourcils. Je ne souhaitais pas tellement me remémorer ces événements. Le souvenir de Magdebourg subsistait encore et je ne lui résistais qu'au prix d'un certain effort.

– Vous avez tué souvent ?

– Bien sûr.

J'ai affiché ma répugnance à m'étendre davantage sur ce sujet.

– Et vous avez participé à des actes de pillage ? A des tortures ?

– Quand cela s'avérait nécessaire, oui.

Je sentais de nouveau la colère monter en moi. Je pensais qu'elle cherchait délibérément à me décontenancer.

– A des viols ?

Je l'ai regardée droit dans les yeux. M'étais-je mépris sur elle ? Peut-être était-ce une de ces dames lascives et languissantes, comme celles que j'avais une fois rencontrées à la cour ? Elles se complaisaient dans ce genre de discussions. Cela les excitait. Elles étaient avides de sensations fortes, car elles-mêmes avaient oublié ou n'avaient jamais connu les formes subtiles de l'émotion et de la sensualité humaine. Obéissant à mon cynisme, j'avais parfaitement répondu à leur attente. C'était comme offrir du plomb à des marchands tellement assoiffés d'or que leur cupidité les empêchait de distinguer un métal d'un autre. Si dame Sabrina entrait dans cette catégorie, je pouvais lui donner ce qu'elle désirait.

Mais son regard demeurait innocent et interrogateur, et j'ai répondu brièvement :

– Oui. Comme je l'ai dit, les soldats sont des gens impatients. La fatigue...

Mes explications ne l'intéressaient pas. Elle a continué :

– Et vous avez puni des hérétiques ?

– J'en ai vu mourir.

– Mais vous n'avez pas participé à leur massacre ?

– Non, par chance, car cela m'aurait répugné.

– Mais vous pourriez punir un hérétique ?

– Madame, j'ignore ce qu'est vraiment un hérétique. Ce terme est fort employé de nos jours. Il semble s'appliquer à tous ceux que l'on désire voir occis.

– Ou des sorcières ? Avez-vous exécuté des sorcières ?

– Je suis un soldat, pas un prêtre.

– Bien des soldats se chargent de la responsabilité des prêtres, n'est-ce pas ? Et de nombreux prêtres se font gens d'armes.

– Je ne suis pas de cet acabit. J'ai vu de pauvres démentes et de vieilles femmes appelées sorcières, et exécutées comme telles, madame. Mais je n'ai jamais vu d'actes magiques, ni d'incantations, ni d'évocations de démons ou de monstres. (J'ai souri.) Certaines de ces vieilles peaux connaissaient si bien Méphistophélès qu'elles parvenaient presque à prononcer son nom quand on le leur répétait plusieurs fois...

– La sorcellerie ne vous effraie donc pas ?

– Non. Je devrais plutôt dire : ce que j'ai vu de la sorcellerie ne m'effraie pas.

– Vous êtes un homme sensé, monsieur.
J'ai supposé qu'il s'agissait d'un compliment.
– Selon les critères de notre monde, madame. Mais pas selon les miens.
Cette réplique parut lui déplaire.
– Une excellente réponse. Vous êtes donc très exigeant avec vous-même ?
– Je m'impose peu de chose, à part survivre. Je prends ce dont j'ai besoin autour de moi.
– Alors, vous êtes un voleur ?
– Je suis un voleur, si vous voulez. Mais j'espère ne pas être un hypocrite.
– Et quand même insatisfait.
– Comment cela ?
– Vous dissimulez la plus grande partie de vous-même afin d'être le soldat que vous décrivez. Et ensuite, vous prétendez que cette partie n'existe pas.
– Je ne vous comprends pas. Je suis ce que je suis.
– C'est-à-dire ?
– Ce que le monde a fait de moi.
– Et non pas ce que Dieu a créé ? Dieu a bien créé le monde, n'est-ce pas ? demanda-t-elle.
– J'ai entendu des théories différentes.
– Celles des hérétiques ?
– Allons, madame ! Ce sont des âmes désespérées, comme nous autres.
– Vous avez l'esprit très large. C'est bien rare.
– Pour un soldat ?
– Pour quiconque vit à notre époque.
– Je ne suis pas certain d'avoir l'esprit très large. Mais il est insouciant. Je me moque des discussions métaphysiques, comme je crois vous l'avoir déjà précisé.
– Vous n'avez donc pas de conscience ?
– C'est trop cher à entretenir de nos jours, madame.
– Elle est négligée, mais elle existe quand même ?
– Serait-ce ma conscience que je m'efforce de me

cacher, selon vous ? Auriez-vous l'intention de me convertir à une quelconque foi, madame ?

– Ma foi n'est pas très différente de la vôtre.

– C'est ce que je pensais.

– L'âme ? La conscience ? Ces mots signifient peu de chose s'ils ne sont pas précisés, je suis certaine que vous en conviendrez.

– J'en conviens très volontiers.

Nous avons continué un petit moment sur ce sujet, puis la discussion s'est élargie.

Il s'avéra que Sabrina était une femme érudite, possédant un large éventail d'expériences et d'anecdotes. Cependant, plus nous restions ensemble, et plus je la désirais.

Oubliant le déjeuner, nous avons continué de boire et de bavarder. Elle mentionnait les auteurs grecs et romains, elle faisait des citations poétiques dans plusieurs langues. Elle parlait bien plus couramment que moi les langages de l'Europe et de l'Orient modernes.

Il m'apparut comme évident que cette Sabrina devait être grandement estimée par son maître et qu'elle était probablement davantage qu'une simple maîtresse. Une femme pouvait voyager en courant un peu plus de risques mais en éveillant moins de soupçons qu'un émissaire masculin. J'en conçus l'idée qu'elle devait connaître un bon nombre de cours puissantes. Et, pourtant, je me demandais comment ses serviteurs pouvaient être reçus s'ils l'accompagnaient dans de tels endroits.

Le soir tombait. Nous nous sommes rendus dans la cuisine où elle a préparé, avec les mêmes ingrédients, un repas bien meilleur que ceux que j'avais pu réaliser auparavant. Nous avons encore bu un peu de vin puis, sans autres préliminaires, nous avons monté jusqu'à une des chambres principales et nous nous sommes dévêtus.

Les dernières lueurs du crépuscule donnaient un aspect blanc crémeux aux draps, aux courtepointes et aux rideaux du lit. Le corps nu de Sabrina était parfait. Elle avait une peau claire et immaculée, des seins petits et fermes. Je n'avais encore jamais vu de femme comme elle, sinon en statue, ou dans certains tableaux.

Avant cette nuit-là, je n'avais pas cru à la perfection, et tout en conservant une saine méfiance à l'égard des motifs qui guidaient Sabrina, j'étais bien décidé à n'offrir aucune résistance à ses charmes.

Nous nous sommes couchés aussitôt. Tour à tour, elle se montra tendre, féroce, passive et agressive. Je m'accordais à ses désirs, quels qu'ils fussent, comme elle s'accordait aux miens. Mes sentiments, qui avaient presque autant diminué que ceux des serviteurs de Sabrina, s'éveillaient à nouveau.

Je sentais mon imagination revenir, et avec elle une bonne ration d'espoir, de cet ancien optimisme que j'avais éprouvé à Bek durant ma jeunesse.

Il m'apparut que notre union était prédestinée, car il paraissait manifeste que nous prenions autant de plaisir l'un que l'autre. Je me délectais de son parfum, du contact de sa peau.

Notre passion semblait éternelle comme le mouvement des marées; notre désir balayait toutes les fatigues. Je me serais entièrement offert à elle, s'il n'y avait pas eu le souvenir lancinant qu'elle était liée à un autre homme. Et cela retenait une partie de moi-même. Mais ce n'était qu'une fraction minuscule, qui aurait bien pu ne pas exister.

Nous avons fini par nous endormir; et nous nous sommes réveillés avant l'aurore, pour faire de nouveau l'amour. Une ou deux semaines passèrent. Sabrina me fascinait de plus en plus.

Un matin, à moitié endormi, tandis que se levait une aube grise, j'ai murmuré que je désirais l'emmener avec moi; elle pourrait abandonner ses affreux serviteurs, et nous trouverions un autre lieu épargné par la guerre.

– Y a-t-il un autre lieu? me demanda-t-elle avec un sourire tendre.

– Dans l'Est, probablement. Ou bien en Angleterre.

Nous pourrions aller en Angleterre. Ou même jusqu'au Nouveau Monde.

Elle eut un air triste en me caressant la joue.

– Ce n'est pas possible, dit-elle. Mon Maître ne le permettrait pas.

Je me suis emporté :

– Il ne nous trouverait pas.

– Mon Maître nous trouverait, et il m'arracherait à toi, tu peux en être sûr.

– Dans le Nouveau Monde ? Serait-ce le pape ?

Elle parut surprise et je me suis demandé si ma question, de pure forme, n'avait pas frappé juste. J'ai continué :

– Je le combattrai. Je lèverai une armée contre lui s'il le faut.

– Tu serais vaincu.

Je lui ai demandé, plus sérieusement :

– Ton maître, c'est le pape ?

– Oh, non ! s'exclama-t-elle vivement. Il est bien plus puissant que le pape.

J'ai froncé les sourcils.

– Peut-être à tes yeux. Mais sûrement pas aux yeux du monde ?

Elle se tourna dans le lit, puis elle déclara d'une voix douce, en évitant de me regarder directement :

– Aux yeux de la Terre entière, et même du Ciel.

Malgré moi, je fus troublé par sa réponse. Il me fallut encore une semaine avant de trouver le courage de l'interroger à nouveau. J'aurais préféré ne pas revenir sur ce sujet :

– Tu as promis de répondre à mes questions, lui ai-je demandé un autre matin. Ne serait-il pas honnête de me donner le nom de ton seigneur tout-puissant ? Après tout, cela pourrait être dangereux pour moi de rester ici.

– Tu ne cours aucun péril particulier.

– C'est à moi d'en juger. Tu dois m'en laisser le choix.

– Je sais... (Sa voix s'éteignit.) Demain, dit-elle.

Le lendemain, j'ai insisté :

– Son nom ?

J'ai vu se mêler sa terreur et la mienne.

De l'endroit du lit où elle se trouvait, elle m'a regardé droit dans les yeux. Elle a secoué la tête, mais j'ai répété :

– Qui est ton seigneur ?

Elle remua lentement les lèvres, et leva la tête en parlant. Sa bouche semblait toute sèche, son expression étrangement impassible.

– Son nom est Lucifer, dit-elle.

Je faillis perdre complètement mon sang-froid. Sa réponse m'avait secoué de diverses façons en même temps, car je ne parvenais pas à trouver comment je devais interpréter ses paroles. Je refusais d'abandonner ma raison aux attaques de la superstition. Je me suis redressé dans le lit en me forçant à rire.

– Et tu es une sorcière, c'est cela ?

– On m'a donné ce nom, dit-elle.

– Une envoûteuse ! (J'avais l'impression d'être à moitié fou.) En réalité, tu n'es qu'une vieille harpie qui m'a ensorcelé !

– Je suis telle que tu me vois, dit-elle. Mais, c'est vrai, j'ai été une sorcière.

– Et tes pouvoirs viennent de ton pacte avec le Prince des ténèbres ?

– Non. J'ai été traitée de sorcière par les gens qui avaient l'intention de me tuer. Mais c'était avant ma rencontre avec Lucifer...

– Il y a peu de temps, tu laissais entendre que tu partageais mon opinion à propos des sorcières !

– C'est exact – à propos de ces pauvres femmes suppliciées.

– Alors pourquoi prétends-tu être une sorcière ?

– C'est toi qui as employé ce terme. Et j'ai reconnu qu'on me l'avait attribué.

– Tu n'es pas une sorcière ?

– Quand j'étais jeune, j'avais certains dons, que je mettais au service de ma ville. Je ne suis pas une sotte.

On écoutait mes conseils, et on les suivait. Mon père m'avait donné une bonne éducation. Je pouvais lire et écrire. Je connaissais d'autres femmes comme moi, et nous nous réunissions, autant pour apprécier l'intelligence des autres que pour discuter d'alchimie, de plantes médicinales et de choses de ce genre. (Elle haussa les épaules.) C'était une petite ville. Les gens étaient des petits marchands, des paysans, enfin, tu vois... Généralement, les femmes n'ont pas le droit d'étudier, sauf si elles entrent au couvent. Les chrétiens n'accordent pas la sagesse à Eve, n'est-ce pas? Ils peuvent seulement suggérer qu'elle a subi l'influence d'un ange déchu.

Elle avait terminé d'un ton sardonique. Puis elle soupira, et s'appuya sur un de ses bras nus pour me regarder.

– Dans ma ville, les hommes érudits étaient déjà suspects. Les femmes n'avaient aucun droit à la connaissance. Apparemment, les hommes craignent deux choses en ce bas monde – les femmes et la connaissance. Car elles menacent leur pouvoir, hein?

– Si tu veux, répondis-je. Mais n'y avait-il pas d'autres femmes en ville qui avaient peur de cela?

– Bien sûr. D'une certaine façon, elles le craignaient même davantage. Finalement, c'est une femme qui nous a trahies.

– Ainsi vont les choses, déclarai-je. Beaucoup de gens parlent de liberté, de libre pensée, mais bien peu désirent assumer la responsabilité de les posséder réellement.

– C'est pour cela que tu insistes sur le fait que tu es un soldat?

– Oui, je le crois. Je n'ai pas grande envie d'une véritable liberté. C'est pour cela que tu m'as laissé te traiter de sorcière?

Elle eut un sourire triste.

– Peut-être.

– Et c'est pour cela que tu déclares maintenant que Satan est ton Maître?

– Pas exactement, répondit-elle. Bien que je suive ton raisonnement.

– Comment les gens de ta ville en sont-ils arrivés à prétendre que tu étais une sorcière ?

– Peut-être à cause de ma fierté, dit-elle. Nous commencions à nous considérer comme une force puissante pour l'amélioration du monde. Nous pratiquions certaines formes de magie, et nous faisions parfois des expériences. Mais notre magie était uniquement blanche. J'avoue que nous avons également étudié la sorcellerie. Nous savions comment elle pouvait être employée. Surtout par les faibles, qui cherchent dans le mal une fausse puissance.

– Vous avez fini par croire que vous étiez assez fortes pour résister aux préjugés humains ? Vous avez commis des imprudences ?

– Oui, on pourrait le dire.

– Mais comment en es-tu venue à « servir Satan », comme tu dis ?

Je croyais alors qu'elle parlait d'une manière métaphorique, ou du moins qu'elle exagérait. Je ne pouvais toujours pas croire qu'elle était folle. Après tout, elle formulait sa confession en termes parfaitement rationnels.

– Notre assemblée a été découverte, dénoncée. On nous jeta en prison. Nous avons été torturées, bien entendu, puis jugées et déclarées coupables. Beaucoup ont avoué des pactes avec le Diable. (Elle prit un air sombre.) A ce moment-là, je ne pouvais pas croire que tant de gens méchants se poseraient en défenseurs du bien alors que nous, qui n'avions fait aucun mal et qui avions servi nos concitoyens, nous étions soumises au traitement le plus dégoûtant et le plus brutal.

– Mais tu t'es échappée...

– Quand je me suis retrouvée dans ce donjon, blessée, humiliée, j'ai perdu mes illusions. J'étais désespérée. Je me suis dit que si je devais être traitée de sorcière, je pouvais aussi bien me comporter comme telle.

Je connaissais les invocations nécessaires pour appeler un serviteur du Diable.

Elle se déplaça doucement et me regarda droit dans les yeux avant de poursuivre :

– Une nuit, dans ma cellule, parce que je voulais échapper à la mort et à d'autres supplices, parce que j'avais perdu ma croyance dans le pouvoir de mes sœurs, sur lequel j'avais pourtant fidèlement compté, j'ai entamé le rituel nécessaire. C'était au moment de ma plus grande faiblesse. Et tu dois savoir que c'est cet instant que choisissent les serviteurs de Lucifer.

– Tu as appelé un démon ?

– Et j'ai vendu mon âme.

– Et tu as été sauvée.

– Une fois le pacte conclu, j'ai contracté la peste, et je fus jetée vive dans une fosse à la lisière de la ville. Je me suis échappée de la fosse, et la peste a disparu. Deux jours plus tard, alors que j'étais allongée dans une grange, mon Maître m'est apparu en personne. Il m'a déclaré qu'Il avait particulièrement besoin de moi. Puis Il m'a amenée ici, où l'on m'a enseigné la manière de Le servir.

– Tu crois réellement que c'est Lucifer qui t'a amenée ici ? Que ce château Lui appartient ?

J'ai tendu la main pour toucher son visage.

– Je sais que Lucifer est mon Maître. Je sais que ce lieu est Son domaine sur la Terre.

Elle pouvait voir que je ne la croyais pas.

– Mais Il n'y séjourne pas aujourd'hui ? demandai-je.

– Il s'y trouve en ce moment même, répondit-elle d'un ton catégorique.

J'ai insisté :

– Je n'ai découvert aucun signe de Lui.

– Pourrais-tu reconnaître le signe de Lucifer ? interrogea-t-elle, comme si elle s'adressait à un enfant.

– Je m'attendrais au moins à sentir une odeur de soufre, répliquai-je.

Elle fit un geste ample de la main.

– Ce château tout entier, la forêt qui l'entoure, voilà Sa marque. Pourrais-tu refuser d'y croire ? Pourquoi les insectes les plus petits l'éviteraient-ils ? Pourquoi des armées entières le craindraient-elles ?

– Et pourquoi n'ai-je ressenti qu'un léger trouble en arrivant ici ? Et comment peux-tu vivre dans ce lieu ?

Son expression s'emplit de tristesse.

– Seules les âmes qui Lui appartiennent peuvent exister ici, répondit-elle.

J'ai frissonné, le froid m'envahit. Sabrina m'avait presque convaincu. Heureusement, ma raison se remit aussitôt à fonctionner. Mon habituelle volonté de survie. J'ai quitté le lit et j'ai commencé à enfiler mes vêtements.

– Alors, je vais partir, dis-je. Je n'ai aucune envie de conclure un pacte avec Lucifer, ou avec quiconque prétend être Lucifer. Et je te propose de m'accompagner, Sabrina. A moins que tu ne souhaites demeurer l'esclave de tes illusions.

Son regard se fit rêveur.

– Si seulement il s'agissait d'une illusion, et que tu puisses me sauver.

– Je le peux. Nous partirons sur le dos de mon cheval bien réel. Viens avec moi.

– Je ne peux pas partir, et toi non plus. Ni ton cheval, en fait, car il t'a servi.

J'ai répondu d'un air moqueur :

– Aucun homme n'est complètement libre, madame, et l'on peut en dire autant de sa monture, mais nous sommes suffisamment libres pour quitter cet endroit sur-le-champ !

– Tu dois rester pour rencontrer mon Maître, dit-elle.

– Je n'ai pas l'intention de vendre mon âme.

– Tu dois rester. (Elle me tendit une main tremblante.) Pour moi.

– Madame, un tel appel à mon honneur est inutile. Je n'ai plus d'honneur. Il me semblait l'avoir dit d'une manière parfaitement claire.

– Je t'en prie, insista-t-elle.

Plus que mon honneur, c'était mon désir qui me retenait. J'hésitais encore.

– Tu prétends que ton Maître se trouve dans le château en ce moment?

– Il nous attend.

– Seul? Où cela? Je prendrai mon épée et je m'occuperai de ton « Lucifer », de ton enchanteur, à ma manière habituelle. Il t'a trompée. Je Le confronterai à du bon acier tranchant et te prouverai qu'il s'agit d'un mortel. Tu seras bientôt libre, je te le promets.

– Apporte ton épée si tu veux, dit-elle.

Elle se leva et revêtit une ample robe de soie blanche. Je suis restée près d'elle, en la regardant d'un air impatient tandis qu'elle s'habillait soigneusement. Je ressentis même un pincement de jalousie, comme celui qu'éprouve un mari cocu en voyant sa femme se parer pour son amant.

En vérité, il était curieux qu'une femme aussi belle et intelligente pût se croire l'esclave de Satan Lui-même. Notre époque était telle que le désespoir humain prenait bien des formes de la démence.

J'ai bouclé mon ceinturon autour de ma taille, pardessus ma chemise, j'ai enfilé mes bottes et je me suis dressé devant Sabrina, cherchant à évaluer la profondeur de son illusion. Elle me fixa droit dans les yeux; il y avait de la douleur dans son regard, ainsi qu'une étrange détermination.

– Si tu es folle, dis-je, c'est bien la forme de démence la plus subtile que j'aie jamais rencontrée.

– L'imagination humaine pousse chacun de nous vers la folie, selon sa condition, déclara-t-elle. Je ne suis pas moins sensée que toi.

– Alors, tu n'es qu'à demi folle, lui dis-je.

Je lui offris mon bras en ouvrant la porte de la chambre devant elle. Le couloir était froid.

– Où ton Lucifer tient-Il Sa cour?

– En Enfer, répondit-elle.

Nous avons suivi le couloir à pas lents, avant de descendre les larges marches de pierre qui menaient à la grand-salle.

– Et Son château se trouve en Enfer ? lui demandai-je en regardant autour de moi d'une manière quelque peu théâtrale.

Je pouvais distinguer les arbres à travers les vitraux. Rien n'avait changé depuis mon séjour solitaire.

– Peut-être, dit-elle.

J'ai secoué la tête. Il en fallait beaucoup pour ébranler ma vision rationnelle du monde, car mon esprit avait connu l'épreuve des feux de la guerre, de ses terreurs et de ses cruautés, et il avait survécu à la contemplation de malheurs et de folies considérables.

– Alors, le monde entier serait l'Enfer ? Voilà la philosophie que tu proposes ?

– Ah ! s'exclama-t-elle d'un ton presque joyeux, serait-ce donc là ce qui nous reste, monsieur, lorsque nous avons abandonné tout autre espoir ?

– C'est un signe d'espoir de croire que notre propre monde est l'Enfer, c'est cela ?

– L'Enfer vaut mieux que rien du tout, répondit-elle, du moins, pour beaucoup de gens.

– Je refuse de croire une telle ineptie, lui dis-je. La plupart de mes opinions sont désormais rigoureuses et inflexibles, madame. Apparemment, nous revenons au domaine de la spéculation. Je veux voir un Diable concret; et si nous sommes en Enfer, je veux en avoir une preuve concrète.

– Tu emploies ton intelligence avec parcimonie !

– Je ne pense pas. Je suis un soldat, comme je te l'ai répété plus d'une fois. C'est le caractère du soldat. Il lui faut des faits purs et simples.

– Nous avons déjà discuté des raisons pour lesquelles tu as décidé de devenir soldat.

Une fois de plus, je fus amusé par son esprit tranchant.

Nous descendions les marches, passant alternativement de l'ombre à la lumière. Les changements d'éclairage donnaient à ses traits diverses expressions, qui m'étaient devenues familières.

Une telle force d'esprit ou de corps n'était généralement pas associée à la sorcellerie ou à l'adoration de Satan. Selon mon expérience, et comme Sabrina me l'avait laissé entendre, ceux qui demandaient l'aide des démons étaient des créatures misérables et faibles qui avaient perdu tout espoir de salut, que ce soit sur Terre ou dans les Cieux.

Nous traversions maintenant les appartements principaux, en direction de l'énorme porte de la bibliothèque.

– Il est là, dit-elle.

Je me suis arrêté pour tirer mon épée. J'ai reniflé.

– Toujours pas de soufre, dis-je. Est-ce qu'Il a des cornes, ton Maître ? Une longue queue ? Des pieds fourchus ? Est-ce que Ses narines crachent du feu ? Ou bien Son enchantement est-il d'un genre plus subtil ?

– Je dirais qu'il est plus subtil, déclara-t-elle doucement.

Elle semblait déchirée entre l'envie de se justifier et le désir de fuir avec moi. Quand elle leva les yeux vers moi, son regard était à la fois provocateur et craintif. Elle paraissait même encore plus belle. J'ai touché sa chevelure, pour la caresser. J'ai embrassé ses lèvres chaudes.

Puis je me suis avancé et j'ai ouvert les deux battants de la grande porte.

Sabrina posa sa main sur mon bras et me précéda dans la pièce. Elle fit une révérence.

– Maître, je Vous ai amené le capitaine von Bek.

Je l'ai suivie aussitôt, mon épée à la main, l'esprit disposé à relever n'importe quel défi, mais ma résolution disparut immédiatement.

Assis à la table centrale, apparemment plongé dans la lecture, se trouvait l'être le plus merveilleux que j'eusse jamais rencontré.

Je me sentis pris de vertige. Mon corps refusait toute instruction. Je me suis incliné.

Il était nu, et Sa peau luisait comme si elle était parcourue de légères flammes tremblotantes. Ses cheveux bouclés avaient la couleur de l'argent, et Ses yeux semblaient des perles de cuivre en fusion. Son corps était énorme et parfaitement formé, et quand Ses lèvres me firent un sourire, j'eus l'impression de n'avoir jamais aimé auparavant; je L'aimai. Il émanait de Sa personne une aura que je n'avais jamais associée avec celle du Diable : peut-être était-ce une sorte d'humilité très digne combinée à un sentiment de pouvoir presque illimité.

Il reposa le livre et se mit à parler d'une voix grave et harmonieuse.

– Soyez le bienvenu, capitaine von Bek. Je suis Lucifer.

Je Lui répondis. Je croyais en Lui à cet instant, et je le Lui disais.

Debout de toute Sa hauteur, Lucifer accepta mes paroles, puis Il se dirigea vers les étagères, sur lesquelles Il replaça le livre.

Il se déplaçait avec grâce et chacun de Ses gestes offrait l'impression d'une profonde tristesse. Il était facile de voir qu'un tel être avait été le favori de Dieu et qu'Il était probablement l'Ange déchu, détruit par l'orgueil; humble maintenant, mais incapable de retrouver Sa place au Paradis.

Je crois Lui avoir dit que j'étais à Son service. Je ne pouvais pas contrôler mes paroles, mais j'avais suffisamment repris mes esprits pour renier mentalement les conséquences de ce que je proférais. Je tentais désespérément de sauvegarder ma raison.

Il paraissait comprendre tout cela et le considérer avec compassion. Mais Sa compassion, bien entendu, était si désarmante que je m'efforçais de n'en pas tenir compte.

Il me répondit comme si mon hommage avait été volontaire :

– Je désire conclure un marché avec vous, capitaine von Bek.

Lucifer sourit, comme pour se moquer de Lui-même :

– Vous êtes intelligent et courageux, et vous acceptez de reconnaître la réalité de ce que vous êtes devenu.

– Cette réalité... commençai-je avec difficulté, n'est pas... n'est pas...

Il feignit de ne pas m'entendre.

– C'est la raison pour laquelle j'ai demandé à ma servante Sabrina de vous conduire jusqu'à moi. J'ai besoin de l'aide d'un humain adulte. Une personne sans préjugés. Ayant une grande expérience. Habituée à traduire ses pensées en actions déterminées. Une personne qui ne cède point à la crainte et à l'hésitation. De tels gens sont toujours bien rares en ce monde.

Ma langue n'était pas liée. Il m'était permis de parler :

– C'est également ce que je pense, prince Lucifer. Mais ce n'est pas moi que Vous décrivez. Je ne suis qu'un piètre spécimen de l'humanité.

– Disons que vous êtes le meilleur spécimen disponible, selon mes goûts.

Je reprenais un peu d'assurance.

– Je crois que Vous voulez me flatter, Votre Majesté.

– Pas du tout. Je vois partout des qualités. Je vois que vous avez des mérites, capitaine von Bek.

J'ai souri.

– Vous êtes censé reconnaître le mal et la vilenie, et faire appel à ces qualités.

Lucifer secoua la tête.

– C'est là ce que l'humanité discerne en moi : le désir de trouver des exemples pour ses propres instincts les plus bas. Beaucoup de gens croient que s'ils découvrent un exemple, cela pourra les dispenser de leur propre responsabilité. On me prête un grand nombre de caractéristiques effrayantes, capitaine. Mais je possède, moi aussi, de nombreuses qualités. C'est là le secret de ma puissance et, d'une certaine manière, de la vôtre. Le saviez-vous ?

– Je l'ignorais, Votre Majesté.

— Mais vous me comprenez ?
— Je crois que oui.
— Je vous demande de me servir.
— Vous devez avoir sous Vos ordres des personnes bien plus puissantes que moi.

Lucifer se rassit derrière le bureau. Il semblait maintenant écouter attentivement la moindre de mes paroles. Et, bien entendu, ce comportement même était flatteur pour moi.

— Des personnes puissantes, certainement, répondit-Il. Et même beaucoup. A la manière dont on considère le pouvoir sur la Terre. La majeure partie de la sainte Eglise est à moi désormais; mais c'est un fait bien connu des gens sensés. La plupart des princes m'appartiennent. Des savants agissent pour moi. Ainsi que des poètes. Les commandants des armées et des flottes. Vous pourriez penser que j'en suis satisfait, hein ? Il y a rarement eu autant de gens à mon service. Mais j'en ai bien peu tels que vous, von Bek.

— Je ne peux pas croire cela, Votre Majesté. Notre époque abonde en soldats sanguinaires.

— Et il en a toujours été ainsi. Mais il y a très peu de soldats ayant vos qualités. Très peu qui agissent en ayant pleine conscience de ce qu'ils sont et de ce qu'ils font.

— Est-ce une vertu de savoir que l'on est un boucher, un voleur ? que l'on est cruel et sans la moindre charité ?

— Je le crois. Mais je suis Lucifer.

Encore cette ironie envers Lui-même. Sabrina fit une nouvelle révérence.

— Dois-je partir, Monseigneur ?

— Oui, répondit Lucifer. Je le pense, ma chère. Je vous promets de vous ramener le capitaine en temps utile.

La sorcière se retira. Je me demandais si Sabrina m'avait abandonné à tout jamais, maintenant qu'elle avait accompli sa mission. J'ai tenté de regarder directement cet être qui s'appelait Lui-même Lucifer, mais il me fut trop émouvant de fixer ces yeux terribles et mélancoliques. J'ai porté mon attention vers la fenêtre. Je pouvais voir au travers la masse des arbres qui composaient la grande forêt. Je faisais des efforts pour m'accrocher à cette vision, afin de préserver ma raison et de me rappeler que j'avais très probablement été drogué par la complice d'un homme qui n'était rien de plus qu'un charlatan de très grande classe.

– Maintenant, dit le Prince des ténèbres, ne voudriez-vous pas m'accompagner en Enfer, capitaine ?

– Comment ? répondis-je. Serais-je déjà damné ? Serais-je mort ?

– Je vous donne ma parole que je vous ramènerai dans cette pièce, affirma Lucifer en souriant. Si le marché que je vous propose ne vous intéresse pas, il vous sera permis de quitter le château sans le moindre risque, et de faire ensuite ce que vous voudrez.

– Alors pourquoi devrais-je Vous suivre en Enfer ? On m'a enseigné qu'il ne fallait avoir aucune confiance en la parole de Satan. On dit qu'Il utiliserait n'importe quel moyen pour s'approprier une âme honnête.

Lucifer se mit à rire.

– Et vous avez peut-être raison, capitaine. Votre âme est-elle honnête ?

– Elle n'est pas très pure.

– Mais on peut dire, en gros, qu'elle est honnête ? Exact ?

– Vous semblez accorder une grande valeur à cette honnêteté ?

– Une grande valeur, capitaine. Je vous avoue franchement que j'ai besoin de vous. Vous ne vous estimez pas autant que je vous estime. Peut-être est-ce également une de vos qualités. Je suis prêt à vous offrir de bonnes conditions.

– Mais Vous ne voulez pas me préciser ces conditions.

– Pas avant que vous n'ayez visité l'Enfer. Ne souhaitez-vous pas satisfaire votre curiosité ? Bien peu de gens ont la possibilité de voir l'Enfer avant leur temps.

– Votre Majesté, ces rares personnes, d'après ce que j'ai lu, sont généralement l'objet d'une tromperie qui les fait rapidement retourner en Enfer.

– Je suis un ange, capitaine von Bek; et je vous donne ma parole d'ange que je ne cherche pas à vous tromper. Je serai franc avec vous : je ne peux pas me permettre de vous tromper. Si j'obtenais ce dont j'ai besoin par la tricherie, cela me serait sans utilité.

Lucifer m'offrit Sa main.

– Voulez-vous descendre avec moi dans mon domaine ?

J'hésitais encore, je n'étais pas entièrement convaincu qu'il ne s'agissait pas d'un enchantement complexe et raffiné d'origine purement humaine.

– Ne pouvons-nous pas conclure notre affaire ici ? demandai-je.

– Nous le pourrions. Mais, une fois ce marché conclu – s'il est conclu –, lorsque nous nous serons séparés, serez-vous encore vraiment certain d'avoir négocié avec Lucifer ?

– Je suppose que non. Même en ce moment, je pense que je suis peut-être le jouet d'une illusion due à quelque drogue.

– Vous ne seriez pas le premier à penser que sa rencontre avec moi n'a été qu'un rêve. En règle générale, il m'importerait peu que vous pensiez avoir été l'objet d'une illusion ou que vous soyez absolument certain d'avoir pu rencontrer le Prince des ténèbres. Mais je suis impatient de vous fournir des preuves, capitaine.

– Pourquoi Lucifer se donnerait-Il tant de mal ?

Un frisson de cet ancien orgueil. Presque une lueur de colère. Qui disparut aussitôt.

– Soyez assuré, capitaine, qu'en cette occasion cela m'importe beaucoup, répondit Lucifer d'une voix grave et insistante.

– Il faut être plus précis avec moi, Votre Majesté.

Je dus me forcer pour bredouiller cette simple phrase.

Il déploya toute Sa patience.

– Je ne peux pas vous fournir de preuves ici même. Comme vous le savez sans doute, je suis en grande partie obligé d'utiliser l'humanité pour appliquer mes desseins sur la Terre, il m'est interdit toute influence directe sur les créatures de Dieu, à moins qu'elles ne le demandent elles-mêmes. Je prends grand soin de ne rien faire qui puisse provoquer Dieu. J'aspire à la liberté, von Bek. (Ses yeux cuivrés révélaient une douleur plus intense que celle que j'avais pu observer dans le regard de Sabrina.) Une fois, j'ai pensé pouvoir l'obtenir. Et je sais désormais que cela m'est impossible. C'est pourquoi je souhaite retrouver ma place.

– Votre place au Paradis, Votre Majesté ?

J'étais stupéfait.

– Au Paradis, capitaine von Bek.

Lucifer désireux d'obtenir Son pardon ! Et laissant entendre que d'une certaine façon je pouvais être Son agent dans cette tentative ! S'il s'agissait bien d'un sortilège, d'une transe, elle était particulièrement surprenante.

Je parvins à demander :

– Et cela provoquerait l'abolition de l'Enfer ? Cela mettrait un terme à la souffrance du monde ?

– C'est ce qui vous a été enseigné.

– Ce n'est pas vrai ?

– Qui le sait, capitaine von Bek ? Je ne suis que Lucifer. Je ne suis pas Dieu.

Ses doigts touchèrent les miens.

Inconsciemment, j'avais tendu la main vers Lui.

Sa voix était une vibration implorante et persuasive.

– Venez, je vous en prie. Venez.

Nous paraissions engagés dans une sorte de danse, en nous balançant comme un serpent et sa victime.

J'ai secoué la tête. Un conflit intérieur emplissait mon esprit. Je sentais que je perdais en même temps mon équilibre physique et mental.

Il toucha de nouveau ma main. Je suffoquais.

— Venez, von Bek. Venez en Enfer.

Sa peau était chaude, mais ne me brûlait pas. C'était un contact sensuel, et pourtant incroyablement puissant.

— Votre Majesté...

A mon tour, je L'implorai.

— N'avez-vous donc aucune miséricorde, von Bek? Ayez pitié de l'Ange déchu. Ayez pitié de Lucifer.

L'insistance, la souffrance, le besoin, le désespoir, tout conspirait à ma défaite, mais je combattis durant quelques secondes encore.

— Je n'ai aucune pitié, dis-je. J'ai balayé la pitié de mon âme. J'ai balayé la miséricorde. Je ne vis que pour moi-même!

— *Ce n'est pas vrai, von Bek.*

— Si, c'est vrai! C'est vrai!

— *Une créature ignorant totalement la pitié ne saurait même pas de quoi il s'agit. Vous résistez à la miséricorde qui est en vous-même. Vous résistez à la pitié. Vous êtes victime de votre raison. Elle a remplacé votre humanité. Et voilà ce qu'est réellement la mort, bien que vous puissiez marcher, respirer. Aidez-moi à regagner ma place au Paradis, et je vous aiderai à revivre...*

— Oh, Votre Majesté, dis-je. Vous êtes bien aussi malin qu'on l'affirme. (Bien que vaincu par Lui à ce moment, j'ai quand même tenté de conclure une sorte d'accord provisoire.) Je vais Vous suivre, à la condition que je serai de retour dans cette pièce avant qu'une heure se soit écoulée. Et que je pourrai revoir Sabrina...

— *Accordé.*

Les dalles de la bibliothèque fondirent devant nous. Elles se transformèrent en mercure, puis en eau bleutée. Nous nous sommes mis à flotter, puis à descendre, comme si nous traversions un ciel froid, vers un paysage lointain, large, blanc, sans horizon.

3

Ma peau semblait maintenant presque aussi blanche que cette surface plane. Je pouvais distinguer sur mes mains des petites lignes, des contours de veines et d'os que je n'avais jamais remarqués auparavant.

Mes ongles brillaient comme du verre et paraissaient extraordinairement fragiles.

Je ne pesais pratiquement plus rien. J'aurais pu tout aussi bien être un fantôme de cristal.

– Est-ce l'Enfer ? demandai-je à Lucifer.

Le Prince des ténèbres était également très pâle. Seuls Ses yeux, noirs comme du métal brûlé, restaient vifs.

– C'est l'Enfer, dit-Il. Disons plutôt : une partie de mon domaine. Un domaine qui est, bien évidemment, infini.

– Et possède des aspects infinis ?

– Bien sûr que non. Vous parlez du Paradis. L'Enfer est le royaume de la Contrainte et de la Morne Singularité.

Son sourire était presque hésitant; Il me regarda de biais comme s'Il craignait que je ne saisisse point Son ironie.

Lucifer semblait faire preuve d'une certaine timidité à mon égard. Je pouvais croire qu'Il espérait me donner une bonne opinion de Lui-même. Et j'étais troublé par les raisons d'une telle attitude. Il émanait toujours de Lui une aura de talent et de puissance extraordinaire. Malgré les efforts de ma volonté, j'étais toujours attiré vers Lui. Je n'avais sans doute aucun moyen concevable de Lui résister. Et pourtant, j'avais l'impression de Le mettre mal à l'aise. Que pouvais-je donc détenir qu'Il n'était pas capable d'exiger ? Pourquoi était-Il si désireux de posséder mon âme ?

Mais il me semblait vain de vouloir percer les desseins de Satan. Il pouvait certainement lire chacune de mes pensées, prévoir tous mes arguments, anticiper le moindre de mes actes.

Il m'apparut alors qu'Il se refusait peut-être à agir de la sorte. Son apparente délicatesse était peut-être le résultat de la répugnance qu'Il éprouvait à utiliser Son propre pouvoir. Le Prince des ténèbres, qui pouvait manœuvrer des rois et des généraux, des papes et des cardinaux, pour qui ce genre de manipulation devait être une seconde nature, s'efforçait maintenant d'agir directement, résistait intérieurement aux habitudes d'une vie éternelle.

Mon impression elle-même pouvait être provoquée par le jeu d'une habile supercherie.

Il était manifestement inutile de chercher à comprendre les motifs de Lucifer, ou à saisir Son caractère. Je me disais aussi qu'il ne fallait pas gâcher le peu de ressources mentales qui me restaient à tenter de prévoir Ses actes ou Ses besoins.

Je pouvais seulement espérer qu'Il tiendrait parole. J'accepterais de voir ce qu'Il voulait me montrer de Son royaume. Mais en continuant de croire qu'aucune chose n'était exactement ce qu'elle semblait être.

– Vous êtes pragmatique jusqu'à la moelle des os, capitaine, déclara Lucifer d'un ton désinvolte. Jusqu'au fond de l'âme, pourrait-on dire.

Ma voix me parut plus faible qu'à l'accoutumée. J'eus l'impression qu'il y avait un léger écho.

– Vous voyez mon âme, Votre Majesté ?

Il passa son bras autour du mien et nous nous sommes avancés dans la plaine.

– Elle m'est familière, capitaine.

Cette affirmation ne produisit aucune crainte en moi, alors que sur Terre j'aurais au moins frissonné. Tout en étant conscient de la présence de Lucifer, mon corps n'était plus ni matériel ni spirituel, mais entre les deux. Des émotions qui auraient dû s'exprimer avec force se ressentaient à peine désormais; mon esprit semblait plus lucide, mais cela même pouvait être une illusion;

mes mouvements étaient lents et posés, mais ils obéissaient assez bien à ma volonté.

Un tel état n'était pas désagréable, et je me demandais si c'était là la condition habituelle des anges et des entités surnaturelles appartenant aux ordres supérieurs.

Cela ne me semblait pas particulièrement étrange, en traversant l'Enfer, bras dessus, bras dessous avec Lucifer, de commencer à penser en termes de créatures spirituelles et de royaumes s'étendant au delà du monde terrestre, alors que pendant des années je m'étais refusé à croire à autre chose qu'aux phénomènes les plus substantiels et les plus matériels.

La chair et le sang (et surtout la préservation de *ma* chair et de *mon* sang) avaient constitué ma seule réalité depuis mon engagement dans l'armée. Mon esprit et mes sentiments s'étaient émoussés, sans doute, mais seule une sensibilité émoussée pouvait être compatible avec l'existence que j'avais menée. Et une telle existence était la seule raisonnable dans le monde où je vivais.

Et maintenant, d'un seul coup, j'étais confronté non seulement au retour de mes sentiments les plus délicats, mais j'éprouvais des sensations – illusoires ou non – qui étaient normalement interdites à la majeure partie de l'humanité.

Mon jugement était troublé, et cela n'avait rien d'étonnant. Même en le reconnaissant, je ne pouvais pas m'empêcher d'en être affecté. Je luttais pour me rappeler qu'il ne fallait pas conclure de pacte avec Lucifer, que je ne devais rien accepter; aussi tentante que fût Son offre, je devais m'efforcer de gagner du temps. Car ce n'était pas seulement ma vie qui se trouvait en jeu, mais mon sort futur durant l'éternité.

Lucifer avait l'air de vouloir me rassurer.

– Je vous ai donné ma parole, rappela-t-Il, et je la tiendrai.

Une arche de flammes argentées apparut juste devant nous. Lucifer m'entraîna dans sa direction.

Cette fois, je n'ai pas hésité; j'ai avancé sous l'arche et je me suis retrouvé dans une ville.

Il s'agissait d'une cité en obsidienne noire. Chaque surface, chaque mur, chaque dais et chaque dalle était noire et luisante. Les habitants de cette ville portaient des vêtements aux couleurs riches et franches – écarlate, bleu vif, rouge orangé, vert tendre –, et leur peau avait la couleur du vieux chêne verni.

– Cette cité se trouve en Enfer ? demandai-je.

– C'est l'une des principales cités de l'Enfer, répondit Lucifer.

Lorsque nous passions, les gens s'agenouillaient immédiatement sur le sol, confirmant l'allégeance à leur Seigneur.

– Ils Vous reconnaissent, dis-je.

– Oh oui, bien sûr.

La ville paraissait riche, et ses habitants fortunés. J'ai interrogé Lucifer :

– L'Enfer est un châtiment, n'est-ce pas ? Mais, visiblement, ces gens ne souffrent pas.

– Ils souffrent, déclara Lucifer. C'est leur sort particulier. Vous avez pu voir avec quel empressement ils se prosternaient devant moi.

– Oui.

– Ce sont tous mes esclaves. Aucun d'eux n'est libre.

– Ils n'étaient pas libres non plus sur Terre.

– C'est exact. Mais ils savaient qu'ils seraient libres au Paradis. Leur principal supplice est tout bonnement de savoir qu'ils se trouvent en Enfer pour l'éternité. C'est cette connaissance, en elle-même, qui constitue leur châtiment.

– Quelle liberté y a-t-il au Paradis ? demandai-je.

– En Enfer, on devient ce que l'on craint d'être. Au Paradis, on peut devenir ce que l'on espère être, dit Lucifer.

Je m'attendais à une réponse plus profonde, ou quand même plus complexe.

– Un châtiment plutôt léger, comparé à ceux que prédisait Luther, fis-je remarquer.

– Apparemment. Et beaucoup moins intéressant que les tourments de Luther, comme il pourrait vous le dire lui-même. En Enfer, il n'y a rien de très intéressant.

Cela m'amusait. J'ai demandé :

– Serait-ce une épigramme pour définir l'Enfer ?

– Je doute qu'une telle épigramme puisse exister. Peut-être Luther croirait-il qu'il y en a une. Désirez-vous le lui demander ?

– Il se trouve ici ?

– Dans cette ville même. Elle se nomme la cité des Princes-Humiliés. Elle aurait pu être construite pour lui.

Je n'avais aucune envie de rencontrer Martin Luther, ni en Enfer, ni au Paradis, ni sur Terre. Je dois reconnaître avoir éprouvé une certaine satisfaction en apprenant qu'il n'avait pas obtenu la récompense qu'il convoitait, mais partageait manifestement sa part d'Enfer avec les hommes d'Eglise qu'il avait si sévèrement condamnés. J'ai confié :

– Je crois comprendre ce que Vous voulez dire.

– Oh, je pense que nous comprenons tous deux ce 'est l'orgueil, capitaine von Bek, déclara Lucifer d'un presque joyeux. Dois-je appeler Luther ? Il est nais très docile.

coué la tête.

m'entraîna dans les rues noires. En regar- ages des citoyens, je savais que je ferais n'importe quoi pour éviter de devenir x. Cette damnation était évidemment ais surtout impressionné par leur désespéré. Il y avait aussi leurs sans dignité. Enfin, il y avait cette ace d'humanité.

sera brève, me rassura Luci- ous convaincra.

Nous avons pénétré dans une énorme bâtisse carrée, plongeant dans des ténèbres encore plus profondes.

– Il n'y a pas de flammes ici ? Lui ai-je demandé. Pas de démons ? Pas de pécheurs hurlant de douleur ?

– Peu de pécheurs obtiennent ici ce genre de satisfaction, répondit Lucifer.

Nous nous trouvions sur la rive d'un grand lac peu profond. La surface de l'eau était calme et livide. La lumière grise et laiteuse semblait ne provenir d'aucune source précise. Le ciel avait la même teinte que l'eau.

Aussi loin que portait mon regard, des hommes et des femmes nus se lavaient dans le lac, à quelque distance les uns des autres, plongés dans l'eau jusqu'à la taille.

Le bruit de cette eau était assourdi, indistinct. Les mouvements des hommes et des femmes étaient mécaniques, comme s'ils accomplissaient les mêmes gestes depuis une éternité. Tous avaient la même taille, la même peau terne; et la même absence d'expression sur le visage. Leurs lèvres demeuraient closes. Ils recueillaient de l'eau dans leurs mains et s'aspergeaient la tête et le corps avec des gestes d'automates. Mais c'étaient également leurs yeux qui révélaient leur souffrance. Visiblement, ils agissaient contre leur volonté, mais ne pouvaient rien faire pour s'arrêter.

– Est-ce la culpabilité ? demandai-je à Lucifer. Savent-ils eux-mêmes de quoi ils sont coupables ?

Il sourit. Il avait l'air particulièrement satisfait de ce tourment-là.

– Je pense qu'il s'agit d'une parodie de culpabilité capitaine. Cet endroit s'appelle le lac des Faux-Péni tents.

– Dieu n'est pas tolérant, dis-je. C'est du moins l'i pression que cela donne.

– Dieu est Dieu, répliqua Lucifer en haussant épaules. C'est à moi d'interpréter Sa volonté e concevoir divers châtiments pour ceux qui n'on droit au Paradis.

– Vous continuez donc à Le servir ?

– Peut-être. (Lucifer paraissait à nouveau hésitant.) Mais je commence à me demander, depuis peu, si mon interprétation n'est pas erronée. Après tout, c'est à moi qu'est laissé le soin de découvrir des cruautés appropriées. Mais si je n'étais pas censé les punir ? S'il me fallait être indulgent ?

Je remarquai dans Sa voix une intonation presque pathétique.

– Vous n'avez pas reçu d'instructions ? demandai-je faiblement. Des dizaines de millions d'âmes auraient pu souffrir à cause de Votre seul échec !

Je ne parvenais pas à y croire.

– Toute communion avec Dieu m'est interdite, capitaine, précisa-t-Il d'un ton plus tranchant. Cela n'est-il pas évident pour vous ?

– Vous ne savez donc jamais si Vos actions Lui plaisent ou Lui déplaisent ? Il ne Vous envoie aucun signe ?

– Durant la plupart du temps passé en Enfer, je n'ai jamais cherché de signe, capitaine. Comme je vous l'ai déjà indiqué, je suis obligé d'employer des agents humains.

– Et ces envoyés ne Vous font parvenir aucun message ?

– Comment pourrais-je leur faire confiance ? Je suis excommunié, capitaine von Bek. Les âmes qui me sont envoyées sont à ma merci. Je fais d'elles ce qui me plaît, en grande partie pour soulager mon terrible ennui. (Il devint mélancolique.) Et pour me venger de ceux qui ont eu la chance d'obtenir la grâce de Dieu et qui l'ont repoussée, ou de ceux qui étaient trop stupides ou concupiscents pour reconnaître ce qu'ils avaient perdu.

Il fit un ample geste.

Je vis un paysage de prairies larges et agréables, dans lesquelles poussaient quelques arbres au feuillage vert. Une scène pastorale et idyllique. Même la clarté était ici plus chaude et plus vive, bien qu'il fût toujours impossible de distinguer la moindre source de lumière.

Ç'aurait pu être le printemps. Les champs étaient

parsemés de groupes de gens, assis ou debout, vêtus de haillons, qui ressemblaient à des troupeaux de bétail. Leur peau avait une apparence dure, sale et rugueuse. Leurs mouvements étaient lents, bovins. Et ces pauvres âmes semblaient loin d'être satisfaites de leur sort.

Bien que les corps eussent des formes différentes, je me rendis compte que tous les visages étaient absolument identiques.

Chaque figure possédait les traits d'une même folie intérieure, d'une même avidité; la même expression dédaigneuse d'un incommensurable égoïsme. Les créatures marmonnaient entre elles, en parcourant continuellement les champs, et chaque monologue était semblable aux autres.

Ces gémissements plaintifs commencèrent très vite à m'emplir d'une grande colère. Je ne pouvais pas éprouver de charité pour eux.

– Chacune de ces âmes est un univers de prétention, déclara Lucifer.

– Et pourtant, elles sont toutes identiques, répondis-je.

– Exactement. Elles se ressemblent jusque dans les plus petits détails. Mais aucun de ces hommes, ni aucune de ces femmes, ne peut se permettre d'accepter cet état de fait. Plus ils s'enfoncent dans leur égoïsme, plus ils ressemblent aux autres. (Il se retourna pour me dévisager d'un air sardonique.) Cela convient-il davantage à ce que vous pensiez trouver en Enfer, capitaine?

– Je crois que oui, en effet.

– Quand ils vivaient sur Terre, chacun de ces êtres parlait du libre choix, de l'attachement à ses propres besoins. De l'importance de contrôler sa propre destinée. Chacun d'eux croyait être maître de son destin. Et ils n'avaient qu'une seule échelle de mesure, bien entendu : le bien-être matériel. C'est tout ce qui reste lorsqu'on refuse ses responsabilités envers le reste de l'humanité.

J'ai regardé sévèrement ces visages identiques.

– Est-ce un avertissement particulier à mon égard?

demandai-je à Lucifer. Je pensais que Vous chercheriez à me rendre l'Enfer plus attrayant.

– Et pourquoi donc ?

Je ne répondis pas. J'avais trop peur de répondre.

– Seriez-vous content à l'idée d'être en mon pouvoir, capitaine von Bek ? interrogea Lucifer.

– Certainement pas, Lui confiai-je, car sur Terre, au moins, on peut prétendre au libre arbitre. Mais ici, évidemment, aucun choix n'est permis.

– Et l'on peut réellement posséder son libre arbitre au Paradis, affirma Lucifer.

– Malgré Celui qui règne dans les Cieux ? demandai-je. J'avais l'impression qu'Il exigeait beaucoup de Ses créatures.

– Je ne suis pas un interprète des théories religieuses, assura Lucifer, mais il a été admis qu'Il demandait seulement aux hommes et aux femmes d'être exigeants avec eux-mêmes.

Les champs étaient maintenant derrière nous.

– D'un autre côté, poursuivit le Prince des ténèbres, je n'attends rien de l'humanité, sinon la confirmation qu'elle ne vaut rien. Je n'hésite pas à la mépriser, à l'utiliser, à exploiter ses faiblesses. Du moins, il en était ainsi au début de mon règne.

– Vous parlez comme quelqu'un qui considère l'humanité entière comme sa rivale. Je n'aurais pas cru qu'un ange – même un ange déchu – puisse éprouver une telle mesquinerie.

– Je me souviens encore de cette colère. Et elle ne me paraissait pas mesquine, capitaine von Bek.

– Votre Majesté a changé ?

– Je vous l'ai déjà dit, capitaine.

– Alors, Vous êtes déçu de n'avoir pas réussi à convaincre Dieu de ce changement ?

– C'est cela. Parce que Dieu ne peut pas m'entendre.

– En êtes-Vous certain, Votre Majesté ?

– Je ne suis certain de rien. Mais je crois savoir qu'il en est ainsi.

J'étais presque désolé pour cette grande créature, la plus rebelle de toutes, cet être parvenu au point où Il acceptait d'admettre Sa défaite, et n'ayant personne pour reconnaître Son repentir, ou peut-être simplement pour y croire.

– Je suis las de la Terre, et encore plus las de l'Enfer, capitaine. Je souhaite retrouver ma place au Paradis.

– Mais si Votre Majesté regrette sincèrement...

– Je dois en faire la preuve. Je dois me racheter.

Un temps, puis Lucifer continua :

– J'estime hautement le pouvoir de l'intellect à créer un luxe de merveilles sur la Terre. J'ai tenté de prouver que ma logique, mon imagination créatrice, mon esprit pouvaient éclipser n'importe quelle création de Dieu. Puis j'ai cru que l'Homme ne méritait pas mon aide. Et j'ai fini par penser que j'étais peut-être indigne, que ce que j'avais cherché à faire ne possédait ni substance, ni limites, ni futur. Vous avez pu voir une bonne partie du monde, capitaine.

– Plus qu'il n'est permis à beaucoup de gens.

– Tout se dégrade, n'est-ce pas? Tout. L'âme se dégrade comme la chair et l'esprit. (Lucifer poussa un soupir.) J'ai échoué.

Sa voix devenait caverneuse. J'éprouvais de la compassion pour Lui, bien plus que pour les âmes emprisonnées dans Son domaine.

– Je veux retrouver la certitude et la tranquillité que j'ai connues autrefois, poursuivit Lucifer.

Nous nous trouvions de nouveau dans la plaine blanche.

– J'ai cherché à démontrer que j'étais capable de construire un monde plus beau que tous ceux que Dieu pouvait créer. Je ne sais toujours pas en quoi je me suis trompé. J'y ai réfléchi durant bien des siècles, capitaine. Et je suis certain que seule mon âme humaine peut découvrir le secret qui m'échappe. Je dois me racheter. Je dois me racheter...

Je L'ai questionné d'un ton calme :

– Avez-Vous trouvé le moyen de Vous racheter ?

– Je dois découvrir un Remède à la souffrance du monde, capitaine von Bek.

Il posa sur moi Ses yeux sombres et je sentis tout mon corps frissonner sous l'intensité de Son regard.

– Un Remède ? Mais la folie humaine est certainement la cause de cette souffrance. La réponse me paraît plutôt simple.

– Non ! (L'exclamation de Lucifer évoquait un grognement.) Elle est complexe. Dieu a déposé sur la Terre un objet, un moyen de guérir le mal qui affecte l'humanité. Si l'on découvre cet objet, si le monde est délivré, Dieu m'écoutera. Et si Dieu m'écoute, je pourrai Le convaincre de la sincérité de mon repentir.

– Mais qu'ai-je à voir dans tout cela, Votre Majesté ? Vous ne songez quand même pas que je possède un Remède à la folie humaine ?

De Sa main droite, Lucifer fit un geste agacé.

Brusquement, nous nous sommes retrouvés dans la bibliothèque du château, face à l'une des grandes fenêtres. Je pouvais voir à travers la vitre la forêt verte et silencieuse, et je remarquai que très peu de temps s'était écoulé. Mon corps était maintenant aussi matériel qu'il l'avait toujours été. J'ai ressenti un certain soulagement. Mes facultés ordinaires me revenaient. Lucifer parla :

– Je vous ai demandé de m'aider, von Bek, parce que vous êtes intelligent, plein de ressources, et que l'on ne vous manipule pas facilement. Je vous demande d'entreprendre une Quête en mon nom. Je veux que vous découvriez le Remède aux peines du monde. Savez-vous de quoi je parle ?

– Je n'ai entendu parler que du Saint-Graal, Votre Majesté, Lui répondis-je. Et je crois qu'il s'agit d'un mythe. Si on me montrait un tel vase, je croirais en son pouvoir autant que dans le pouvoir d'un morceau de la vraie Croix, ou d'un ongle de saint Pierre.

Il ignora ma dernière remarque. Ses yeux s'enflammèrent, et devinrent lointains.

– Ah, oui. C'est ainsi qu'on l'appelle. Le Saint-Graal. Comment le décririez-vous, von Bek ?

– Un calice légendaire.

– S'il existait. Pourriez-vous dire de quoi il s'agit ?

– Une manifestation physique de la miséricorde de Dieu sur la Terre, dis-je.

– Exactement. N'est-ce pas là l'objet que je vous ai décrit ?

J'étais incrédule.

– Lucifer demanderait à un soldat de fortune impie de rechercher et de se procurer le Saint-Graal ?

– Je vous demande de chercher un Remède à la souffrance du monde, oui. Appelons cela le Graal.

– La légende prétend que seuls les plus purs des chevaliers ont la permission de le voir, sans même parler de le toucher !

– Votre Quête vous purifiera, j'en suis sûr.

– Votre Majesté, que m'offrirez-Vous si j'accepte cette Quête ?

Il me gratifia d'un sourire ironique.

– N'est-ce pas un honneur en soi, von Bek ?

J'ai secoué la tête.

– Vous devez avoir de meilleurs serviteurs pour une Quête aussi importante.

Lucifer était-Il fou ? Ou bien s'amusait-Il à mes dépens ?

– Je vous ai déjà dit que je n'en avais pas, répliqua-t-Il.

J'hésitais. Je me sentais obligé d'exprimer mes sentiments :

– Je me méfie, Votre Majesté.

– Pourquoi cela ?

– Je ne parviens pas à saisir Votre motif.

– Mon motif est très simple.

– Il me dépasse.

A nouveau, Ses yeux misérables et torturés me fixèrent et Il murmura d'un ton pressant :

– *C'est parce que vous n'arrivez pas à comprendre à quel point mon désir est profond. A quel point mon désir est profond! Des âmes comme la vôtre sont très rares, von Bek.*

– Dois-je en déduire que Vous essayez d'acheter mon âme en ce moment, Votre Majesté?

– L'acheter? (Il eut l'air surpris.) Acheter votre âme, von Bek? Ne vous rendez-vous pas compte que je possède déjà votre âme? Je vous offre la chance de la récupérer.

J'ai su aussitôt qu'Il disait la vérité. Je le savais, tout au fond de moi, depuis quelque temps déjà.

C'est alors que Lucifer a souri, et j'ai lu dans ce sourire la simple confirmation de ce que nous savions tous les deux. Il ne mentait pas.

Mon corps se glaça. C'était la raison pour laquelle Il m'avait fait visiter l'Enfer; non pas pour m'y attirer, mais pour me donner un avant-goût de ma damnation éternelle.

Je me suis écarté de mon Maître.

– Alors, le Paradis m'est déjà interdit. Est-ce bien là ce que Vous voulez dire, Votre Majesté?

– Le Paradis vous est déjà refusé.

– S'il en est ainsi, je n'ai certainement pas le choix?

– Si je vous repousse, cela vous donnera une nouvelle chance d'obtenir la grâce de Dieu – tout comme j'espère l'obtenir. En fait, nous avons beaucoup de traits communs, von Bek.

Je n'avais encore jamais entendu parler d'un tel marché. Mais en l'acceptant, je risquais seulement de perdre la vie un peu plus tôt que je ne l'avais espéré.

– Le choix qui m'est offert est donc bien mince, ai-je constaté.

– Disons que votre caractère a déjà déterminé votre choix.

– Cependant, Vous ne pouvez pas me promettre que Dieu m'acceptera au Paradis.

– Je peux uniquement vous promettre qu'Il me déchargera de votre âme. De telles âmes n'entrent pas toujours au Paradis. Mais on prétend que certaines d'entre elles demeurent éternelles.

– J'ai entendu parler de légendes comme celle du Juif errant, déclarai-je. Dois-je tenter d'échapper à l'Enfer seulement pour pouvoir errer dans le monde durant l'éternité à la recherche de ma rédemption ?

Il m'apparut brusquement que je n'étais pas le premier mortel à qui Lucifer faisait cette offre.

– Je ne peux pas vous répondre, assura le Prince des ténèbres. Mais si vous réussissez, il est probable que Dieu posera sur vous un regard miséricordieux, n'est-ce pas ?

– Votre Majesté, Vous devez connaître mieux que moi les habitudes de Dieu.

Un calme étrange s'installait désormais en moi. Je goûtais un certain divertissement.

Lucifer vit ce qui m'arrivait, et Il sourit.

– C'est un défi, n'est-ce pas, von Bek ?

– Oui, Votre Majesté. (Je réfléchissais encore à ce qu'Il avait dit.) Mais, si je suis déjà Votre serviteur, pourquoi avoir employé des moyens aussi compliqués pour assurer notre rencontre ? Pourquoi avez-Vous envoyé Sabrina ?

– Je vous l'ai dit. Je suis obligé d'utiliser des représentants humains.

– Même si elle et moi sommes déjà Vos serviteurs ?

– Sabrina a choisi de me servir. Mais vous n'avez pas encore accepté.

– Sabrina ne peut donc pas être sauvée ?

– Tous seront sauvés si vous trouvez le Graal.

– Mais puis-je réclamer une chose de Votre Majesté ?

Le superbe visage de Lucifer se pencha vers moi.

– Je crois deviner, von Bek.

– Abandonnerez-vous Votre emprise sur Sabrina si j'accepte ce que Vous me demandez ?

Lucifer avait prévu cela.

– Pas si vous acceptez. Mais si vous réussissez. Trouvez le Remède à la souffrance du monde, apportez-le-moi, et je vous promets de libérer Sabrina exactement de la manière dont vous serez libéré.

– Si je suis condamné à la vie éternelle, j'aurai donc une compagne.

– Oui.

J'ai réfléchi à cette proposition.

– Très bien, Votre Majesté. Où devrai-je chercher ce Remède, ce Graal ?

– Tout ce que je sais, c'est qu'il m'est dissimulé, ainsi qu'à tous ceux qui résident dans les régions infernales. Il se trouve quelque part sur la Terre, ou dans un royaume surnaturel assez proche de la Terre.

– Un royaume qui ne serait pas terrestre ? Comment pourrais-je me rendre dans un tel endroit ?

– Ce château est l'un de ces domaines, von Bek, dit Lucifer. Je peux vous donner le pouvoir de pénétrer dans certaines parties du monde qui sont interdites au commun des mortels. Il se peut que le Remède se trouve dans une de ces régions, ou bien dans un endroit beaucoup plus ordinaire. Mais il vous sera possible de vous rendre dans la plupart des lieux que vous voudrez ou que vous devrez visiter.

– Voulez-Vous dire que Vous allez faire de moi un sorcier, Votre Majesté ?

– Peut-être. Je peux vous offrir certains privilèges qui vous aideront pendant votre Quête. Mais je sais que votre fierté vous poussera surtout à compter sur votre intelligence et sur vos talents, et ce sont eux qui nous seront le plus utiles à tous deux. Et vous possédez plusieurs sortes de courage, von Bek. Bien que vous soyez mortel, c'est une qualité que nous avons en commun. Voilà une autre raison pour laquelle je vous ai choisi.

– Je ne suis pas bien sûr qu'il s'agisse d'un compliment, Votre Majesté. Etre le représentant de Satan sur la Terre, une sorte d'antipape. (J'ai changé de sujet.) Et que se passera-t-il si j'échoue ?

Lucifer se détourna de moi.

– Cela dépendra, disons, de la nature de votre échec. Si vous mourez, vous vous retrouverez aussitôt en Enfer. Mais si vous me trahissez en quelque manière, von Bek, eh bien, plus rien ne pourra m'empêcher de réclamer votre âme. Vous m'appartiendrez bien assez tôt. Et j'aurai l'éternité pour réfléchir aux moyens d'accomplir ma vengeance.

– Donc, si je suis tué au cours de ma Quête, je ne gagnerai rien, mais je serai immédiatement transporté aux Enfers ?

– C'est cela. Mais vous avez vu que l'Enfer peut prendre bien des formes. Et je suis capable, selon la coutume, de ressusciter les morts...

– J'ai pu observer Vos résurrections, Votre Majesté, et je crois que j'aimerais mieux être complètement mort. Mais je pense que je dois accepter Votre marché, car j'ai très peu à perdre.

– Très peu, capitaine.

Comme ma vie avait radicalement changé pendant les dernières vingt-quatre heures ! Durant ma carrière de soldat, j'étais parvenu au fil des années à me débarrasser de toute considération sur le salut ou la damnation, sur Dieu ou sur le Diable. J'avais servi de nombreux maîtres, sans me sentir fidèle à aucun d'eux, sans jamais les laisser contrôler mon destin. J'avais cru être mon seul et unique seigneur, pour le meilleur ou pour le pire.

Et maintenant, d'un seul coup, j'avais été informé par Lucifer Lui-même que j'étais damné et qu'en même temps une chance de salut m'était offerte. Inutile de dire que mes sentiments étaient mitigés. Agnostique, pragmatique, je m'étais transformé en croyant, mais un croyant appelé à prendre part à la plus fondamentale des affaires spirituelles, le conflit entre le Paradis et l'Enfer. Et j'étais manifestement devenu une pièce importante du jeu en cours. Il m'était difficile d'accepter tout cela d'un seul coup.

Je comprenais ce que Sabrina voulait dire en affirmant que seules les âmes appartenant déjà à Lucifer pouvaient demeurer au château et dans ses environs.

Au début, j'avais refusé d'admettre cette connaissance, mais il ne m'était plus possible d'y résister. On m'avait démontré l'évidence. J'étais damné. Et j'avais déjà commencé (plus que je ne voulais le reconnaître alors, je pense) à espérer gagner mon salut. En conséquence, contrairement à toutes mes habitudes passées, j'avais pris parti.

Je me suis incliné devant Lucifer.

– Je suis prêt à entreprendre cette Quête à l'instant où Vous le souhaiterez, Votre Majesté.

Il était plutôt ironique, ai-je pensé, que l'espoir ait été ranimé en moi par l'Ange déchu et non, selon la tradition, par une apparition de la Madone ou par une rencontre avec un bon prêtre.

– Je voudrais que vous vous mettiez en route le plus tôt possible, déclara le Prince des ténèbres.

J'ai regardé à l'extérieur. Il n'était pas encore midi.

– Aujourd'hui ? ai-je demandé.

– Demain. Sabrina vous tiendra compagnie un moment.

Je me suis rebiffé en voyant là l'indice d'une manipulation de mes propres émotions.

– Peut-être n'ai-je plus le désir de demeurer avec elle, Votre Majesté.

Lucifer frappa légèrement dans Ses mains; Sabrina entra dans la bibliothèque et fit une révérence.

– Le capitaine von Bek a accepté le marché que je lui proposais, lui annonça Lucifer. Vous devez maintenant agir selon mes instructions, Sabrina.

Son ton était devenu bienveillant, presque amical.

Elle s'inclina de nouveau :

– Très bien, Votre Majesté.

Tout comme la première fois, je me suis émerveillé devant la beauté de Sabrina. Mes sentiments pour elle n'avaient pas changé. Je fus aussitôt reconnaissant à Lucifer de me l'avoir envoyée.

Lucifer prit un autre livre et revint à la table centrale, ressemblant tout à fait à un gentilhomme campagnard désirant goûter un moment de solitude avant le déjeuner.

– Et le capitaine von Bek vous a incluse dans notre

contrat, ma chère. Il a pour vous des nouvelles que vous devriez trouver agréables.

Elle fronça les sourcils en se relevant. Son regard interrogateur passa de son Maître à moi-même. Mais je ne trouvais rien à lui dire en cet instant.

Visiblement, le Prince des ténèbres nous congédiait. Et pourtant, j'hésitais encore.

– Je m'attendais à un symbole plus spectaculaire de notre accord, Votre Majesté.

Lucifer sourit à nouveau. Ses yeux merveilleux ne révélaient plus aucune tristesse – du moins temporairement.

– Je connais peu de mortels pour trouver qu'un voyage en Enfer n'est pas quelque chose de spectaculaire, capitaine.

Je me suis incliné encore une fois, acceptant Sa réponse.

– Si vous réussissez dans votre Quête, ajouta Lucifer, vous reviendrez à ce château en apportant ce que je vous ai demandé de découvrir. Sabrina vous attendra.

Je n'ai pas pu m'empêcher de poser une dernière question :

– Et si Votre Majesté n'apprécie pas ce que je Lui rapporte ?

Lucifer reposa son livre. Ses yeux se durcirent en fixant les miens. A ce moment, je sus qu'Il possédait certainement mon âme, car Il la comprenait parfaitement.

– Dans ce cas, dit-Il, nous retournerons en Enfer tous ensemble.

Sabrina me toucha le bras. Pour la troisième et dernière fois, je fis une révérence devant mon Maître. Lucifer se replongea dans Sa lecture.

En me faisant sortir de la pièce, Sabrina me précisa :

– Je connais déjà la nature de votre Quête. Je dois vous donner des cartes. Et d'autres objets.

Elle fit également une révérence, puis elle referma les portes de la bibliothèque sur le Prince des ténèbres. Ensuite, elle me prit par la main et me conduisit à travers les couloirs jusqu'à une petite chambre située dans l'une des tours nord-ouest. Je ne me souvins pas d'avoir exploré cette partie du château.

Et là, sur un petit bureau, se trouvait un coffret contenant des cartes, ainsi que deux petits livres aux reliures de cuir, un anneau d'argent massif, un rouleau en parchemin et un petit bidon de cuivre ordinaire, comme ceux que portent souvent les soldats.

J'ai songé que ces objets avaient été disposés en formant des sortes de figures. L'habitude de la sorcellerie, avec son accent sur les formes et les symboles, avait peut-être influencé Sabrina sans qu'elle en fût consciente.

Afin de le vérifier, j'ai tendu une main vers le bidon. Je l'ai déplacé légèrement. Sabrina ne fit aucune objection.

Néanmoins, mon geste m'avait donné à réfléchir. Je me rendis compte que j'avais déjà commencé à penser en termes qui, un ou deux jours plus tôt, auraient été ridicules. Mon univers s'était transformé. Ce n'était plus l'univers que je m'étais entraîné à observer. D'une certaine manière, c'était un monde qui menaçait toute action. Un autre univers s'imposait au mien, et dans lequel le plus infime détail possédait une signification particulière. Je m'efforçais d'écarter cette révélation déplaisante – au moins de ma conscience. Je pensais qu'il ne servirait à rien de voir un danger potentiel dans le vol d'un oiseau traversant le ciel ni de considérer comme importante la manière dont se croisaient deux branches d'arbre. C'était la folie de ceux qui se considéraient comme des devins ou des artistes, et je ne devais jamais oublier que j'étais un soldat. Pour ma part, je m'intéressais au monde physique : lire dans les yeux d'un autre homme s'il avait ou non l'intention de me tuer, observer les traces de groupes d'infanterie en marche, découvrir l'entrepôt secret d'un paysan.

Je me suis tourné vers Sabrina. Ma voix la suppliait presque de m'aider.

– J'ai peur, lui ai-je confié.

Elle me caressa le bras.

– Tu regrettes l'accord passé avec notre Maître ?

J'étais incapable de répondre directement.

– Je regrette les circonstances qui nous ont placés tous les deux en Son pouvoir, dis-je. Mais s'il en est ainsi, je n'ai pas d'autre choix que d'accomplir ce qu'Il m'a demandé.

– Il a laissé entendre qu'une partie de votre accord pouvait être de quelque importance pour moi. (Elle parlait d'un ton insouciant, mais je crois qu'elle était impatiente de savoir ce dont nous étions convenus.) De quoi s'agit-il ?

– Je vais essayer de regagner ton âme en même temps que la mienne, répondis-je. Si je découvre ce... ce Graal, nous serons libres tous les deux.

Elle me regarda d'abord avec espoir, mais son expression s'attrista presque aussitôt.

– J'ai vendu mon âme, Ulrich.

– Il m'a promis de te la restituer. Si ma Quête se solde par un succès.

– Je suis très touchée que tu aies pensé à moi, déclara-t-elle.

– Je crois que je t'aime.

Elle hocha la tête. A son regard, je compris qu'elle m'aimait aussi. Elle m'interrogea :

– Il t'a demandé de chercher un Remède à la souffrance du monde, n'est-ce pas ?

– Exactement.

– Et tu as peu de chances de réussir. Peut-être ce Remède n'existe-t-il pas. Peut-être Lucifer est-Il aussi désespéré que nous.

Elle se tut un instant, puis murmura :

– Lucifer pourrait-Il être fou ?

– C'est possible, dis-je. Mais, qu'Il le soit ou non, Il possède nos âmes. Et s'il y a le moindre espoir, je dois essayer.

– Pour ma part, j'oublierai toute espérance. (Elle s'avança vers moi.) Je ne peux pas me permettre d'espérer, Ulrich.

Je la pris dans mes bras.

– Et moi, je ne peux pas me permettre de désespérer, lui dis-je. Je dois agir. C'est dans ma nature.

Elle comprenait cela.

Je l'ai embrassée. Mon amour pour elle augmentait sans cesse. J'avais de moins en moins envie de partir. Pourtant Lucifer, dément ou non, m'avait convaincu que notre unique chance de demeurer ensemble consistait à remplir les conditions de notre marché.

Contenant mes émotions, je me suis écarté d'elle. J'ai baissé les yeux sur le bureau.

– Montre-moi à quoi servent ces objets, lui dis-je.

Elle pouvait à peine parler. Sa main tremblante saisit le coffret et me le tendit.

– Ces cartes représentent le monde, connu et inconnu. Certaines zones portent des marques qui ne se trouvent pas sur les cartes ordinaires. Ce sont les régions qui existent entre la Terre et le Paradis, entre la Terre et l'Enfer.

– Ceci, dit-elle en prenant une boîte sur le bureau, est un compas, comme tu peux le voir. Il te mènera à travers le monde naturel aussi sûrement que n'importe quel bon compas. Et il t'indiquera aussi les entrées et les sorties de ces terres surnaturelles.

Elle reposa le compas et me montra le bidon de cuivre.

– Il contient un liquide qui te rendra ton énergie et t'aidera à cicatriser les blessures que tu pourrais recevoir. Les livres sont des grimoires, pour que tu puisses demander de l'aide si tu en as besoin. Il ne faut les utiliser qu'à bon escient.

– Et l'anneau ? ai-je demandé.

Elle le prit et le glissa doucement sur le second doigt de ma main droite.

– C'est mon présent pour toi, répondit-elle.

Elle embrassa ma main. J'étais très ému.

– Je n'ai pas de cadeau pour toi, Sabrina.

– Tu dois revenir sain et sauf, dit-elle. Car si tu mènes honnêtement ta Quête, même si tu échoues, notre Maître nous permettra de demeurer ensemble en Enfer pendant quelque temps.

Elle avait peur d'espérer. Je la comprenais.

Il y avait des larmes dans ses yeux. Je me rendis compte que je pleurais également. J'ai fait un effort pour me ressaisir avant de demander d'une voix mal assurée :

— Et le parchemin ? Tu ne m'as pas dit ce que c'était.

— Le parchemin doit être ouvert en cas de réussite. (Sa voix tremblait aussi.) Il t'indiquera comment retourner à ce château. Mais tu ne devras pas l'ouvrir avant d'avoir découvert le Remède à la souffrance du monde.

Elle se pencha pour ramasser un petit sac sur le sol.

— Il y a des provisions là-dedans, déclara-t-elle, ainsi que de l'argent pour ton voyage. Ton cheval emportera d'autres provisions et t'attendra dans la cour lorsque tu seras prêt à partir.

Elle se mit à ranger les cartes et les autres objets dans le sac. Elle le boucla soigneusement et me le donna.

— Et maintenant ? demandai-je.

Son sourire n'était plus effronté ni provocateur, mais presque timide. A nouveau, je sentis un parfum de rose. J'ai passé la main sur ses cheveux, sur la peau délicate de sa joue.

— Nous avons jusqu'au matin, murmura-t-elle.

4

Le lendemain matin, à mon réveil, je me sentais d'une humeur curieuse. J'étais tiraillé par toutes sortes de sentiments opposés. Mon amour pour Sabrina était troublé par le fait qu'elle avait participé au piège dans lequel j'étais tombé, mais je savais aussi qu'il ne s'agissait pas réellement d'un piège. Après tout, Lucifer m'avait offert une chance de racheter mon âme immortelle. Les souvenirs de ma visite aux Enfers étaient encore plus vifs, et je croyais presque sans discussion que j'avais bien rencontré le Prince des ténèbres et que je L'avais accompagné dans Son domaine. J'avais toujours proclamé mon attrait pour la vérité; mais maintenant, comme la plupart d'entre nous, j'étais irrité par cette vérité car elle m'obligeait à entreprendre une action qui me déplaisait. Je regrettais la profonde innocence que j'avais perdue si récemment.

Sabrina dormait encore. Au-dehors, le voile d'une pluie légère obscurcissait la forêt. J'ai réfléchi aux conversations qui avaient eu lieu entre Sabrina et moi, entre Lucifer et moi. J'y cherchais le secours d'une quelconque logique, le moyen de saisir ce qui importait le plus parmi les paroles que j'avais entendues, mais je ne parvenais pas à le trouver. Ce château, à lui seul, suffisait à me convaincre. La nuit passée, Sabrina m'avait déclaré : « Tu vois la surface telle qu'elle est traduite par ton œil mortel. Normalement, ton esprit mortel ne pourrait pas accepter la vérité. Il n'est rien de possible aux Enfers : aucun accomplissement, aucun avenir, aucun espoir. Pas la moindre foi en quelque chose. Les âmes qui résident aux Enfers possédaient également la foi en leur propre survie. Et maintenant, elles ont même perdu cela. » Je ne lui avais pas répondu. J'avais été absorbé par des sentiments qu'il m'était impossible de préciser par des pensées, encore moins par des paroles. A un moment donné, j'avais été pris de colère et j'avais déclaré : « Sabrina, si tout cela est une illusion, un enchantement auquel tu as participé, je reviendrai certainement pour te tuer. »

Mais ma colère avait disparu à l'instant même où je parlais. Je savais qu'elle ne me voulait pas de mal. Mes menaces avaient été provoquées par l'habitude d'un comportement qui ne signifiait pratiquement plus rien, désormais. J'avais la certitude qu'elle m'aimait. Et je savais que je l'aimais. Nous nous ressemblions en bien des points; nous étions des égaux. Je ne supportais pas l'idée que je pourrais la perdre.

Après avoir tiré les rideaux, je m'assis au bord du lit pour regarder le visage endormi de Sabrina. Elle sursauta brusquement et cria en posant la main à l'endroit où j'avais dormi. Je lui ai touché la joue.

– Je suis là.

Elle se tourna et me fit un sourire. Puis ses yeux se voilèrent.

– Tu t'en vas?

– Bientôt. Je crois qu'il le faut.

– Oui, dit-elle, c'est le matin. (Elle s'assit dans le lit. Puis elle soupira.) Quand j'ai signé mon pacte avec Lucifer, j'ai pensé que je m'opposais aux circonstances, que je prenais ma destinée en main. Mais les circonstances continuent de nous affecter. Pourraient-elles même affecter ce que nous sommes? A part nous-mêmes, y a-t-il la moindre preuve que nous sommes uniques?

– Nous nous sentons exceptionnels, répondis-je. Mais un cynique, ne voyant que ce qui est similaire et familier, pourrait dire que nous nous ressemblons tous beaucoup.

– C'est parce qu'un cynique ne possède pas l'imagination qui permet de distinguer les différences subtiles auxquelles nous croyons tous les deux?

– Je suis cynique, répondis-je. Et un cynique refuse toute distinction de motifs ou de tempéraments.

– Oh, mais ce n'est pas vrai, tu n'es pas cynique! (Elle se blottit dans mes bras.) Sinon, tu ne serais pas là.

Je l'ai serrée fortement.

– Je suis ce que je dois être en ce moment, déclarai-je. C'est pour mon bien.

– Et pour le mien, rappela-t-elle.

Je me sentis gagné par une terrible tristesse, que je repoussai aussitôt. J'ai reconnu :

– Et pour le tien.

Nous nous sommes embrassés. La douleur se remit à grandir. Je me suis écarté de Sabrina, puis je suis allé dans le coin de la pièce pour commencer à me laver. J'ai remarqué que mes mains tremblaient et que ma respiration était anormalement profonde. A cet instant, j'ai souhaité retourner en Enfer, afin de lever une armée parmi toutes ces pauvres âmes damnées et de les soulever contre Lucifer, tout comme Celui-ci s'était rebellé contre Dieu. J'avais l'impression que nous étions entre les mains d'êtres stupides et déments, dont les motifs étaient encore plus vils que ceux des hommes. Je voulais me débarrasser de toutes ces créatures. Il était injuste, pensais-je, qu'elles puissent avoir un pouvoir sur nous. Bien qu'elles nous eussent créés, ne pouvaient-elles pas être détruites à leur tour?

Mais de telles idées étaient futiles. Je n'avais ni les moyens, ni le savoir, ni le pouvoir de m'opposer à elles. Je pouvais seulement admettre le fait que ma destinée leur appartenait; du moins en partie. Je devais accepter le rôle que m'offrait Lucifer, ou bien ne jouer aucun rôle.

J'ai enfilé du linge frais. Sabrina me regardait, assise dans le lit, la couverture tirée sur elle. J'ai mis le plastron de ma cuirasse, mes jambières et mes éperons. J'ai bouclé mes dagues et mon épée autour de ma taille. Enfin, j'ai pris mon casque. Une fois de plus, j'étais paré pour la guerre.

– Tu as dit que le cheval serait prêt? demandai-je.

– Dans la cour.

Je me suis penché pour saisir le sac qu'elle m'avait donné la veille. Ma respiration était apaisée, mes mains tremblaient beaucoup moins.

– Je vais rester ici, dit-elle.

J'ai acquiescé de la tête. Je savais pourquoi elle ne voulait pas m'accompagner dans la cour.

– J'ai l'intention de faire de mon mieux, lui dis-je. Comme toi, je pense qu'il y aurait peu de chances de découvrir le Graal, mais je pourrai conserver ma résolution si je sais que tu crois en moi. Pourras-tu garder l'espoir de mon retour?

– Je le garderai, répondit-elle. C'est le seul soutien qui me reste. J'ai confiance en toi, Ulrich.

Nous avions tous deux un profond besoin de certitude, et dans ce monde incertain nous nous efforcions de concrétiser la plus informelle et la plus changeante des émotions, comme le font souvent les gens qui n'ont plus aucune autre notion de l'avenir.

– Alors nous sommes engagés l'un envers l'autre, dis-je. Et ce pacte-là est le meilleur que j'aie pu conclure durant ces dernières heures.

Je me suis avancé vers elle; du bout des doigts, j'ai touché son épaule nue, et j'ai déposé un baiser sur ses lèvres.

– Au revoir, dis-je.

– Au revoir, murmura-t-elle, puis elle ajouta : Tu dois d'abord aller en direction d'Ammendorf, où tu rendras visite au Grand Veneur.

– Que peut-il m'apprendre?

– Je ne sais rien de plus, répondit-elle en secouant la tête.

J'ai quitté la pièce.

A peine sorti de la chambre, je me suis rendu compte que mes jambes fléchissaient et que j'avais du mal à descendre les marches de pierre dont la spirale menait à la grand-salle. Je n'avais encore jamais éprouvé une telle émotion. Je n'avais pratiquement aucun moyen de la contenir.

Un petit déjeuner m'attendait sur la table de la grand-salle. Je ne me suis arrêté que pour avaler une lampée de vin, et je me suis dirigé vers les portes à grands pas chancelants.

Il n'y avait pas de bruit dans la cour, à part la respiration de mon cheval et le ruissellement de la pluie sur les arbres feuillus. J'ai reniflé. On ne pouvait sentir que l'odeur chaude du destrier.

Mon cheval se tenait près du puits central. Apparemment, il venait d'être pansé. De grandes sacoches étaient accrochées de chaque côté de la selle. Mes pistolets brillaient dans leur étui. Le harnais avait été entièrement poli, toutes les pièces de métal et de cuir étaient luisantes. Il y avait une nouvelle chabraque sous la selle. Le cheval tourna la tête et me regarda avec de grands yeux impatients. Son mors cliquetait entre ses mâchoires.

Avec un effort, j'ai enfourché la monture. Le vin m'avait donné suffisamment de force et de détermination pour pouvoir presser mes talons contre les flancs du destrier. Il partit aussitôt, d'un trot rapide, content de se mettre en route.

La herse était relevée. Il n'y avait aucun signe des serviteurs morts vivants de Sabrina, aucun signe de notre Maître. Le château avait exactement le même aspect que lors de mon arrivée. Tout cela aurait pu être une illusion compliquée. Avec cette idée à l'esprit, je ne me suis pas retourné : parce que je craignais d'apercevoir Sabrina à l'une des fenêtres, mais aussi parce que j'aurais pu ne rien voir du tout.

Je suis sorti du porche et je me suis avancé sur le chemin sinueux qui descendait à travers les jardins d'agrément. La pluie lavait les statues et les fleurs aux couleurs vives, mais sans vie; elle voilait la forêt qui s'étendait plus bas. Mon cheval accéléra le pas. Il se mit bien vite au petit galop, et je n'ai pas cherché à le retenir. L'eau dégoulinait de mon casque. Tout en chevauchant, j'ai tiré mon manteau de cuir de l'une des sacoches, et je l'ai enroulé autour de mes épaules. La pluie balayait de mon visage les traces de larmes.

J'ai descendu la colline sous la bruine froide et je me suis enfoncé dans la forêt déserte et profonde. Je ne me suis retourné qu'un peu plus tard, brièvement, pour apercevoir les grandes pierres, les tours et les remparts, confirmant qu'ils étaient bien réels. Je n'ai plus regardé en arrière. Maintenant, la forêt était grise et sombre; d'une certaine manière, j'appréciais son étreinte. Nous avons trotté sans interruption jusqu'à la tombée de la nuit.

Il me fallut presque deux jours entiers pour parvenir à l'orée de la forêt, et c'est seulement au matin du troisième jour que je me suis éveillé avec des chants d'oiseaux, quelques rayons de soleil et des odeurs de pin, de chêne et de terre trempée. L'impression de soulagement joyeux que je ressentis en entendant les sifflements des grives et des pinsons me rappela l'étrangeté de ce que je laissais derrière moi, et je me suis demandé encore une fois s'il s'agissait bien de la réalité.

A aucun moment, je n'ai cru avoir rêvé cette aventure, mais il y avait toujours une petite possibilité pour que j'eusse été victime d'une subtile hallucination. Naturellement, une partie de moi-même souhaitait qu'il en fût ainsi. Cependant, je ne pouvais pas me permettre de nourrir un tel espoir.

J'ai sorti des provisions d'un panier et j'ai pris un petit déjeuner léger; puis j'ai tiré les cartes de leur coffret. J'avais décidé de ne pas les consulter tant que la forêt de Lucifer ne serait pas derrière moi. Ammendorf n'était même pas un nom familier pour moi, et il me fallut un certain temps pour le découvrir sur un plan.

Je ne connaissais pas encore ma position exacte, mais je me trouvais au moins au pays des créatures mortelles, et tôt ou tard je finirais par trouver un village, un charbonnier ou un bûcheron – quelqu'un pour me renseigner. Ensuite, je pourrais me mettre en route pour Ammendorf, qui semblait être une ville relativement petite, située à une cinquantaine de milles de Nuremberg.

Mon cheval se délectait de cette herbe à l'odeur agréable. Celle que nous avions laissée derrière nous était assez nourrissante, mais elle n'avait sans doute aucun goût. Il avait l'air d'un prisonnier se voyant offrir un repas plantureux après avoir été nourri de pain sec et d'eau pendant trop longtemps. Je l'ai laissé se remplir le ventre avant de le seller, puis je l'ai monté à nouveau; j'ai continué ma route, et j'ai bientôt découvert un chemin assez large qui traversait la forêt. Je m'y suis engagé.

Vers le milieu de la matinée, je chevauchais parmi de petites collines en direction d'une riche vallée. De la brume couvrait le sommet de ces collines, mais de puissants rayons de soleil parvenaient à la traverser pour illuminer la verdure des champs et des haies. L'air du printemps apportait une légère odeur de feu de bois et, la pluie s'étant arrêtée, je fus réchauffé par un vent du sud-ouest.

J'aperçus de vieilles chaumières et des fermes, dont aucune, apparemment, n'avait été touchée par la guerre. Je voyais paître des troupeaux de moutons et de vaches. Je respirais les riches odeurs des cours de fermes, des fleurs et de l'herbe mouillée, et j'avais l'impression de n'avoir pas été aussi propre depuis des mois. Le paysage était si tranquille que je me suis demandé s'il ne s'agissait pas là d'une autre illusion destinée à m'attirer dans quelque piège mais, heureusement, mon esprit rationnel et pragmatique se refusait à une telle spéculation. Je m'étais embarqué dans une Quête insensée, poussé par un Etre qui pouvait être Lui-même dément; j'avais besoin de conserver tout mon bon sens, du moins tant qu'il s'agissait de choses de peu d'importance.

Approchant de la chaumière la plus proche, j'ai senti une odeur de cuisine et j'en eus l'eau à la bouche, car je n'avais pas pris de repas chaud depuis bien avant ma rencontre avec Lucifer. Je me suis arrêté devant la maison et j'ai crié : « Holà! » J'ai pensé tout d'abord que personne ne me répondrait, car telle était l'habitude des paysans prudents. J'ai fait un ou deux pas en direction de la porte en chêne noircie par le temps, mais elle s'ouvrit au même instant. Une petite femme grassouillette, âgée d'environ quarante-cinq ans, s'avança sur le seuil. Voyant mes vêtements militaires, elle inclina automatiquement la tête et dit, avec un fort accent que je ne connaissais pas :

– Bonne journée, Votre Honneur.

– Bonne journée, ma bonne dame, répondis-je. Serait-il possible à un honnête homme de vous acheter un repas chaud ?

Cela la fit rire de bon cœur.

– Monsieur, que vous soyez voleur ou payeur, le prix serait le même. Nous n'avons point grand argent, par ces temps, et un ou deux pfennigs ne seront pas malvenus quand il faudra se rendre en ville afin d'acheter du ruban pour une nouvelle robe. Ma fille se marie dans deux mois.

Elle me fit entrer dans la chaleur sombre de la chaumière. Comme c'était généralement le cas pour ce genre d'endroit, l'habitation était simple et propre, avec des nattes sur le sol dallé, quelques images pieuses sur les murs. Ces images me permirent de constater que ces gens étaient toujours fidèles à Rome.

Prenant mon casque et mon manteau, elle les déposa soigneusement sur un coffre placé dans le coin opposé de la pièce. Elle m'annonça qu'elle allait m'apporter un pâté en croûte et une tarte aux pommes qui cuisaient encore dans son four, si je pouvais attendre un petit quart d'heure, et qu'elle pouvait m'offrir une bonne bière forte de sa fabrication, si j'appréciais ce genre de boisson. Je lui répondis que je serais fort heureux de goûter à tout ce qu'elle me proposait, et elle se rendit dans la cuisine pour chercher la bière, tout en papotant sur l'incertitude du temps et les chances des diverses récoltes.

Quand elle m'apporta la bière, je lui ai dit combien j'étais surpris que la guerre ne les eût pas touchés. Son petit visage rond devint grave et elle hocha la tête.

– Nous croyons que Dieu entend nos prières. (Elle secoua la tête.) Mais je pense que nous sommes plus chanceux que beaucoup d'autres. Il n'y a dans cette vallée qu'une seule route, et elle ne mène nulle part après notre village, sinon dans la forêt. Vous avez dû faire un très long chemin, monsieur.

– En effet.

Elle fronça les sourcils en considérant ma réponse.

– Vous avez traversé les Marches du Silence?

Ma prudence habituelle me poussa au mensonge.

– Je les ai contournées, répondis-je, si vous parlez bien de cette forêt sans vie.

La femme fit aussitôt le signe de la croix.

– Seuls les adorateurs de Satan peuvent vivre dans ces Marches.

Je savais qu'elle m'avait mis à l'épreuve. Car, si j'avais admis avoir traversé les Marches du Silence, elle aurait su que mon âme appartenait à Lucifer, et je crois que je n'aurais pas autant profité de son hospitalité. La tarte et le pâté arrivèrent bientôt, ils étaient délicieux.

Tout en mangeant, je lui expliquai que j'étais l'envoyé d'un prince dont je ne pouvais pas divulguer le nom. J'ai déclaré que le but de ma mission était d'apporter la paix en Allemagne. Entendant cela, la femme eut un air de doute. Elle prit mon assiette vide.

– Je crains qu'il n'y ait plus de paix sur Terre jusqu'au jour du Jugement dernier, Votre Honneur. Nous pouvons seulement prier pour qu'il ne tarde pas.

J'ai acquiescé de bon cœur; après tout, si ma Quête se soldait par un succès, le jour du Jugement devrait suivre de peu le repentir de Lucifer.

– Nous sommes au siècle qui verra la fin du monde, dit-elle.

– C'est ce que croient beaucoup de gens, ai-je reconnu.

– Vous voulez dire que vous n'y croyez pas, monsieur?

– Je pourrais espérer un tel événement, répondis-je, mais je ne suis pas convaincu qu'il se produira.

Elle emporta les plats. Elle remplit de nouveau ma chope, m'offrit une pipe et un peu de tabac qu'elle avait pris dans le pot de son mari, mais je lui répondis que je ne fumais pas. Elle m'expliqua que son époux travaillait aux champs et qu'il ne serait pas de retour avant le soir. Sa fille se trouvait chez son fiancé, qu'elle aidait pour les plantations de printemps.

Cette vie merveilleusement ordinaire commençait à me séduire; je me disais que je pourrais peut-être demeurer quelque temps avec ces paysans. Mais je savais que cela irait à l'encontre de ma promesse à Lucifer, et pourrait entraîner Sa vengeance non seulement sur moi, mais aussi sur ces braves gens. Néanmoins, cela me réconfortait de savoir qu'une petite parcelle de l'Allemagne ne connaissait pas la guerre ni la peste.

Ayant fini ma bière, j'ai demandé quelle était la direction de Nuremberg. La femme resta imprécise, car elle ne s'était jamais beaucoup éloignée de son village. Mais elle m'indiqua la route de Schweinfurt, que je décidai de suivre jusqu'au moment où je trouverais une agglomération plus importante et des gens plus évolués. J'ai donné à la femme une pièce d'argent qu'elle n'aurait pas pris avec autant de joie et de remerciements si elle avait connu son origine; puis je me suis mis en route.

Le chemin sinuait à travers la vallée, avant de remonter progressivement vers les collines situées de l'autre côté. J'ai chevauché entre des pins largement espacés, sur un sol rouge et fertile, et je me suis retourné plus d'une fois vers les chaumières et les fermes, avec leur fumée lourde et paisible, donnant l'impression d'une sécurité nonchalante.

Le chemin débouchait sur une route plus large; un panneau indiquait la direction de Teufenberg, la cité la plus proche. C'était presque le crépuscule quand je me suis engagé sur cette route, et j'espérais pouvoir trouver soit une auberge, soit au moins une ferme où je demanderais un ballot de paille pour passer la nuit dans une grange, mais je n'ai pas eu cette chance. Une fois de plus, j'ai dormi enroulé dans mon manteau, dans un fossé qui longeait la route, mais je n'ai pas été dérangé.

Au matin, je me suis éveillé avec la chaleur du soleil et les chants des oiseaux. Le long du chemin, des papillons voletaient de coquelicots en pâquerettes, et le parfum des fleurs était un délice pour mes narines. J'ai regretté de ne pas avoir acheté un peu de bière pour le voyage, mais j'avais cru arriver plus tôt à Teufenberg. Je me promis de faire halte à la première auberge pour prendre au moins un petit déjeuner; vers midi, après un tournant, j'aperçus les pignons sculptés d'une riche hostellerie, avec des appentis et des écuries, derrière laquelle se blottissaient quelques chaumières; je me félicitai de ma promesse.

L'auberge s'appelait *Le Moine Noir* et se dressait sur la rive d'un cours d'eau assez large mais peu profond. Un pont en pierre de bonne taille enjambait la rivière (bien qu'il semblât possible de la traverser sans se mouiller les cuisses); un peu plus loin, sur la rive opposée, je vis un moulin dont la roue tournait lentement. J'ai pensé que la même famille devait posséder à la fois le moulin et l'auberge, comme c'était fréquemment le cas.

Je suis presque entré au petit galop dans la cour, levant les yeux vers la galerie en bois qui faisait le tour complet de la bâtisse, et j'ai appelé le maître de maison en descendant de cheval.

Un homme aux sourcils noirs, très fort, les bras aussi rouges que son nez, sortit d'une porte située au rez-de-chaussée pour venir prendre ma bride.

– Je suis Wilhelm Hippel, propriétaire de cette taverne. Soyez le bienvenu, Votre Honneur.

– Cela semble être un endroit fort bien tenu, patron, dis-je en lui donnant mon manteau tandis qu'un valet d'écurie venait s'occuper de mon cheval.

– C'est ce que nous pensons, Votre Honneur.

– Et bien fourni, j'espère.

J'ai reconnu la finesse du paysan dans son hésitation.

– Autant qu'il est possible à notre époque, monsieur.

– Ne craignez rien, patron, affirmai-je en riant de sa réponse, je ne viens pas réquisitionner vos provisions ou votre vin au nom d'un quelconque prince guerrier.

Je suis envoyé pour une mission de paix. J'espère être utile à la conclusion de ce conflit.

– Alors, vous êtes doublement le bienvenu, Votre Honneur.

Je fus conduit dans la salle principale où je me régalai d'une chope de bière encore meilleure que celle de la femme du village. On me présenta viande de boucherie et venaison; après avoir fait mon choix, j'ai excellemment déjeuné tout en discutant avec Herr Hippel de ses tribulations. Elles semblaient extrêmement faibles, comparées à celles des hommes et des femmes qui avaient été directement affectés par la guerre; mais pour lui, bien sûr, elles étaient largement suffisantes.

Il me prévint qu'il y avait des voleurs sur cette route; il n'avait pas eu beaucoup d'ennuis avec eux, mais durant l'automne précédent plusieurs de ses clients avaient été dévalisés et méchamment rossés (l'un d'eux en était mort). Les brigands ne s'étaient pas manifestés pendant l'hiver, mais Herr Hippel venait d'entendre dire qu'ils étaient de retour, « comme les hirondelles au printemps », déclara-t-il. Je l'ai rassuré en lui affirmant que je resterais vigilant durant mon voyage. Il précisa qu'il attendait l'arrivée imminente de deux ou trois hôtes et qu'il serait plus sage pour moi de voyager avec eux jusqu'à Teufenberg. J'ai répondu que j'y réfléchirais, mais j'avais décidé en moi-même de continuer seul, car je ne désirais pas la compagnie de clercs ou de marchands, avec leurs montures assurées et trop lentes.

J'ai remarqué dans le coin opposé de la pièce un jeune homme roux et renfrogné, assoupi dans l'ombre, sa chope à la main; il portait une chemise de soie bleue toute tachée, avec un col et des manchettes de dentelle déchirée; sa culotte de soie rouge ample et bouffante, à la mode turque, rentrait dans ses hautes bottes à revers. Il portait également un gilet en cuir épais, sans boutons, comme ceux que revêtaient souvent les gens de guerre, de préférence à la cuirasse. Un long sabre courbe était posé près de lui sur le banc, et j'ai remarqué à sa ceinture un long couteau et un pistolet, tous deux noir et argent, ressemblant beaucoup aux armes orientales.

Je me suis dit que ce jeune homme devait être moscovite, car de toute évidence il ne s'agissait pas d'un Turc. Je l'ai salué en levant ma chope, mais il a évité mon regard. Le patron me murmura qu'il se conduisait très poliment, mais qu'il ne parlait pas très bien l'allemand et semblait particulièrement méfiant, même à l'égard des comportements les plus amicaux. Il se trouvait là depuis la veille; apparemment, il attendait un certain prêtre-soldat qui lui avait donné rendez-vous dans cette auberge. Ce prêtre-soldat, selon le patron, portait une sorte de nom latin que le jeune homme avait mal compris, ou qu'il ne parvenait pas à prononcer correctement. D'après lui, c'était quelque chose comme Josephus Kreutzerling. L'aubergiste semblait souhaiter que je le reconnusse, mais j'ai secoué négativement la tête. J'éprouvais de la défiance et du dégoût pour ces prêtres-soldats qui étaient capables, selon moi, des pires déprédations et des cruautés les plus épouvantables auxquelles il m'avait été donné d'assister.

Ayant appris que je pouvais atteindre Teufenberg à la tombée de la nuit, j'ai décidé de me remettre en route; j'étais en train de me lever lorsque les portes de la salle s'ouvrirent devant un grand individu très mince, aux yeux gris et durs, enfoncés dans un visage cadavéreux. Il portait un chapeau noir à large bord, un col et des manchettes en toile simple, un manteau et des hauts-de-chausses en laine noire, des souliers noirs à boucle et des guêtres qu'il entreprit de retirer après s'être assis sur un tabouret, ce qui découvrit ses bas blancs. Ajoutons encore une simple épée droite au côté, ainsi que des gantelets (il en tenait un à la main gauche). Il ne se permettait pour toute fantaisie qu'un plumet violet au chapeau, et même cela donnait l'impression qu'il portait le deuil de quelqu'un.

Son regard se posa d'abord sur moi, puis sur l'aubergiste. Herr Hippel se leva.

– Qu'y a-t-il pour votre service, Votre Honneur ?

– Un peu de vin, et une cruche d'eau, répondit le nouveau venu.

Il tourna la tête et regarda le jeune Moscovite qui s'était redressé.

– Vous êtes Grigory Sedenko.

– Je suis Grigory Petrovitch Sedenko, précisa le jeune homme avec un étrange accent grommelant, appuyant sur les voyelles et les consonnes d'une telle façon que je fus certain de son origine.

Il se leva.

– Vous me connaissez ?

– C'est moi qui ai promis de vous retrouver ici.

J'avais bien reconnu le visage et les manières d'un prêtre-soldat. Et l'homme était caractéristique; tous ses sentiments humains s'étaient transformés en orgueil et en cruauté, au nom de sa Croisade.

– Je suis Johannes Klosterheim, chevalier du Christ.

Le jeune Moscovite fit respectueusement le signe de la croix, mais fixa d'un air effronté le visage austère du moine combattant.

– Vous avez des instructions à me donner, frère Johannes, pour Teufenberg.

– En effet. Je connais la maison. J'ai toutes les preuves. Le jugement a été rendu. Il ne vous reste plus qu'à l'exécuter.

Le garçon fronça les sourcils.

– Vous en êtes certain ?

– Sans discussion.

Je me demandais s'il s'agissait d'une chasse aux sorcières. Mais si Klosterheim avait été un ordinaire chasseur de sorcières, il ne se serait pas trouvé là en ce moment, à discuter avec le jeune homme. Ceux qui traquaient la sorcellerie voyageaient en grande compagnie, avec tout l'étalage que nécessitait leur métier.

Quand ils ne voyageaient pas, ils demeuraient dans une ville ou une région. Peu d'entre eux étaient des soldats.

Grigory Sedenko prit son sabre, glissé dans le fourreau, et voulut le passer à sa ceinture, mais Klosterheim leva sa main nue en secouant la tête.

– Pas encore. Nous avons le temps.

Le patron et moi-même écoutions en silence, car il semblait évident que ce Klosterheim avait demandé au garçon de commettre un meurtre – même s'il s'agissait de tuer pour la gloire de Dieu. Nous nous sentions mal à l'aise en présence des deux autres. L'aubergiste voulait quitter la pièce. Mon instinct me disait de prendre le garçon à part et de le prévenir qu'il ne devait pas s'embarquer dans l'odieuse entreprise qu'échafaudait certainement le prêtre-soldat. Mais, depuis quelques années, je m'étais fait une règle de ne pas me mêler des affaires des autres. A cette époque, il n'était pas bon de dire tout haut ce que l'on pensait.

Le garçon se rassit.

– Je préférerais que cela soit fait le plus tôt possible, dit-il.

– Je dois vous préciser certaines choses en privé, déclara Klosterheim. Il ne s'agit pas d'un travail ordinaire.

Ces paroles amusèrent Sedenko.

– C'est assez ordinaire à Kiev, assura-t-il en riant. C'est à cela que nous passons nos hivers.

Klosterheim désapprouvait sa légèreté, et même son enthousiasme.

– Nous devons d'abord prier ensemble, annonça-t-il.

– Et mon salaire ? interrogea le jeune homme.

– D'abord la prière, ensuite le salaire, répliqua le prêtre-soldat.

Il nous regarda comme pour nous avertir qu'il ne fallait pas nous mêler de cette affaire, et qu'il valait mieux ne pas écouter. Le patron quitta la pièce, me laissant pour seul témoin de ce que tramaient ces deux étranges personnages. Je me suis décidé à prendre la parole :

– Je n'ai pas entendu parler des chevaliers du Christ, frère. Est-ce un ordre établi dans cette région ?

– Ce n'est pas un ordre au sens propre, répondit Klosterheim. C'est une société.

– Pardonnez-moi. Je ne connais pas très bien les coutumes de l'Eglise.

– Dans ce cas, vous devriez faire en sorte de les apprendre, monsieur, rétorqua-t-il. (On pouvait lire l'irritation dans ses yeux gris.) Et vous devriez également revoir vos manières. En vous donnant pour tâche de les améliorer.

– Je vous suis très obligé de ce conseil, frère, lui répondis-je. J'y penserai.

– Ce ne serait pas inutile, monsieur.

A l'encontre de mon bon sens, je suis resté à ma place, alors que ce Klosterheim souhaitait me voir déguerpir. Voyant cela, il quitta sa place pour aller s'asseoir à côté de Sedenko, et parla d'une voix trop basse pour que je puisse l'entendre. Malgré tout, j'ai continué de siroter ma bière en prêtant attention à leur manège. Le jeune homme n'était pas gêné, mais le prêtre-soldat demeurait mal à l'aise, ce dont je me réjouissais par pure malice. Finalement, avec un juron qui messeyait à un célibataire dévoué à Dieu, il se leva et entraîna le jeune homme jusqu'à la porte. Ils allèrent tous les deux dans la cour.

Je m'étais suffisamment amusé. J'ai vidé ma chope et appelé l'aubergiste; après l'avoir payé, j'ai demandé que l'on préparât mon cheval. Après un court moment, j'ai regardé par la fenêtre et j'ai constaté que le palefrenier était revenu avec mon destrier. J'ai mis mon casque, enroulé le manteau sous mon bras, et j'ai ouvert la porte.

Klosterheim et le Moscovite se trouvaient en grande conversation de l'autre côté de la cour. M'ayant vu sortir, Klosterheim me tourna le dos. Je me suis mis en selle; le soleil était éclatant et répandait une grande chaleur. J'ai crié : « Au revoir, frère. Au revoir, Herr Sedenko. » Puis j'ai lancé ma monture en direction de la grand-route.

Le soleil avait disparu lorsque j'aperçus, dans les brumes du crépuscule, les flèches et les toits de Teufenberg. C'était une petite ville assez agréable, dont la population n'éprouvait pas une méfiance exagérée envers un homme tel que moi, vêtu d'une armure et monté sur un destrier; je n'eus pratiquement aucune difficulté à trouver une auberge pour nous accueillir, moi et mon cheval. Une fois de plus, pour soulager les inquiétudes de mon hôte, j'ai prétendu être un émissaire chargé de trouver un moyen de rétablir la paix entre les diverses factions opposées; naturellement, cela entraîna un accueil beaucoup plus chaleureux.

Dans la matinée, l'aubergiste, accompagné de sa femme, son gendre et ses trois filles, me conduisit jusqu'à la route de Schweinfurt; tout le monde me souhaita de réussir dans ma mission. Je commençais presque à croire que j'étais bien le héros pour lequel je me faisais passer!

En approchant de la sortie de la ville, je suis passé devant une maison qu'entourait une foule de gens. Des hommes, des femmes et des enfants se pressaient en regardant avec de grands yeux un petit groupe de personnes vêtues de noir qui sortaient de l'habitation. Les femmes étaient en sanglots, les garçons et les filles, tout pâles, avaient l'air abasourdis. Ils transportaient trois cadavres hors de la maison.

Je me suis demandé si cet événement avait un quelconque rapport avec les deux personnages que j'avais rencontrés la veille. J'ai interrogé un gros citadin sur ce qui s'était passé.

– Ce sont des juifs, expliqua-t-il. Tous les hommes ont été frappés durant la nuit par le Glaive du Seigneur. C'est Sa vengeance qui s'est accomplie, pour les punir de leurs crimes.

J'étais écœuré. Un tel sort n'était pas rare, mais je n'avais pas imaginé pouvoir assister à ce genre d'événement dans la plaisante cité de Teufenberg. Je n'ai pas attendu pour écouter l'énumération de leurs crimes, car l'affreuse liste était partout la même, de la Baltique jusqu'à la mer Noire.

D'humeur maussade, j'éperonnai mon cheval, et je fus plus que satisfait en atteignant la grand-route. L'air paraissait plus pur. J'ai galopé quelques milles, jusqu'à ce que Teufenberg eût complètement disparu derrière moi, puis j'ai laissé mon cheval revenir au trot. Dans un sens, j'étais content de ce que j'avais pu voir ce matin à Teufenberg. Cela m'avait rappelé aux réalités du monde qui m'attendait.

5

Le temps devenait de plus en plus chaud à mesure que s'écoulaient les milles entre Teufenberg et Schweinfurt. On aurait pu se croire en été, ce qui me donnait envie de retirer une partie de ma cuirasse, malgré ma prudence habituelle. Cependant, je l'ai gardée tout entière, versant de temps en temps un peu d'eau sous ma chemise pour me rafraîchir. Les routes étaient plutôt bonnes; il n'avait presque pas plu depuis plusieurs jours, et il y avait peu d'armées pour les piétiner; de plus, j'eus la chance de trouver chaque nuit un abri raisonnablement agréable. Néanmoins, les signes de la guerre augmentaient. J'aperçus quelques potences, et ma route passait plus fréquemment devant les ruines de fermes et d'églises calcinées.

Un jour, après avoir pénétré dans une région montagneuse couverte de pins et de brillantes pierres à chaux, j'émergeais d'une petite gorge lorsque j'aperçus devant moi un grand pré sur lequel venait de se dérouler un combat sanglant. Des cadavres gisaient partout, la plupart dévêtus ou du moins dépouillés de leurs meilleurs habits. Les corneilles et les corbeaux, battant des ailes et sautillant, se disputaient la chair rouge et puante des victimes. Il était absolument impossible de dire à quel camp appartenaient les combattants, et il aurait été vain de chercher à le savoir. Comme toujours, il semblait fort probable qu'ils eussent eu, pour s'entre-tuer, des motifs très confus; pour le moins.

En temps normal, j'aurais contourné le champ de bataille, mais ma route le traversait et il y avait de gros rochers de chaque côté du pré. Je fus contraint de laisser mon cheval se frayer un chemin entre les cadavres, tandis que des nuages de mouches venaient m'attaquer, éprouvant sans doute plus d'attrait pour le sang chaud que pour la viande froide.

Je me trouvais au milieu du pré, tenant un chiffon devant mes narines pour atténuer l'écœurante odeur de mort, quand j'entendis un bruit provenant des rochers situés à ma droite; relevant les yeux, je vis qu'une pierre dégringolait vers moi. J'aperçus un éclat, une sorte de reflet métallique, et un bout de tissu bleu. Aussitôt, mes vieux instincts se mirent en branle.

Les rênes étaient enroulées autour du pommeau, mes mains gantées tenaient les deux pistolets, que j'ai soigneusement armés à l'instant où les hommes commençaient à se montrer. Ils étaient tous à pied, vêtus de diverses pièces d'armure, et portaient une large panoplie allant des haches et des piques rouillées jusqu'aux dagues et aux épées de Tolède reluisantes. De toute évidence, ces malandrins n'appartenaient à aucune armée particulière. Il s'agissait de brigands à l'ancienne mode, le visage rougeaud et suant, pas rasé, la peau marquée par toutes sortes de petites maladies.

J'ai levé mes pistolets quand ils se mirent à dévaler la colline dans ma direction.

– Reculez-vous, criai-je, sinon je tire!

Leur chef – presque un nain, vêtu d'un manteau noir et crasseux, d'un chapeau et d'une chemise de toile déchirée – brandit l'un des plus gros pistolets que j'eusse jamais vus et me fit un sourire grimaçant.

Il n'avait presque plus de dents. Il lorgna son arme et déclara d'une voix mielleuse :

– Tirez donc, Votre Honneur. Et nous aurons le plaisir d'en faire autant.

Je lui ai logé une balle en pleine poitrine. Il a lancé les bras en l'air en poussant un grognement et s'est écroulé en arrière, puis il a encore gigoté pendant une ou deux secondes avant de mourir. Son pistolet avait glissé à ses pieds, mais aucun de ses hommes ne semblait prêt à le ramasser. J'ai rengainé le pistolet que je venais d'utiliser, puis j'ai tiré mon épée en leur lançant :

– Vous n'aurez pas la partie facile, mes amis. Je vous préviens, le privilège de me dérober la vie vous coûterait beaucoup trop cher.

Un des brigands, placé en retrait, leva son arbalète et décocha un carreau. Le trait passa près de mon épaule, mais je n'eus aucune réaction pour laisser penser que je l'avais remarqué. Mon cheval, bien entraîné, était resté aussi impassible que moi.

– Ne recommencez pas, déclarai-je, ou mon second pistolet fera son œuvre. Vous avez pu constater que j'étais bon tireur.

Une arquebuse se baissa; un mousquet se souleva de sa fourche. Une créature qui louchait me dit avec l'accent prussien :

– Nous avons faim, Votre Seigneurie. Nous n'avons pas mangé depuis des jours. Nous sommes tous d'honnêtes soldats, mais nous avons été forcés de marauder après la désertion de notre officier.

J'ai souri.

– Je me demande bien qui a réellement déserté. Mais je n'ai pas de nourriture à partager. Si vous voulez manger, pourquoi ne rejoignez-vous pas une armée pour vous engager?

Un autre commença :

– Pour l'amour de Dieu...

– Je n'ai aucun amour pour Dieu, et Il n'en a pas pour moi, répliquai-je d'un ton assuré. Vous ne pouvez pas implorer la clémence d'un homme que vous vouliez assassiner.

Ils approchaient lentement. J'ai relevé mon arme en signe d'avertissement. Ils se sont arrêtés, mais l'un d'entre eux, au milieu de la troupe, tendit brusquement un pistolet et fit feu. La balle effleura le cou de mon cheval et il sursauta, perdant son calme durant un instant. J'ai tiré à mon tour; j'ai manqué l'homme, mais j'en ai blessé un autre placé derrière lui.

Ils furent presque aussitôt sur moi. J'avais attendu trop longtemps pour pouvoir m'enfuir. Ils eurent vite fait de m'encercler, en s'accrochant à la bride du cheval, en me menaçant de leurs piques. Je me suis défendu à coups d'épée, en dégageant un pied de mon étrier pour pouvoir les frapper; j'ai vivement rengainé mon pistolet afin de tirer un long poignard de l'étui accroché à ma ceinture. J'ai pu occire trois brigands et en blesser plusieurs autres, mais ils n'avaient plus peur de moi et je savais que je ne tarderais pas à avoir le dessous.

Je reçus deux estafilades, l'une à la cuisse et l'autre à l'avant-bras, mais cela ne m'empêchait pas d'utiliser ma jambe ou mon bras. Les malandrins s'efforçaient de faire tomber mon destrier – un acte désespéré, car il s'agissait certainement de mon bien le plus précieux –, quand j'entendis derrière moi les sabots d'un autre cheval et un hurlement terrible et sauvage qui s'éleva au-dessus du vacarme général. Quelques voleurs m'abandonnèrent pour se tourner vers ce nouvel adversaire.

Je l'ai reconnu aussitôt. C'était le jeune Moscovite de l'auberge. Il était bas, sur son poney, et faisait tourbillonner son sabre de tous côtés en tranchant dans la chair vivante comme un chirurgien disséquant des cadavres. Il continua de pousser des hurlements à vous glacer d'épouvante jusqu'au moment où tous les voleurs furent mis en fuite. Puis il rejeta la tête en arrière, ôta son bonnet en peau de mouton et s'esclaffa en criant des insultes aux quelques brigands qui restaient en vie.

A cet instant seulement, j'aperçus un autre cavalier, plus loin derrière nous. Il se tenait à l'entrée du défilé, assis presque immobile sur son bidet alezan en nous observant tous deux, Grigory Sedenko et moi-même, avec les lèvres pincées et le regard désapprobateur.

Sedenko fit tourner son poney en riant toujours.

– C'était un joli combat, me dit-il.

– Je vous suis reconnaissant, déclarai-je.

– Ce voyage devenait ennuyeux, répondit-il en haussant les épaules. J'ai été très content de pouvoir me distraire un peu.

– Vous avez risqué votre vie pour un idiot et un agnostique, dit Klosterheim en repoussant vers l'arrière son chapeau à large bord. Vous me décevez, Sedenko.

– Il s'agit d'un soldat, d'un compagnon d'armes, et c'est bien plus que vous, Klosterheim, malgré toutes vos protestations.

J'étais content de voir que le jeune homme s'était lassé du prêtre-soldat. Mais je me suis souvenu des juifs de Teufenberg, et j'ai regardé le Moscovite d'un œil plus méfiant, car j'étais presque convaincu qu'il avait tué les trois juifs pendant leur sommeil.

Les lèvres de Klosterheim se tordirent de dégoût.

– Vous auriez dû le laisser mourir, dit-il à Sedenko. Vous m'avez désobéi.

– Et je recommencerais dans des circonstances identiques, répliqua le garçon. Je suis fatigué de vos sermons et de vos meurtres sournois, frère prêtre. S'il faut continuer jusqu'à Schweinfurt, permettez à ce gentilhomme de nous accompagner; sinon pour lui, au moins pour me faire plaisir.

Klosterheim secoua la tête.

– Cet homme est maudit. Ne voyez-vous pas que c'est écrit sur lui ?

– Je ne vois qu'un robuste soldat, comme moi-même.

Klosterheim éperonna son cheval. La haine qu'il éprouvait pour moi semblait parfaitement irraisonnée. Il me dépassa et s'avança sur le pré jonché de cadavres plus ou moins récents.

– Je voyagerai seul, annonça-t-il. Vous avez perdu mon amitié, Sedenko. Et mon or.

– Bon débarras! cria le jeune rouquin.

Puis il se tourna vers moi :

– Où vous rendez-vous, monsieur? Et pourriez-vous accepter ma compagnie?

J'ai souri. Ce garçon avait du charme.

– Je vais à Schweinfurt, et je continuerai plus loin. Je serais enchanté de chevaucher avec une aussi fine lame. Quelle est votre destination?

– Je n'en ai aucune à l'esprit. Schweinfurt me paraît aussi bien que n'importe quelle autre direction. (Il cracha derrière Klosterheim qui s'éloignait.) Cet homme est fou, dit-il.

J'ai examiné mes blessures. Elles n'étaient pas graves. J'ai passé un peu de baume sur chaque plaie. Bientôt, nous chevauchions tous deux côte à côte.

– A quoi vous employait Klosterheim? ai-je demandé d'un air détaché. A lui servir de garde du corps?

– En partie. Mais il sait que je n'aime pas les juifs, ni les Turcs, ni aucune sorte d'infidèles. Au début, il voulait que je l'aide à exécuter quelques juifs à Teufenberg. Il disait qu'il avait la preuve que ces juifs avaient sacrifié des bébés chrétiens. Enfin, tout le monde sait que les juifs font cela et qu'ils doivent être punis. J'étais prêt à l'aider.

Je ne répondis rien à cela. Il était bien connu que les Moscovites du Sud détestaient profondément leurs voisins orientaux et musulmans. En cela, le garçon ne semblait pas être pire que beaucoup d'autres.

– Vous avez tué ces juifs? demandai-je.

Il s'exclama :

– Bien sûr que non. L'un était trop vieux, et les autres trop jeunes. Mais la principale raison, c'est que

Klosterheim m'avait trompé. Il n'y avait aucune preuve qu'ils aient fait ce que prétendait le prêtre-soldat.

– Et ils ont quand même été tués.

– Naturellement. J'ai dit à Klosterheim de faire son travail lui-même. Et finalement, c'est ce qu'il a fait, mais à contrecœur. Puis il m'a dit qu'il y avait d'autres infidèles à tuer et que je serais bien payé pour ma peine. Petit à petit, je me suis rendu compte qu'il ne voulait pas me faire combattre, mais commettre des assassinats. Et, quoi que je puisse être, monsieur, je ne suis pas un meurtrier. Je tue proprement, et en combat loyal. Ou du moins, je m'assure que les chances sont égales, quand il s'agit de juifs et de Turcs. Je n'ai jamais frappé l'un d'entre eux par-derrière.

Il paraissait plutôt fier de ce comportement. J'ai ri d'une manière assez tolérante et je lui ai raconté que j'avais connu autrefois quelques juifs respectables, et au moins un aristocrate turc. Il ignora poliment ma remarque, et je suis sûr qu'il devait la trouver de très mauvais goût.

La compagnie de Sedenko eut pour effet de raccourcir le voyage à Schweinfurt. A plusieurs reprises, nous avons aperçu devant nous, sur la route, la plume violette et le costume noir de Klosterheim, mais il chevauchait à toute allure et il ne tarda pas à avoir au moins une journée d'avance sur nous. L'histoire de Sedenko était assez banale.

Il était le fils d'un de ces hardis pionniers, les Kazaks, qui avaient élargi le territoire moscovite au détriment des Tatars (d'où sa haine traditionnelle des Orientaux); il avait grandi dans un village proche de Kiev, la capitale méridionale. Les gens de son peuple étaient de fameux cavaliers, habiles à manier l'épée; Sedenko se vantait d'avoir excellé dans tous les talents des Kazaks, jusqu'au moment où il avait été mêlé à une querelle entre clans rivaux; le sujet de la discorde était de savoir s'ils devaient ou non se soulever contre les Polonais, et Sedenko avait tué un chef (un *hetman*). Pour ce crime, il avait été condamné au bannissement, et avait donc décidé de faire route vers l'ouest afin de s'engager dans l'armée d'un prince des Balkans. Durant quelque temps, il avait servi sous les ordres d'un roi des Carpates au cours d'une guerre qui, d'après ce que j'ai pu comprendre, n'était rien d'autre qu'une dispute entre deux bandes de chevaliers-brigands. Très porté sur le fanatisme religieux, comme la plupart des gens de sa race, Sedenko avait entendu parler d'une « guerre sainte » en Allemagne et avait trouvé que cela convenait mieux à ses goûts. Il avait été déçu de constater qu'il n'éprouvait de sympathie particulière pour aucun des deux camps, car sa religion reconnaissait un patriarche à Constantinople, et non un pape, mais par d'autres aspects ses formes d'adoration étaient encore plus élaborées que celles de la foi romaine.

– J'avais cru que j'allais combattre des infidèles, expliqua-t-il d'un air désappointé, des Tatars, des juifs ou des Turcs. Mais ce n'est qu'une querelle entre chrétiens, et ils ne paraissent même pas connaître les raisons profondes de leur dispute. A mon avis, ce ne sont que des idiots sans foi. J'ai compris que je ne pouvais combattre pour aucun parti. Je me suis engagé comme garde du corps auprès de divers seigneurs nobles, mais je crois qu'ils me trouvaient un peu trop sauvage à leur goût, et j'allais mourir de faim quand j'ai fait la connaissance de Klosterheim.

– Où l'avez-vous rencontré pour la première fois ?

– Là où vous nous avez vus. Une troisième personne – un moine d'Allerheim – m'avait dit que ce prêtre-soldat avait du travail pour un défenseur des enfants du Christ. Alors, j'ai décidé de voir de quoi il s'agissait, surtout parce que j'avais reçu un florin d'argent comme avance. C'est ce qui m'a payé mon voyage à Teufenberg. Maintenant, nous savons tous qu'un bon chrétien vaut une vingtaine de juifs, en toute circonstance, et qu'à un contre vingt les chances sont égales si l'on attaque un village. J'avais espéré au moins tout un *shtetl.* J'avais eu l'impression qu'une véritable armée menaçait Teufenberg. Mais trois juifs ! Rien que trois juifs dans toute la ville ! Je me suis senti insulté, monsieur, vous pouvez me croire. J'ai rarement toléré une condescendance aussi grande que celle de Klosterheim. Pour lui, chaque homme est un infidèle. Il a même tenté de me faire abandonner la religion de mes pères pour me convertir à sa foi toute grise !

Sa franche naïveté, ses préjugés injustifiés mais plutôt innocents et son enthousiasme me parurent tout à la fois désarmants et amusants. En fait, je prêtais peu d'attention à son bavardage, mais cela m'occupait l'esprit et m'empêchait de ressasser lugubrement mes propres problèmes.

Nous arrivâmes bientôt à Schweinfurt : une ville de taille moyenne qui portait les traces habituelles de la guerre. On ne remarqua pas notre présence, et je m'enquis de la meilleure route pour Nuremberg. Nous nous sommes arrêtés dans une auberge à la sortie de Schweinfurt, et le matin suivant je m'apprêtais à faire mes adieux à Sedenko lorsqu'il m'annonça en souriant :

– Si vous n'y voyez pas d'objections, capitaine von Bek, je vous accompagnerai un moment. Je n'ai rien de mieux à faire, et vous avez l'air de quelqu'un qui s'est embarqué dans une aventure. Vous avez peu parlé de vous-même ou de votre mission, et je respecte votre silence. Mais j'apprécie l'amitié d'un compagnon d'armes et, qui sait, je trouverai peut-être en vous escortant le moyen d'obtenir un emploi convenable avec d'autres soldats professionnels.

– Je ne chercherai pas à vous dissuader pour l'instant, maître Sedenko, répondis-je, car je reconnais que votre présence m'est aussi agréable que la mienne paraît l'être pour vous. Je vais à Nuremberg, et de là je me dirigerai vers une petite ville du nom d'Ammendorf.

– Je n'en ai jamais entendu parler.

– Je ne la connaissais pas non plus. Mais j'ai pour instructions de m'y rendre, et je dois y aller. Il est possible que vous ne souhaitiez plus continuer avec moi quand nous aurons atteint Nuremberg, car vous trouverez dans cette ville de nombreuses possibilités d'emploi. Et quand je serai arrivé à Ammendorf, peut-être ne vous sera-t-il pas possible de m'accompagner plus loin. Vous savez que je ne souhaite pas vous dévoiler ma véritable mission, mais vous avez raison de reconnaître son importance. Dans votre intérêt comme dans le mien, vous devez consentir à accepter mes ordres, dans la mesure où ils seront dictés par ma Quête.

– Je suis un soldat, capitaine, et j'accepte la discipline du soldat. De plus, il s'agit de votre pays, et vous le connaissez beaucoup mieux que moi. Je serai fier de vous tenir compagnie aussi longtemps qu'il vous plaira.

Sedenko repoussa son bonnet de fourrure sur son crâne et sourit de nouveau.

– Je ne suis qu'un simple Kazak. Pour être pleinement satisfait, il me suffit d'un peu de nourriture, d'un maître respectable, de ma foi en Dieu et d'une occasion de chevaucher et d'utiliser ceci... (Il tira son sabre et embrassa la poignée.)

– Je peux au moins vous assurer la nourriture, répondis-je.

Nous nous sommes mis en selle. Je sentais que la camaraderie de Sedenko me manquerait lorsque le temps serait venu de nous séparer, mais j'étais suffisamment égoïste pour lui permettre de rester jusqu'à ce moment.

Un peu plus tard, tandis que nous nous engagions sur la grand-route en direction de Nuremberg, il me donna d'autres détails sur Klosterheim. Il ressentait un profond dégoût pour son précédent patron.

– Il m'a parlé des sorcières qu'il avait tuées – certaines étaient des enfants. Ce devait être des personnes chrétiennes, d'après leurs noms. Moi, je m'arrête lorsqu'il s'agit d'enfants. Qu'en dites-vous, capitaine von Bek ?

– J'ai beaucoup de sang sur les mains, lui confiai-je.

Beaucoup trop pour pouvoir m'en affliger d'une manière excessive, jeune Moscovite.

– Mais c'était pendant la guerre, le sang répandu par la guerre.

– Oh, bien sûr, pendant la guerre. Ou du moins, au nom de la guerre. A votre avis, Sedenko, combien d'enfants sont morts par ma faute ?

– Vous êtes un officier, un meneur d'hommes. Il y a toujours des victimes que l'on déplore.

– Je n'ai aucun remords, répondis-je après un soupir. Mais si je devais regretter quelque chose, ce serait d'avoir un jour quitté ma ville de Bek. Il est beaucoup trop tard pour cela désormais. Voyez-vous, je n'ai pas toujours été soldat. Vous êtes issu d'une race de guerriers. La mienne est une race de clercs et de nobles campagnards. Nous n'avions pas une grande tradition d'exploits guerriers. (J'ai haussé les épaules.) De jeunes paysans ont été tués par mes hommes, d'une manière ou d'une autre. Et j'étais à Magdebourg.

– Ah, dit Sedenko, Magdebourg.

Il demeura silencieux un moment, et j'ai pensé que c'était presque un sentiment de respect. Près d'une demi-heure plus tard, il m'interrogea :

– C'était un terrible carnage, Magdebourg, n'est-ce pas ?

– Oui, c'en est un.

– N'importe quel véritable soldat aurait souhaité ne pas s'y trouver.

– En effet, répondis-je.

C'était la dernière fois que nous devions parler de Magdebourg.

Bientôt, nous avons commencé à remarquer les traces de grands mouvements de troupes sur la route, et nous avons poursuivi par des chemins qui restaient à peu près parallèles à la voie principale, selon mes cartes (les plus précises que j'eus jamais l'occasion d'utiliser). Malgré cela, nous rencontrions parfois de petits groupes de soldats, et nous fûmes interpellés une ou deux fois. Comme c'était devenu mon habitude, je criais : « Emissaire! » et il nous était permis de passer sans avoir à répondre à trop de questions.

Je me suis dit qu'il ne serait pas raisonnable d'aller directement à Nuremberg. La rumeur prétendait qu'une partie de la plus haute noblesse saxonne était réunie dans la ville, peut-être pour préparer la paix, mais plus probablement pour envisager de nouvelles stratégies et de nouvelles alliances. Je n'avais guère envie d'être entraîné dans cette affaire, et il m'aurait été difficile, en cas d'interrogatoire précis, de maintenir ma supercherie. A cette époque, on était suspect si l'on ne se déclarait pas d'un parti ou d'un maître. La cause importait peu, tant que l'on jurait d'y être fidèle.

A environ cinq milles de Nuremberg, dans une clairière où nous avions installé notre petit campement, j'ai demandé à Sedenko s'il ne pensait pas que le moment était venu de nous séparer.

– Vous seriez bien reçu à Nuremberg, déclarai-je. Et je peux vous garantir que vous n'auriez pas à attendre longtemps avant d'avoir à combattre.

Il secoua la tête.

– Je peux toujours m'en retourner, assura-t-il.

– Il y a devant nous des domaines dans lesquels vous ne pourriez pas entrer, expliquai-je.

– Au delà d'Ammendorf, capitaine?

– Je n'en suis pas certain. Je recevrai là-bas d'autres ordres.

– Eh bien, nous déciderons ce que je dois faire quand vous connaîtrez la nature de ces ordres.

J'ai ri de bon cœur.

– Grigory Petrovitch, vous êtes aussi obstiné qu'un chien terrier.

– Nous autres Kazaks, nous sommes célèbres pour notre ténacité, capitaine. Nous sommes un peuple libre, et nous tenons beaucoup à cette liberté.

– Et pourtant, vous m'avez choisi comme maître?

– On doit toujours servir quelque chose, déclara-t-il simplement. Ou quelqu'un. Vous ne croyez pas, capitaine?

– Oh, je pense que vous avez raison, répondis-je.

Mais je me demandais quelle serait sa réaction s'il apprenait que je servais la cause de Satan.

Tout au fond de moi, j'avais un autre motif. J'étais soutenu dans la poursuite de ma Quête par l'idée que, tôt ou tard, je retrouverais dame Sabrina. Sorcière ou pas, elle était la première femme à laquelle je portais le grand amour que j'avais toujours souhaité ressentir. C'était plus que suffisant. Si je m'attardais trop sur les implications de cette Quête, je pourrais perdre mon discernement habituel. Lucifer pouvait parler de la destinée de l'univers, du Paradis et de l'Enfer; mais pour ma part, je préférais me contenter de penser en termes d'amour humain. Je ne le comprenais qu'imparfaitement, mais je le comprenais quand même mieux que tout le reste.

Le matin suivant, nous sommes passés devant une longue potence à laquelle pendaient six cadavres. Les corps étaient vêtus d'habits noirs et le sang formait des croûtes sur les membres, prouvant que les hommes avaient subi des tortures et avaient eu les os rompus avant d'être pendus. J'aperçus un crucifix de bois au pied d'une victime. Il était impossible de dire à quel ordre avaient appartenu ces moines. Et je savais que cela importait peu. Cependant, il était certain qu'on leur avait dérobé tous les objets de valeur qu'ils avaient pu posséder. Il n'était pas étonnant que tant d'ordres monastiques fussent en train de renouveler leur vœu de pauvreté. Il ne servait à rien d'amasser de la richesse quand elle pouvait vous être prise à la moindre occasion.

Un mille ou deux plus loin, nous sommes arrivés devant une abbaye située au bord de la route. Certaines parties du bâtiment brûlaient encore et, pour une quelconque raison, les corps des moines et des nonnes avaient été déposés sur les murs à intervalles réguliers, à la manière dont un fermier pourrait exposer des cadavres d'animaux nuisibles pour dissuader les autres. Durant mes années de guerre, j'avais remarqué plus d'un exemple d'un tel humour noir. Moi-même, je m'étais livré à des actes semblables. C'était comme si l'on voulait défier sa propre conscience, provoquer l'œil de Dieu qui, on le sentait parfois, regardait toute cette horreur et en observait les participants.

S'il fallait en croire Lucifer, Dieu avait déjà posé son regard sur moi et m'avait jugé indigne du Paradis.

Le lendemain, en consultant ma carte, je fus heureux de constater qu'Ammendorf n'était plus qu'à quelques heures de cheval.

Je n'avais aucune idée de la manière dont je trouverais le Grand Veneur, le seigneur de la Chasse, mais je serais soulagé d'avoir accompli la première étape de la Quête, quoi qu'il pût advenir.

La route nous fit traverser une épaisse forêt dont le sol était couvert de pierres moussues et d'un enchevêtrement de tiges et de racines qui menaçaient les sabots de nos chevaux. Les odeurs de ce sous-bois, de la terre humide et des feuilles, étaient si vives qu'elles semblaient parfois s'emparer complètement de mes narines. Le chemin montait, et nous avons dû escalader une colline escarpée, toujours à travers bois. Nous avons atteint la crête, mais à cause du feuillage nous ne pouvions pas voir grand-chose de ce qui nous attendait. Nous sommes descendus de l'autre côté de la colline.

Sedenko commençait à s'exciter. Apparemment, mon aventure lui apportait davantage qu'à moi-même. Il se forçait manifestement à ne pas me poser d'autres questions et j'encourageai sa discrétion puisque je ne pouvais rien lui répondre.

Quand j'ai estimé que nous nous trouvions environ à un mille d'Ammendorf, j'ai serré la bride à mon cheval et j'ai rappelé à mon compagnon :

– Sedenko, vous savez que vous ne pourrez sans doute pas me suivre au delà d'Ammendorf ?

– Bien sûr, capitaine. (Il m'offrit un regard sincère.) C'est ce que vous m'aviez dit.

Satisfait de sa réponse, j'ai continué de chevaucher

sur l'étroit sentier qui sinuait maintenant pour suivre les contours naturels de la vallée.

Les arbres s'espacèrent, la vallée s'élargit, et nous atteignîmes finalement Ammendorf.

La ville s'étendait au pied d'un énorme escarpement gris, strié de mousse et de lierre. Elle était entièrement construite dans une vieille pierre sombre qui semblait se mêler à la roche de la butte elle-même.

Aucune fumée ne s'élevait des cheminées d'Ammendorf. Il n'y avait pas la moindre bête dans les cours cernées de murs, pas un seul enfant pour jouer dans la rue; aux portes et aux fenêtres d'Ammendorf, pas un habitant ne se montrait.

Sedenko fut le premier à faire halte. Il s'appuya sur le pommeau de sa selle en regardant d'un air surpris la ville étrange et noire qui se trouvait devant nous.

— Mais c'est une ville morte, dit-il. Personne n'a vécu ici depuis au moins cent ans !

6

De près, Ammendorf exhalait une odeur de pourriture et de décrépitude. Des tuiles étaient tombées des toits; le chaume et les bardeaux s'effritaient par endroits; seuls les murs en pierre tenaient bon, encore étaient-ils couverts de plantes humides et de moisissures.

J'avais l'impression que tout le village avait été abandonné subitement; le reflet vert que donnait l'ombre de la butte escarpée, le goutte à goutte net et régulier de l'eau, la mollesse du sol s'écrasant sous nos pas quand nous fûmes descendus de cheval, tout cela contribuait à donner une impression de désolation.

Sedenko renifla l'air et porta la main à la poignée de son sabre.

— Cet endroit empeste le Démon.

Nous avons levé les yeux. J'ai cru remarquer d'autres pierres taillées au sommet de la côte, mais un entrelacs de lierre et d'aubépine obscurcissait toute la corniche.

Je me suis demandé si Lucifer n'avait pas perdu la mémoire pour m'envoyer dans un lieu déserté depuis si longtemps. Il n'y avait personne ici pour me conduire jusqu'à un Grand Veneur sans doute mort depuis bien des années.

Sedenko me dévisageait d'un air interrogateur. Il s'efforçait visiblement de ne pas dire ce qu'il pensait : que j'avais été mal renseigné, pour le moins.

La journée s'achevait. J'ai annoncé à Sedenko :

– Je dois camper ici. Mais si vous désirez poursuivre votre voyage, je crois qu'il ne faut pas hésiter.

Le Moscovite grogna et se palpa les joues en réfléchissant à cette idée. Puis il releva les yeux vers moi et s'esclaffa.

– Ce pourrait être l'aventure que j'espérais, dit-il.

– Mais qui pourrait ne pas vous plaire.

– C'est un risque qui se trouve dans la nature même de l'aventure, n'est-ce pas ?

Je lui ai assené une claque dans le dos.

– Ah, cher Kazak, vous êtes un compagnon selon mon cœur. Vous auriez dû vous trouver avec moi dans quelques-unes de mes anciennes batailles.

– Mais je souhaite me trouver à vos côtés dans certaines de vos futures batailles, capitaine.

Pour moi, le futur s'annonçait si mystérieux et surnaturel que je n'ai pas pu lui répondre. Nous nous sommes mis à explorer les maisons une par une. Nous trouvions les dalles fissurées, soulevées par la force des plantes. Des petits arbres poussaient même dans certaines habitations. Tout était trempé. Les meubles pourrissaient par endroits; les tissus tombaient en lambeaux dès qu'on les touchait.

– Même les rats sont partis.

Sedenko remontait d'une cave avec une jarre de vin. Il brisa le sceau et renifla.

– Aigre.

Il jeta la jarre dans un âtre vide.

– Eh bien, déclara-t-il, dans laquelle de ces confortables demeures allons-nous emménager ?

Nous avons finalement choisi le bâtiment qui avait été manifestement le lieu public de la ville. Il était plus grand et plus aéré que les autres, et nous pouvions faire du feu dans l'âtre imposant.

Au crépuscule, nos chevaux installés dans un coin de la salle, le feu nous procurant suffisamment de chaleur et de lumière, nous étions prêts à nous endormir.

A l'extérieur, dans les rues désertes d'Ammendorf, il y avait peu de mouvements. Quelques oiseaux chassaient les insectes et nous entendions parfois glapir un renard. Sedenko ne tarda pas à ronfler, mais il m'était plus difficile de m'abandonner au sommeil. Je continuais de réfléchir aux raisons que Lucifer avait eues de m'envoyer dans cet endroit. Je pensais à Sabrina, désespérant de jamais la revoir. J'ai même envisagé de revenir en arrière et de proposer mes services au roi de Suède, dont l'armée déferlait maintenant à travers l'Allemagne. Puis le souvenir de Magdebourg me revint, ainsi que les menaces de Lucifer à propos de ce qui m'arriverait si je cherchais à Le trahir, et je me suis laissé gagner par le découragement. J'ai dû passer deux ou trois heures dans ce vain état d'esprit avant de m'endormir, et je fus immédiatement réveillé par ce qui était clairement un bruit de sabots.

Je fus aussitôt sur pied, avec une sorte de soulagement, et j'ai saisi mon fourreau en courant vers la fenêtre pour plonger mon regard dans l'obscurité environnante. Une pluie légère s'était mise à tomber, des nuages cachaient la lune et les étoiles. J'ai cru voir passer entre les bâtiments la flamme d'une lanterne d'étrange couleur. Cette lueur se mit à devenir de plus en plus vive et parut finalement danser sur la moitié d'Ammendorf. Les bruits de sabots augmentaient aussi, remplissaient mes oreilles de leur vacarme – mais je ne voyais toujours pas de cavaliers.

Sedenko se trouvait maintenant à côté de moi, le sabre à la main. Il se frotta le visage.

– Au nom de Dieu, capitaine, qu'est-ce que c'est ?

– Je n'en ai pas la moindre idée, répondis-je en secouant la tête.

Même la salle de réunion tremblait, et nos propres montures piaffaient en hennissant, cherchant à se libérer de leur licol.

– Une tempête, suggéra Sedenko. Une sorte de tempête, hein, capitaine ?

– Je n'ai jamais rien vu de pareil, répondis-je. Mais vous avez peut-être raison.

Il était convaincu d'avoir tort. Chacun de ses gestes, le moindre mouvement de ses yeux trahissait sa superstition.

– C'est Satan qui approche, murmura-t-il.

Je ne lui ai pas dit pourquoi son explication me paraissait peu probable.

Et brusquement, un cavalier apparut au coin d'une rue. A mesure qu'il avançait, les chiens qui entouraient sa monture – un tourbillon de férocité – se mirent à aboyer. Il y avait d'autres cavaliers derrière lui, mais le premier était un géant qui les écrasait tous. Il portait un monstrueux casque ailé, entourant son visage barbu dont les yeux brillaient de cette même lueur bleu-vert inondant le village. Son énorme poitrine était protégée par une cotte de mailles à moitié recouverte par le manteau en peau d'ours noué autour de ses épaules. Il tenait à la main gauche un long javelot de chasse, comme on n'en utilisait plus depuis au moins une centaine d'années. Ses jambes étaient également gainées de métal, et ses pieds reposaient sur de lourds étriers. Il releva la tête et lança un rire en direction du ciel, sa voix rejoignit le hurlement de ses chiens et ils semblèrent aboyer tous ensemble tandis que ses compagnons, des ombres derrière lui, se mettaient l'un après l'autre à pousser le même cri terrifiant.

– Mère de Dieu, souffla Sedenko. Je combattrais loyalement n'importe quel homme, mais pas cela.

Allons-nous-en, capitaine. C'est un avertissement. Ils veulent nous chasser d'ici.

Je n'ai pas bronché.

– Ils pourraient nous chasser, répondis-je, et cela les amuserait sans doute beaucoup, car ils nous poursuivraient comme du gibier, Sedenko. Ce sont bien des chasseurs, mais qui cherchent des proies humaines.

– Mais ils ne sont pas humains !

– Ils l'ont été, je pense. Mais désormais ils ne sont plus mortels.

J'ai vu les visages blancs dans le sillage du cavalier barbu. Les lèvres grimaçantes et les yeux brillants (mais pas aussi brillants que ceux de leur chef). Cependant, tous ces hommes étaient morts. Je commençais à reconnaître les morts. Et je pouvais également reconnaître les damnés.

– Sedenko, dis-je, si vous voulez me quitter, je crois qu'il faut le faire sur-le-champ.

– Je combattrai avec vous, capitaine, quelle que soit la nature de l'ennemi.

– Ils pourraient être vos ennemis, Sedenko, mais pas les miens. Partez.

Il s'y refusa.

– Si ce sont vos amis, alors je resterai. Ce sont des amis puissants, hein ?

J'ai haussé les épaules, car je n'avais pas la patience de poursuivre cette discussion. J'ai attaché la courroie de mon épée et je me suis dirigé vers la porte, qui s'ouvrit en grinçant.

Les chasseurs se regroupaient déjà sur la place dévastée d'Ammendorf. J'ai senti sur mon visage le souffle chaud de la meute, son odeur infecte. Les chiens aplatirent les oreilles et commencèrent à se coucher autour du cheval de leur maître.

Le chef des chasseurs me dévisagea de ses yeux terrifiants. Des visages blafards s'avancèrent dans la lumière lugubre. Des chevaux se mirent à piaffer sur le pavé envahi par les herbes.

– Vous êtes venus pour moi ? demandai-je.

Les lèvres s'entrouvrirent. Le géant parla d'une voix triste et profonde, beaucoup plus mélodieuse que je ne l'aurais cru.

– Vous êtes von Bek ?

– C'est moi.

– Vous êtes en présence du Grand Veneur.

– J'en suis honoré, dis-je en m'inclinant.

– Vous êtes un homme vivant ? demanda-t-il d'un air presque ébahi. Un simple mortel ?

– C'est exact, répondis-je.

Il dressa un sourcil broussailleux et tourna la tête pour regarder ses compagnons au visage blême, comme s'il partageait avec eux une bonne plaisanterie. Il poursuivit d'un ton presque amusé :

– Nous sommes morts depuis deux cent cinquante ans ou plus. Morts comme nous pensions autrefois le devenir, ainsi que la plupart des êtres humains.

– Mais pas vraiment morts.

Je m'exprimais en haut allemand, et cela embarrassait un peu Sedenko. Mais c'était la langue dans laquelle on s'était adressé à moi, et j'estimais donc plus politique de continuer dans le même parler.

– Notre Maître ne nous laissera pas mourir dans ce sens-là, déclara le Grand Veneur d'Ammendorf. (Il me considérait visiblement comme un camarade en damnation.) Accepterez-vous d'être mon hôte, monsieur, et de venir à mon château qui se trouve là-haut ?

Il tendit le doigt vers la corniche.

– Je vous remercie, Grand Veneur.

Son regard luisant se posa sur Sedenko.

– Et votre serviteur ? Voulez-vous l'amener ?

Je me suis tourné vers Sedenko :

– Nous sommes invités à dîner, mon garçon. Je vous conseillerais plutôt de refuser cette invitation.

Sedenko acquiesça.

– Il m'attendra ici jusqu'au matin, annonçai-je.

Le Grand Veneur accepta.

– Il ne lui sera fait aucun mal. Voulez-vous être assez bon pour monter derrière moi, monsieur ?

Il libéra un de ses pieds bottés et m'offrit un étrier. Comprenant qu'il ne serait pas diplomatique ni opportun d'hésiter, je me suis avancé jusqu'à son cheval, j'ai pris l'étrier et je me suis hissé sur le dos puant de l'énorme monture; je me suis fermement agrippé à la selle.

Sedenko me regardait, les yeux écarquillés, la bouche bée, sans comprendre ce qui se passait. Je lui ai souri en lui faisant un signe de la main.

– Je serai de retour demain matin, lui dis-je. En attendant, je peux vous assurer que vous dormirez en toute sécurité.

Le Grand Veneur d'Ammendorf grogna un ordre à son cheval et la Chasse au grand complet, hommes et chiens, fit demi-tour pour quitter la place. Nous avons foncé à toute allure à travers les rues et sur un chemin envahi par les herbes qui escaladait la côte entre les arbustes au feuillage bas et les affleurements de roche moussue; parvenu au sommet, je pus constater que mes yeux ne m'avaient pas trompé un peu plus tôt. J'avais cru, du village, apercevoir une bâtisse, et elle était bien là – un horrible vieux château, partiellement détruit, dont le donjon massif se découpait en noir sur le ciel pourtant sombre.

Aussitôt, nous descendîmes tous de cheval; le Grand Veneur, qui me dépassait de plus d'une tête, entoura mes épaules de son bras glacé et me fit passer sous le porche pour me conduire directement au donjon. Ici aussi, des marches et des dalles étaient fissurées ou brisées. La grand-salle n'était éclairée que par un seul flambeau vacillant, fiché dans un support rouillé surplombant une longue table. Un chevreuil tournait sur une broche, au-dessus du feu. Les chasseurs au visage blême s'avancèrent d'un pas agile vers l'âtre, pour se réchauffer, sans prêter la moindre attention à deux serviteurs tremblants, un garçon et une fille, qui ne faisaient évidemment pas partie du clan, ni même des morts vivants, mais qui pouvaient bien être aussi damnés que le reste d'entre nous.

Les yeux du Grand Veneur semblèrent s'apaiser quand il s'installa à l'extrémité de la table et me fit asseoir à sa droite. De sa main gantée de métal, il me versa de l'eau-de-vie et m'invita à boire d'un trait « contre le mauvais temps » (qui était en fait relativement doux). Pour lui, le monde restait peut-être perpétuellement glacial.

– J'étais averti de votre venue, me dit-il. Le bruit court également, parmi nos semblables, que vous êtes chargé d'une mission qui pourrait tous nous racheter de nos péchés.

– Je ne sais pas, Honorable Grand Veneur, répondis-je en soupirant. Notre Maître croit davantage à mon talent que moi-même. Bien entendu, je ferai de mon mieux, car en cas de réussite j'obtiendrai également mon salut.

– Absolument, acquiesça le Grand Veneur. Mais vous devez savoir que nous ne vous soutenons pas tous dans votre Quête.

Je fus surpris.

– Je ne vous suis pas, répondis-je.

– Certains craignent que, si notre Maître parvient à s'entendre avec Dieu, leur damnation soit encore plus terrible qu'auparavant, sans protecteur et sans autre moyen de préserver leur personnalité contre le Néant.

– Le « Néant » n'est pas un terme qui m'est très familier, Honorable Grand Veneur.

– L'Oubli, si vous préférez. Le Vide, mon bon capitaine. Ce qui refuse de tolérer la plus infime trace d'identité.

– Je comprends, maintenant. Mais si Lucifer atteint Son but, nous serons tous sauvés.

Le Grand Veneur eut un sourire amer.

– Quelle logique vous donne un tel espoir, von Bek ? Si Dieu est miséricordieux, Il ne nous en offre guère la preuve.

J'ai avalé mon eau-de-vie.

– Certains d'entre nous en sont arrivés à cette conclusion par une même réflexion sur la nature de

Dieu, poursuivit le Grand Veneur. Je ne suis pas des leurs, bien entendu. Mais ils croient que Dieu est implacable dans Sa vengeance. Et je pense que certains d'entre eux voudront faire échec à votre mission.

– Elle est déjà suffisamment difficile et obscure.

Dans un cliquetis de vaisselle, le garçon posa devant moi un plat de venaison. La viande sentait bon.

– Vos nouvelles ne sont pas très encourageantes, dis-je.

– Mais bien intentionnées.

Le Grand Veneur prit sa propre assiette. Avec des manières issues d'une époque plus ancienne, il me tendit un petit récipient contenant du sel en poudre. J'en répandis un peu sur ma viande avant de le lui rendre.

Il saisit son morceau de venaison et mordit à pleines dents. J'ai remarqué que son haleine fumait au contact de la chaleur. J'ai suivi son exemple. La nourriture était bonne, et fort bien venue.

– Nous devons encore chasser cette nuit, déclara le Grand Veneur, nous ne pourrons continuer à exister dans ce monde que tant qu'il nous sera possible de procurer de nouvelles âmes à notre Maître. Et nous n'avons rien obtenu depuis près d'un mois.

J'ai décidé de ne pas lui demander d'autres détails sur ce sujet, et il parut apprécier cette délicatesse.

– J'ai reçu ordre de vous conduire dans la Mittelmarch, annonça-t-il.

Tandis qu'il parlait, d'autres membres de la Chasse apportaient leur assiette à table. Ils mangeaient en silence, ne portant apparemment aucun intérêt à notre conversation. Il me sembla qu'ils avaient l'air un peu nerveux, peut-être parce qu'ils étaient contrariés de cette interruption dans leurs activités nocturnes.

– Je n'ai pas entendu parler de la Mittelmarch, lui confiai-je franchement.

– Mais vous savez qu'il y a sur cette Terre des domaines interdits à la plupart des mortels ?

– C'est ce qu'on m'a dit, oui.

– Ces régions sont connues par certains d'entre nous sous le nom de « Marches du Milieu ».

– Parce qu'elles se trouvent à la limite entre la Terre et l'Enfer ?

Il sourit et leva le bras pour s'essuyer la bouche aux mailles métalliques.

– Pas exactement. On pourrait dire qu'elles se situent entre l'Espoir et la Désolation. Je ne sais pas très bien ce qu'elles sont. Mais je peux m'y déplacer librement. Nous vous y conduirons demain soir, vous et votre compagnon.

– Mon compagnon n'est pas de notre espèce, lui dis-je. Ce n'est qu'un simple et innocent soldat. Je lui dirai de retourner dans un monde qu'il pourra mieux comprendre.

Le Grand Veneur acquiesça.

– Seules les âmes damnées sont autorisées à entrer dans la Mittelmarch, précisa-t-il. Bien que tous ceux qui se trouvent dans la Mittelmarch ne soient pas nécessairement damnés.

– Qui règne dans cet endroit ? demandai-je.

– De nombreux princes. (Il haussa ses épaules gigantesques.) Car la Mittelmarch, comme notre propre monde, comme l'Enfer lui-même, possède de multiples aspects.

– Et le domaine dans lequel je me rendrai demain ? Est-il indiqué sur mes cartes ?

– Bien sûr. Une fois dans la Mittelmarch, vous chercherez un certain ermite connu sous le nom de Philander Groot. Une fois, j'ai eu l'occasion de passer la journée avec lui.

– Et que devrai-je lui demander ? L'emplacement du Graal ?

Le Grand Veneur reposa son morceau de venaison et faillit s'esclaffer.

– Non. Vous lui raconterez votre histoire.

– Et que fera-t-il ?

Le Grand Veneur ouvrit une main gantée.

– Qui peut le dire ? Il n'est pas sujet de notre Maître, et refuse d'avoir le moindre échange avec moi. J'ai simplement entendu dire qu'il avait envie de discuter avec vous.

– Il a entendu parler de moi ?

– Comme je vous l'ai déjà expliqué, il court des bruits sur votre Quête.

– Mais comment ces nouvelles peuvent-elles se répandre aussi rapidement ?

– Mon ami (le Grand Veneur devint presque paternel en posant une main sur mon bras), ne comprenez-vous pas que vous avez des ennemis, en Enfer comme dans les Cieux ? Ce sont ceux-là que vous devez craindre, bien plus que n'importe quel adversaire terrestre.

– Ne pouvez-vous point me donner d'autres indications sur l'identité de ces ennemis ? lui demandai-je.

– Bien sûr que non. J'ai déjà été bien trop bon pour une créature dans ma position. On me craint dans la région d'Ammendorf, évidemment. Mais comme tous les serviteurs de notre Maître, je n'ai aucun pouvoir réel. Donc, vos ennemis pourraient devenir un jour mes amis.

Ses paroles m'affligèrent.

– Vous n'avez pas le courage de prendre vos propres décisions ?

Le large visage du Grand Veneur s'assombrit pendant un instant.

– J'ai eu ce courage autrefois, dit-il. Mais si j'avais eu le courage de mes choix durant ma vie mortelle, je ne serais pas maintenant un serviteur de Lucifer. (Il s'arrêta et me regarda avec des yeux qui, par instants, se remettaient à briller.) Et il doit en être de même pour vous, hein, von Bek ?

– Je pense que oui.

– Aussi petite soit-elle, vous avez au moins une chance de racheter votre âme, capitaine. Et... oh ! (La faiblesse de sa voix exprimait sa sincérité.) comme je vous envie cette chance.

– Mais si je réussis, et que Dieu accorde à Lucifer

ce qu'Il désire, nous aurons tous une nouvelle chance, déclarai-je assez innocemment.

– Et c'est bien là ce que craignent beaucoup d'entre nous, répondit le Grand Veneur.

7

Sedenko m'affirma qu'il avait bien dormi durant toute la nuit. Et quand j'étais revenu, à l'aube, il ronflait bien comme s'il était encore un gamin sous la tente de sa mère.

Comme nous prenions le petit déjeuner, il me pressa de questions sur ma rencontre avec le « Diable ».

– Ce n'était pas le Diable, Sedenko. Seulement une créature qui Le sert.

– Alors, vous ne lui avez pas vendu votre âme.

– Non. Il se contente de m'aider, c'est tout. Je sais maintenant quelle sera la prochaine étape de mon voyage.

Sedenko était stupéfait.

– Vous devez posséder un pouvoir immense pour commander quelqu'un comme ce Grand Veneur !

J'ai haussé les épaules.

– Je n'ai d'autre pouvoir que celui que vous voyez. C'est le même que le vôtre – j'ai l'esprit vif et je sais manier promptement une lame.

– Dans ce cas, pourquoi devrait-il vous aider ?

– Nous avons certains intérêts communs.

Sedenko me regarda avec une sorte d'inquiétude.

– Et vous devez retourner à Nuremberg, lui dis-je. Ou dans un autre lieu de votre choix. Vous ne pourrez pas me suivre là où je me rendrai cette nuit.

– Où cela ?

– Dans une région inconnue.

Cela commençait à l'intéresser.

– Vous voyagerez par la mer? Jusqu'au Nouveau Monde? Jusqu'en Afrique?

– Non.

– Je vous servirai loyalement si vous me permettez de vous accompagner...

– Je sais que vous le feriez. Mais il ne vous est pas permis de me suivre plus loin.

Il continua de discuter, mais j'ai rejeté toutes ses propositions jusqu'au moment où, de guerre lasse, je lui ai demandé de partir pour me laisser dormir. Il a refusé.

– Je monterai la garde, expliqua-t-il.

J'ai accepté son offre, et j'ai enfin pu dormir jusqu'à la fin de l'après-midi. A mon réveil, j'ai senti une odeur de cuisine. Sedenko avait déniché une marmite et l'avait accrochée au-dessus du feu pour faire cuire une sorte de civet.

– Un lapin, annonça-t-il.

– Sedenko, vous devez partir. Vous ne *pouvez* pas me suivre. C'est physiquement impossible.

Il fronça les sourcils.

– Comme vous le savez, je possède un bon cheval. Autant que je sache, je ne suis pas sujet au mal de mer. Je suis en parfaite santé.

Je me suis tu à nouveau. Seuls les damnés pouvaient voyager dans la Mittelmarch. Même s'il me suivait, il ne pourrait pas entrer dans ce domaine. J'ai décidé de ne plus gaspiller d'énergie pour le dissuader, je me suis contenté de conseiller au jeune Kazak de retourner à Nuremberg pour y trouver un bon capitaine ou même, s'il trouvait l'idée meilleure, de quitter complètement ce conflit et de rentrer chez lui, où il pourrait alors dépenser ses forces contre les princes polonais, s'il le désirait.

Il s'entêta, prenant un air presque renfrogné. J'ai haussé les épaules.

– Le Grand Veneur vient me chercher ce soir, dis-je, et je dois me préparer pour ce voyage. Le civet est excellent. Merci.

Je me suis levé pour aller m'occuper de mon cheval. Assis près du feu, les jambes croisées, Sedenko me regardait. Il bougea à peine pendant que je revêtais ma cuirasse, serrant bien le plastron métallique et ajustant mes jambières. Je jugeais bon de pénétrer dans le royaume de la Mittelmarch en mettant le plus grand nombre d'atouts de mon côté.

La nuit tomba. Sedenko continuait de m'observer, sans dire un mot. Pour ma part, je me refusais même à le regarder. J'ai donné à manger à mon cheval. J'ai graissé les cuirs. Puis j'ai fourbi mes pistolets, vérifié les platines et astiqué mon poignard et mon épée. Enfin, je me suis mis à frotter soigneusement mon casque, tout en sifflotant. Sedenko me fixait toujours.

Vers minuit, je commençais à me sentir un peu nerveux, mais je refusais de dévoiler cet état d'esprit à mon silencieux compagnon. Par la fenêtre, je regardais Ammendorf qui, cette nuit, était faiblement éclairé par la lune.

A l'instant où je me retournai, j'entendis résonner une corne puissante. On aurait dit le Jugement dernier. C'était un son glacial et triste – une seule note prolongée. Puis le silence revint.

Peu après, un bruit de sabots fit trembler le bâtiment. La lueur bleu-vert se mit à danser sur les maisons environnantes. J'entendis les aboiements des chiens.

Prenant mon cheval par les rênes, je l'ai conduit au-dehors et je lui ai fait descendre les marches qui menaient à la place principale. J'aurais bien voulu dire adieu à Sedenko, mais je savais qu'il fallait à tout prix le décourager de me suivre.

La Chasse déferla sur la place. Je vis les chiens aux gueules rouges, aux langues pendantes. Les yeux du Grand Veneur semblaient être l'unique source de cette hideuse lumière. Ses hommes hurlèrent à l'unisson avec la meute, puis ils se turent brusquement et demeurèrent immobiles comme des statues sur leurs chevaux pétrifiés. Seul bougea le Grand Veneur, tournant vers moi sa tête surmontée de plumes.

– Je vois que vous êtes prêt, mortel.

– Je suis prêt, monseigneur.

– Alors, venez. Jusqu'à la Mittelmarch.

J'ai enfourché mon cheval. Le Grand Veneur fit un signe et la Chasse se remit en mouvement; je chevauchais à côté du géant, et ma monture renâclait par peur des chiens. Nous ne sommes pas revenus vers le château, mais avons pris directement à travers bois dès la sortie d'Ammendorf. Le monstrueux corps glacé du Grand Veneur paraissait absorber ma propre chaleur, et je me suis mis à frissonner au bout d'une demi-heure. Nous avons contourné un lac et j'ai eu l'impression qu'une couche de glace brillante le recouvrait, ce qui était impossible à cette époque de l'année. Nous avons chevauché jusqu'au moment où j'ai aperçu devant nous les lumières d'une ville. Quelques milles avant la cité, en arrivant sur une colline, le Grand Veneur tira sur ses rênes et me souhaita bonne chance dans ma Quête. J'étais déconcerté.

– Mais comment trouverai-je la Mittelmarch ?

– Je vous ai conduit dans les Marches du Milieu, répondit le Grand Veneur.

J'ai remarqué quelques flocons de neige tombant sur ma manche.

– Il n'y a pas eu de transition, ai-je déclaré. En tout cas, aucune impression de changement.

– Pourquoi devrait-il y en avoir, pour des gens comme nous ? Il suffit de suivre certaines pistes.

– Vous n'auriez pas pu m'indiquer ces pistes ?

– Il y a la manière de regarder, affirma le Grand Veneur. Ne craignez rien. Vous n'êtes pas pris au piège.

– Il neige encore bien tard, dans la Mittelmarch, fis-je remarquer.

Je vis que la neige était tombée sur la contrée. Elle constituait par endroits une couche épaisse, alourdissait les branches des arbres. Mon haleine formait un petit nuage blanc.

Le Grand Veneur secoua la tête.

– Pas plus tard que dans votre monde, capitaine.

– Dans ce cas, je ne comprends plus, lui dis-je.

– Ici, les saisons sont inversées, voilà tout. C'est le seul signe qui vous permettra de savoir si vous avez quitté la Mittelmarch.

Ses hommes le regardaient d'un air inquiet. Ils désiraient continuer leur Chasse. Malgré toute la terreur qu'ils devaient inspirer, ils étaient encore plus effrayés que leurs victimes – car ils savaient avec certitude ce que serait leur destin s'ils ne parvenaient pas à satisfaire Lucifer.

La main droite, étrangement amicale, se posa de nouveau sur mon bras.

– Cherchez Philander Groot. Tous mes vœux vous accompagnent. Et agissez aussi judicieusement dans ce royaume que dans le vôtre, capitaine. J'espère que vous trouverez le Remède à la souffrance du monde.

Il porta la corne à ses lèvres et entonna cette longue et unique note. Des arbres secouèrent la neige de leurs branches. Les chiens redressèrent la tête pour aboyer. J'ai cru entendre des animaux s'enfuir dans la forêt, derrière moi.

Le Grand Veneur se mit à rire : un son encore plus hideux que la plainte de sa corne.

– Adieu, von Bek. Si vous le pouvez, découvrez pour nous tous s'il existe une chose que l'on puisse nommer « liberté ».

La terre trembla sous les pas de la Chasse qui s'éloignait, et tout redevint brusquement silencieux. Je me retrouvais seul. J'ai passé le manteau sur mes épaules et j'ai poussé mon cheval en direction de la ville qui s'étendait un peu plus bas, en le guidant prudemment à travers la neige.

Le ciel palpita au-dessus de nous, et la lumière apparut, venant d'abord d'une grande lune jaune, puis des étoiles. Les constellations me semblèrent curieuses, mais je n'étais pas astronome et j'aurais bien été incapable de dire en quoi elles étaient différentes, si elles l'étaient. Dans le lointain se découpaient de grands pics déchiquetés. Dans une certaine mesure, ce pays paraissait plus grand, plus « monumental » que celui que je venais de quitter. Il semblait plus sauvage et plus mystérieux, mais il possédait pourtant une atmosphère, sinon de paix, du moins de familiarité, et cette simple sensation était pour moi un réconfort. J'avais presque l'impression de revenir à Bek. Comme si j'étais retourné dans le passé.

Je savais que je devais agir avec prudence dans les Marches et que je pouvais même être en plus grand péril que dans mon propre monde. Néanmoins, c'est avec l'esprit léger que j'ai poursuivi ma route, et quand j'entendis le bruit d'un cavalier derrière moi je fus aussitôt sur mes gardes, mais sans m'inquiéter inutilement.

Tournant la tête, j'ai crié « Holà ! » pour avertir le cavalier qu'il y avait quelqu'un devant lui.

Ne recevant aucune réponse, j'ai tiré lentement mon épée, puis j'ai arrêté mon cheval avant de me retourner pour faire face au nouvel arrivant.

Le cavalier avait lui-même ralenti, il fit halte. Je ne pouvais le voir qu'indistinctement dans la lumière de la lune, à l'arrêt sur le chemin près d'un gros rocher couvert de neige.

– Qui êtes-vous, monsieur ? demandai-je.

Toujours pas de réponse.

– Je dois vous prévenir que je suis armé, continuai-je.

Un mouvement de la silhouette, un léger raclement des sabots du cheval, mais rien de plus. J'ai fait approcher ma monture au pas. C'est alors que le cavalier a décidé de se montrer.

Il s'est avancé dans la clarté lunaire. Il avait en même temps un air de méfiance et d'excuse. Il fit un salut de sa main gantée, puis haussa les épaules.

– Je suis habitué à la neige, maître. Vous pensiez que c'est cela qui me gênerait ?

– Oh, Sedenko, dis-je en me sentant envahi uniquement par la tristesse.

– Maître ?

– Oh, Sedenko, mon ami.

J'ai chevauché jusqu'à lui et je l'ai serré dans mes bras. Il ne s'attendait qu'à ma colère, et fut surpris de mon geste. Mais il m'étreignit également avec vigueur.

Il ne savait pas ce que je venais d'apprendre : il ne lui avait été permis de me suivre dans la Mittelmarch que pour une seule raison. Ce pauvre Sedenko était déjà damné.

A cet instant, j'ai pesté contre un Dieu qui pouvait condamner à l'Enfer une telle âme innocente. Quels actes Sedenko avait-il accomplis qui ne fussent point dictés par son éducation ou sa religion, qui l'encourageait à tuer au nom du Christ ? Je me dis que Dieu était peut-être devenu sénile, qu'Il avait perdu la mémoire et qu'Il ne se souvenait plus pourquoi Il avait placé l'Homme sur la Terre. Il était devenu irascible et capricieux. Il conservait Son pouvoir sur nous, mais rien ne pouvait plus Le satisfaire. Et où se trouvait Son Fils, qu'Il avait envoyé pour nous sauver ? Plutôt que mystérieux, le dessein de Dieu n'était-il pas impossible à accepter : parce qu'il était mauvais ? Etions-nous tous automatiquement damnés, qui que nous fussions et quelle que fût notre conduite ? La Vie n'avait-elle point de raisons ? Ma Quête avait-elle un sens ? Toutes ces questions se bousculaient dans mon esprit tandis que je regardais le jeune Kazak en me demandant quel crime il avait pu commettre qui fût assez épouvantable pour l'envoyer aux Enfers. J'ai pensé en moi-même que Lucifer était sans doute un Maître plus logique et plus intelligent que le Seigneur Lui-même.

– Eh bien, capitaine, interrogea Sedenko en souriant, ai-je fait la preuve de ma loyauté ? Puis-je vous tenir compagnie pour une autre étape de votre voyage ?

– Oh, assurément, Sedenko. Si cela ne tient qu'à moi, vous pourrez m'accompagner jusqu'à mon ultime destination.

Voilà une autre âme que je souhaitais voir épargnée

par la reconnaissance de Lucifer, si ma Quête était couronnée de succès.

Sedenko se mit à siffloter un air vif et entraînant de son pays. Tout en se maintenant à sa selle, il se laissa glisser de côté et ramassa de sa main libre un peu de neige qu'il lança dans les airs en poussant des cris de joie.

– Ce genre d'endroit me convient davantage, capitaine. Je suis né dans les champs de neige, vous savez. Je suis un enfant de l'hiver!

Il cessa de siffler pour chanter dans sa propre langue. Il avait l'air d'un garçon heureux. J'ai fait de mon mieux pour sourire de ses drôleries, mais j'avais le cœur lourd.

Au matin, nous fûmes en vue d'un village qui ressemblait un peu à celui que nous avions quitté. Au sommet d'une butte escarpée se dressait un château, mais celui-ci se trouvait en excellent état. Et le village était loin d'être désert. De la fumée s'élevait des cheminées, et nous avons entendu des voix, bien portées par l'air froid. Nous avons descendu à travers les arbres couverts de neige et chevauché dans les rues de la ville, jusqu'à la grand-place sur laquelle se tenait un marché.

J'ai mis pied à terre devant un éventaire proposant des tranches de viande cuite et des poissons saumurés; j'ai demandé à la femme rougeaude qui tenait boutique quel pouvait être le nom de cette ville.

Je ne fus pas trop surpris par sa réponse.

– Eh bien, Maître, dit-elle, vous êtes à Ammendorf.

Sedenko avait entendu nos paroles.

– Ammendorf? Y aurait-il deux villes portant le même nom, si proche l'une de l'autre?

– Il n'y a qu'un seul Ammendorf, répliqua fièrement la femme. Il n'y a pas deux endroits comme celui-ci.

J'ai regardé les énormes pics montagneux, au delà de la ville et de la forêt. Je n'avais encore jamais vu ces montagnes. Elles paraissaient plus hautes que les Alpes. Elles auraient pu s'élancer jusqu'au Paradis.

– Avez-vous un prêtre ? lui demandai-je.

– Père Christoffel ? Vous le trouverez à l'église. (Elle indiqua l'autre côté du village.) Au bout de la petite allée, après le puits.

Tirant mon cheval par la bride, suivi d'un Sedenko incrédule qui marmonnait, j'ai pris la direction indiquée. Si quelqu'un connaissait l'ermite Philander Groot, ce serait certainement le prêtre. J'ai trouvé l'allée. Des charrettes avaient laissé leurs traces dans la neige, entre deux grandes haies.

Sedenko s'était remis à chanter derrière moi. Je pense qu'il était satisfait d'avoir pu suivre ma piste. J'avais bien du mal à supporter le son de sa voix, si douce et si gaie.

Après un tournant apparut l'église de pierre, avec sa flèche et son cimetière. Ayant attaché mon cheval à la clôture qui entourait le cimetière, j'ai poussé le portillon en priant Sedenko de rester sur place pour surveiller nos montures.

Les portes de l'église se sont ouvertes facilement et je me suis trouvé dans un édifice sans prétention, manifestement catholique, mais qui n'empestait pas l'encens et le culte de la Vierge. Le prêtre se trouvait devant son autel, disposant divers objets.

– Père Christoffel ?

Il était gras et portait les traces d'une ancienne maladie. Il avait une bouche sensuelle, comme celle d'une lascive prostituée de luxe, mais son regard était franc. Voilà un homme qui devait commettre en abondance les péchés de la chair, mais rarement ceux de l'esprit.

– Je suis le capitaine Ulrich von Bek, annonçai-je en retirant mon casque et mes gants. Je suis chargé d'une mission qui demeure secrète, mais qui comporte certains aspects religieux.

Il me regarda d'un air dur, inclinant de côté sa petite tête grassouillette.

– Oui ?

– Je cherche un homme qui habiterait dans cette région, selon mes informations.

– Hum ?
– Un certain ermite. Peut-être le connaissez-vous ?
– Son nom, capitaine ?
– Philander Groot.
– Groot ? Oui ?
– Je souhaiterais lui parler. J'espérais que vous pourriez savoir où il réside.
– Groot se dissimule à lui-même et à Dieu, déclara le prêtre. Et il se cache également de nous.
– Mais vous savez où il habite ?
Le prêtre releva un sourcil broussailleux.
– Cela se pourrait. Pourquoi un soldat voudrait-il le rencontrer ?
– Je cherche quelque chose.
– Une chose qu'il possède ?
– Probablement pas.
– D'une importance militaire ?
– Non, mon père.
– Vous vous intéressez à sa philosophie ?
– Je ne la connais pas très bien. Je n'ai pas un grand penchant pour la philosophie.
– Alors, que cherchez-vous à obtenir de la part de Groot ?
– Je pense avoir une histoire pour lui. On m'a laissé entendre qu'il souhaiterait l'écouter.
– Qui vous a parlé de Groot ?
Ce n'était pas un homme à qui je voulais mentir.
– Le Grand Veneur.
– Notre Grand Veneur, dit le prêtre d'un air surpris. (Puis son visage s'assombrit.) Oh, non. Bien sûr. L'autre.
– Je crains que oui, répondis-je.
– Etes-vous également un serviteur de Lucifer ? Malgré tous ses défauts, Groot est inflexible. Il n'acceptera pas de parler à un serviteur du Démon.
– Nous pourrions dire que je suis au service du monde entier, dis-je au prêtre. Ma Quête, comme certains l'ont insinué, concerne le Graal.
Le prêtre laissa voir son étonnement. Ses lèvres arti-

culèrent silencieusement mes deux derniers mots. Ses yeux clairs et intelligents plongèrent dans les miens.

– Seriez-vous donc sans péché ?

J'ai secoué la tête.

– Bien peu de péchés me sont inconnus. J'ai tué, volé, violé des femmes.

– Un soldat ordinaire.

– Exactement.

– Vous n'avez donc aucun espoir de jamais découvrir le Graal ?

– J'ai tous les espoirs.

Le prêtre se frotta la barbe. Il devint pensif, me jetant parfois un coup d'œil en réfléchissant à ce qui venait de se passer entre nous. Puis il secoua la tête et me tourna le dos pour s'occuper à nouveau des objets du culte posés sur l'autel.

Je l'entendis murmurer : « Un soldat ordinaire. » Il paraissait même amusé, bien qu'il n'exprimât aucune moquerie. Finalement, il se retourna vers moi.

– Si vous possédiez le Graal, que voudriez-vous en obtenir ?

– Un Remède à la souffrance du monde, répondis-je.

– Vous vous préoccupez tellement du monde ?

– Je me préoccupe de moi-même, mon père.

Cela le fit sourire.

– La peur est une maladie que bien peu d'entre nous savent combattre.

– C'est aussi une drogue à laquelle s'adonnent beaucoup de gens.

– Le monde est dans un triste état, monsieur le guerrier.

– Oui.

– Et tout homme qui continue à espérer qu'on peut l'améliorer a droit à ma bienveillance, et même à ma bénédiction. Et pourtant, Philander Groot...

– Pensez-vous qu'il soit mauvais ?

– Je dirais qu'il n'y a pas une once de méchanceté

en Philander Groot. Et c'est la raison pour laquelle je suis tant fâché contre lui. Il refuse d'accepter Dieu.

– Serait-il athée ?

– Pire que cela. Il croit. Mais il refuse d'accepter son Créateur.

Je trouvais cette description plutôt sympathique.

– Cela lui interdira donc le Paradis, continua le prêtre, et il sera englouti injustement par les Enfers. Il me désespère. C'est un fou.

– Mais d'après ce que vous dites, un fou très honnête.

– Je ne connais personne de plus honnête que Philander Groot, capitaine von Bek. Beaucoup de gens cherchent à le rencontrer, car on prétend qu'il possède des pouvoirs magiques. Il vit sous la protection d'un royaume montagnard, lui-même protégé par des forces puissantes. Pour atteindre ce royaume, vous devrez vous rendre à ces pics lointains et découvrir la passe de l'Ermite, qui mène à la vallée où réside Groot.

– C'est lui qui a donné son nom à cette passe ?

– Pas du tout. Elle a toujours été fréquentée par des ermites. (Je ressentis une note sardonique dans la remarque du prêtre.) Mais Groot n'est pas un ermite ordinaire. On prétend qu'il a passé son enfance comme apprenti d'un Spéculateur. Peut-être sont-ils inconnus dans votre pays. Les Spéculateurs ont pour métier de passer leur temps à chercher des signes annonçant la venue de l'Antéchrist et l'Armageddon. Cela peut être lucratif, surtout durant des époques troublées. Mais, d'après ce qu'il m'a dit, Groot s'est lassé du Futur et s'est mis à étudier le Passé pendant quelque temps. Maintenant, selon lui, il ne s'intéresse plus qu'à un Eternel Présent.

– Si seulement je pouvais rejeter le Futur et le Passé, commentai-je avec envie.

– Oh, et nous pourrions ainsi rejeter la Conscience et la Conséquence, hein ? répliqua le prêtre. Mon ami Groot et moi-même avons déjà discuté de ce sujet, et je ne veux pas vous ennuyer avec cela. Si vous le rencontrez, il pourra vous expliquer sa position bien mieux que moi.

J'ai sorti le coffret de mon sac et j'en ai tiré plusieurs cartes.

– La passe de l'Ermite est-elle indiquée là-dessus ?

Après bien des consultations et des manipulations, je parvins à trouver la bonne carte (indiquant les deux Ammendorf) et je l'ai déployée devant le prêtre. De son gros doigt, il me désigna une route qui s'enfonçait dans les hautes montagnes que j'avais déjà aperçues.

– Prenez au nord-ouest, dit-il, et que Dieu vous accompagne, ou Celui qui règne dans la Mittelmarch.

J'ai quitté l'église pour rejoindre Sedenko.

– Nous ferons des provisions ici, lui annonçai-je, et nous reprendrons la route cet après-midi.

– Quand nous avons traversé la ville, j'ai pu voir une auberge qui paraissait convenable, dit-il.

– Nous y déjeunerons avant de partir.

J'avais été à la fois réjoui et troublé par ma rencontre avec le père Christoffel. J'aurais voulu quitter Ammendorf au plus vite et poursuivre mon voyage.

– Votre confession a-t-elle été entendue, capitaine ? demanda innocemment le jeune Kazak quand je me mis en selle.

J'ai haussé les épaules. Sedenko continua :

– Je devrais peut-être demander la bénédiction du prêtre, moi aussi. Après tout, il y a longtemps...

Sachant ce que je savais, je commençais à m'énerver. A cet instant, je l'ai presque détesté pour son ignorance de l'injuste destin qui l'attendait.

– Ce prêtre-là est presque un agnostique, affirmai-je. Il ne peut pas soulager sa propre conscience, encore moins la vôtre ou la mienne. Venez, Sedenko, nous devons nous mettre en route.

Après une pause, je me suis dit qu'il serait aussi bien de lui donner quelques détails sur mon histoire.

– Je ne cherche rien de moins que le Saint-Graal, lui ai-je assuré.

– Qu'est-ce que c'est, capitaine ?

Il me suivit en sifflotant, son haleine formait des petits nuages dans l'air frais.

Je lui ai fourni autant d'explications que possible. Il m'écoutait d'une oreille distraite, comme si je lui racontais quelque fable n'ayant pas de rapport avec notre voyage. Et son insouciance ne fit que m'attrister davantage.

8

Quand nous sortîmes d'Ammendorf, ma rancœur augmenta contre cette Déité qui pouvait envoyer si facilement aux Enfers une personne comme Sedenko. Il semblait n'y avoir aucune équité en ce monde, aucune possibilité d'instaurer une justice, aucun être à qui l'on aurait pu faire appel. Pourquoi devrais-je me préoccuper de la rédemption, dans un tel monde ? A quoi échapperais-je, en échappant à l'Enfer ?

Au début, Sedenko avait tenté d'interrompre ma morosité, mais il n'avait pratiquement rien dit depuis un moment, acceptant de bon cœur mon silence, et respectant la mauvaise volonté que je mettais à répondre à ses questions bien ordinaires. Il faisait plus froid à mesure que la nuit approchait, mais je ne prenais aucune disposition pour établir un campement. J'étais fatigué. La nourriture et le bon vin d'Ammendorf m'aidaient à supporter le temps et le manque de sommeil, et je me disais que Sedenko était suffisamment jeune pour se passer d'une autre nuit de repos. Seule me préoccupait la condition physique des chevaux, mais ils semblaient encore assez frais, car nous ne les avions pas poussés durement. Je ne voulais que du mouvement. Nous avons traversé des collines rocheuses et des landes enneigées, des bois et des rivières, continuant toujours d'un bon pas en direction des hautes montagnes, vers la passe de l'Ermite.

Quand la nuit tomba, j'ai mis pied à terre et j'ai continué en tirant mon cheval par la bride. Sedenko ne me posa aucune question, et suivit mon exemple.

Il y avait déjà plusieurs années que j'avais perdu la foi en Dieu, sinon en ma capacité de survie dans un monde en guerre, mais je conservais bien évidemment, tout au fond de moi, le sentiment que l'on pouvait obtenir son salut grâce à Dieu. Et maintenant, alors que j'entreprenais une Quête du Saint-Graal (ou d'une chose identifiée au Saint-Graal), non seulement je m'interrogeais sur l'existence d'un tel salut, mais je me demandais même si le salut de Dieu valait la peine d'être gagné. Une fois de plus, je me représentais la lutte entre Dieu et Lucifer comme une simple querelle entre minables roitelets pour savoir qui devait posséder la souveraineté d'une minuscule portion de territoire sans importance. Le sort des habitants de ce territoire ne semblait guère les concerner; et même les récompenses accordées à ces habitants pour leur loyauté me paraissaient bien minces. Pour ma part, je croyais avoir mérité n'importe quel sort, si cruel, fût-il, car j'avais employé mon intelligence à me duper moi-même. On ne pouvait pas en dire autant de Sedenko, qui n'était qu'un enfant de l'époque et des circonstances. J'avais reçu la preuve concrète de l'existence de Dieu et du Diable, et ma foi en eux n'avait jamais été aussi faible.

Mon manteau ne parvenait pas à interdire la morsure de la nuit glaciale. J'entendais le claquement de mes dents se répercuter sous mon crâne. Mon cœur paraissait se pétrifier. Même Sedenko tremblait, et il était pourtant habitué à un froid plus rigoureux que celui-ci.

Nous escaladions les contreforts des montagnes. Leurs cimes étaient maintenant assez hautes pour cacher la moitié du ciel, et la couche de neige devenait de plus en plus épaisse, jusqu'au moment où elle menaça même de couler dans nos bottes. A l'approche de l'aube, j'ai commencé à me rendre compte qu'il nous fallait absolument de la chaleur et de la nourriture si nous ne voulions pas périr, ce qui nous entraînerait directement aux Enfers. Cette idée me fit me souvenir des raisons pour lesquelles j'avais accepté le marché de Lucifer.

Bien qu'il fût difficile de voir dans l'obscurité, j'ai choisi un endroit, protégé par la roche, où la neige n'était pas trop épaisse; j'ai demandé à Sedenko de préparer du feu.

Rouge et froide, l'aube apparut tandis qu'il ramassait le bois. Je l'ai observé pendant qu'il se trouvait dans un bosquet proche, un peu plus bas; il se penchait, se redressait, secouait la neige des branches qu'il trouvait; pour je ne sais quelle raison, cela me rappela la parabole d'Abraham et de son fils. Pourquoi devrait-on servir un Dieu exigeant une loyauté tellement insensée? Demandant que l'on renie cette humanité qu'Il avait Lui-même créée?

J'ai regardé Sedenko préparer le feu et tirer de la nourriture de nos sacs à provisions. Ma seule compagnie semblait le réjouir. Il était excité, espérant de grandes et palpitantes aventures. S'il mourait demain, il regarderait probablement l'Enfer lui-même avec émerveillement, et le trouverait intéressant.

L'idée me vint alors que Lucifer m'avait peut-être menti, et qu'Il avait menti à tous ceux qui Le servaient. Il était possible qu'aucun de nous ne fût damné, peut-être pouvions-nous soustraire nos destinées à Son influence, comme Il avait tenté d'arracher Sa propre destinée à l'emprise de Dieu. Pourquoi devrions-nous subir la volonté de telles créatures?

Et la réponse m'apparut, celle qui résultait inévitablement de ce genre de raisonnement : parce qu'elles pouvaient nous détruire à leur gré.

Je pouvais presque comprendre ceux contre lesquels le Grand Veneur m'avait mis en garde; ceux qui pensaient que j'aidais Lucifer à trahir Ses propres créatures. Ils avaient au moins considéré Lucifer comme l'image d'une rébellion contre un Dieu injuste. Un pacte entre Dieu et Lucifer les laisserait sans protection, ils seraient sacrifiés parce que Lucifer aurait jugé bon de changer d'avis.

Mais Dieu permettrait-Il à Lucifer de se repentir? Même le Démon n'en savait rien. Et si je découvrais le Remède à la souffrance du monde, peut-être n'agirait-il pas. Et si le Saint-Graal, une fois porté aux lèvres de l'humanité, se révélait contenir un poison mortel? Après tout, le seul Remède à la souffrance était peut-être l'oubli absolu dans la mort, sans Paradis ni Enfer.

Sedenko se réchauffait les mains près du feu; il releva la tête en entendant mes gros soupirs.

– Qu'est-ce que le prêtre vous a raconté, maître? Vous êtes bien triste depuis que vous l'avez vu.

J'ai secoué la tête. Bien entendu, ce n'était pas le prêtre qui m'avait troublé. Et je ne pouvais pas révéler à Sedenko que je le savais voué à l'Enfer, que le Dieu qu'il se félicitait de servir l'avait déjà renié, sans même lui donner le moindre signe de Son désaveu.

– Il vous a refusé le pardon? insista Sedenko.

– Mon humeur n'a rien à voir avec cette rencontre à l'église, répondis-je. Le prêtre m'a donné des informations. Il m'a simplement dit où je pourrais trouver un certain ermite.

– Et vous ne connaissez toujours pas le but de votre voyage?

– Je crois très bien le connaître. Préparez donc notre petit déjeuner, jeune Kazak. Et si vous le pouvez, chantez-nous une de vos chansons bien entraînante.

Je me suis endormi avant même qu'il n'ait commencé à cuisiner; je ne me suis réveillé que vers midi. Une soupe mijotait sur le foyer soigneusement préparé. Sedenko lui-même avait profité de l'occasion pour se reposer, enroulé dans ses couvertures non loin de moi. J'ai avalé la soupe et j'ai nettoyé la casserole avant de le réveiller.

De ma vie, je n'avais encore jamais vu de montagnes aussi élevées que celles-là. Elles étaient escarpées, déchiquetées, et la neige qui avait gelé les faisait scintiller comme du cristal sous le lourd soleil de l'hiver. Tout était blancheur : la pureté du *Fimbulwinter*, de la fin du monde. Quelques torrents continuaient de dévaler à travers la neige, ce qui prouvait qu'elle n'était pas aussi froide qu'elle en avait l'air. Je pense que mon corps s'était habitué à la chaleur du printemps et qu'il lui fallait un certain délai pour s'adapter. Sedenko paraissait beaucoup plus à l'aise que moi parmi ces éléments.

– Un homme peut comprendre la neige, dit-il.

Il m'expliqua que, dans sa langue, il existait un nombre considérable de mots pour désigner les différentes sortes de neige.

– La neige peut tuer, assura-t-il tandis qu'il sanglait nos affaires sur le dos des montures, mais vous apprenez aussi comment l'empêcher de vous tuer. Ou du moins comment augmenter vos chances. Ce n'est pas le cas avec les hommes, capitaine.

J'ai souri de ce brin de philosophie.

– Exact.

– Les hommes vous diront ce qu'il faut faire pour ne pas être tué par eux. Vous le faites. Ils vous tuent quand même, hein ?

– Oh, c'est bien vrai, Sedenko.

Je me suis consolé en me disant que cet innocent serait au moins de bonne compagnie en Enfer, s'il nous était permis de demeurer ensemble. Et je n'ai pas ajouté que, ce qu'il observait chez l'homme, je le remarquais encore plus nettement chez Dieu et Son Ange déchu. Il n'aurait pas voulu me croire. Je ne voulais pas me croire moi-même.

J'appréciais maintenant l'odeur de la neige et je me suis mis à ressentir cette étrange allégresse qui nous gagne lorsque nous avons perdu tout espoir, sinon celui d'avoir encore une ou deux heures à vivre. A un certain moment, j'ai fait courir un risque considérable à mon cheval en le faisant galoper sur une courte distance, faisant gicler la neige tout autour de moi. Sedenko se mit à crier de joie en laissant courir son poney, il se balança à droite et à gauche de la bête avec une agilité prodigieuse; il parut bondir en un seul mouvement sur sa selle, et resta debout en virevoltant comme un acrobate, les bras écartés.

Il avait clamé que le Kazak était le meilleur cavalier du monde, et je dois dire que je ne pouvais pas le nier, si ses compatriotes chevauchaient aussi bien que lui. J'étais gagné par son exubérance. Je me suis efforcé de repousser de mon esprit toute pensée concernant le Bien et le Mal, la guerre au Paradis, et j'ai fait de mon mieux pour apprécier de nouveau le paysage, tandis que Sedenko se calmait peu à peu, comme un jeune chien satisfait; finalement, il revint se placer à côté de moi, tout haletant et la mine réjouie.

Ce soir-là, Sedenko prépara un nouveau feu pendant que j'examinais la carte. Nous étions maintenant assez haut, et les montagnes semblaient nous surplomber. La plaine se trouvait loin derrière nous, mais elle était cachée par les contreforts. La passe de l'Ermite n'était plus qu'à cinq milles au nord-ouest. Si nous ne rencontrions pas d'obstacles, nous devrions y parvenir vers le milieu de la matinée suivante.

Je me demandais comment cette passe pouvait être défendue, et quel genre de péril nous guetterait à partir de là. Mais je n'ai rien dit à Sedenko.

Nous avons atteint la première chaîne de montagnes peu avant midi, et nous avons rapidement découvert l'entrée de la passe. Nous avions noué des morceaux de tissu autour des sabots de nos chevaux. Le sol rocheux était parsemé de plaques de glace et il valait mieux conduire nos chevaux à pied quand nous le pouvions. Les cimes des monts étaient maintenant invisibles. Nous avions l'impression d'avancer vers un immense mur de cristal scintillant, bleu pâle et blanc, parfois gris là où la roche était exposée. Je m'émerveillais toujours de la hauteur et de la forme de ces montagnes; elles ne ressemblaient à rien de ce que j'avais pu voir auparavant.

Apparemment, la passe était une sombre déchirure

dans le flanc d'un escarpement. C'est seulement en nous approchant que nous avons constaté qu'elle s'enfonçait entre les montagnes, faisant un coude serré qui empêchait de voir très loin à l'intérieur. La couche de neige était plus mince, celle de glace plus épaisse. Il nous faudrait avancer avec la plus grande prudence.

Sans hésitation, nous avons pénétré dans la passe. Le soleil hivernal disparut et la température chuta immédiatement; nous nous sommes enveloppés un peu plus chaudement dans nos manteaux. Le bruit de nos pas résonnait dans cette gorge profonde et nous pouvions entendre le ruissellement de l'eau sur un des flancs, le goutte à goutte de la glace à demi fondue, les craquements et les mouvements de la neige instable. Lors même de notre passage, un peu de neige se détacha de la roche en surplomb et s'abattit sur nos têtes et nos épaules.

Sedenko leva les yeux vers la fissure de lumière, très loin au-dessus de nous.

– C'est presque une grotte, dit-il avec une sorte de respect. Un tunnel énorme et monstrueux, capitaine. Est-ce qu'il va nous conduire en Enfer?

– J'espère sincèrement que non, répondis-je.

Je voyais mieux que lui les implications de ses propres paroles.

Nous parlions à voix basse, comme si nous savions qu'un bruit trop fort pourrait déloger la roche, la glace et la neige, qui nous enseveliraient en quelques secondes. Après le coude, nous nous sommes enfoncés dans une obscurité plus profonde. Le bruit le plus infime prenait de l'importance, car il pouvait annoncer un éboulement. Je me suis rendu compte que je retenais ma respiration, et que mes battements de cœur résonnaient dans mes oreilles.

Peu à peu, le passage s'élargit et la fissure, au-dessus de nous, admit davantage de lumière. La neige était plus épaisse et plus molle, mais le sol était moins glacé aux endroits où les rayons du soleil étaient parvenus à s'infiltrer; nous pouvions enfin nous détendre d'une manière plus normale. Après quelques autres coudes, la passe s'élargit de nouveau et devint presque une étroite vallée. Des buissons et des petits arbres y poussaient et parfois, j'apercevais même une tache de verdure. Le bruit de la glace et de la neige diminua et prit moins d'importance pour nous. Après environ une heure dans la passe, nous nous sentions plus à l'aise et nous décidâmes de faire halte pour manger une partie du pain et du hareng vinaigré que nous avions achetés à Ammendorf.

Nous étions en train d'ôter neige d'un rocher plat quand j'entendis un froissement, suivi par ce qui était de toute évidence une exclamation humaine. Je me suis immobilisé pour écouter, mais sans entendre aucun bruit semblable. J'ai quand même tiré mes pistolets de leurs étuis, et je les ai gardés posés à côté de moi sur la roche pendant que je mangeais.

Sedenko n'avait rien entendu, mais il savait que quelque chose m'inquiétait; il me dévisageait et tendait l'oreille tout en mangeant.

Un autre bruit. Sur notre droite, des pierres et de la neige glissèrent vers nous. J'ai posé mon pain pour saisir mes deux pistolets, que j'ai brandis dans la direction d'où venait le mouvement.

– Faites attention! criai-je. Et montrez-vous, pour que nous puissions discuter.

Une fille d'une quinzaine d'années sortit lentement de derrière un rocher; frissonnante, le visage mince, couverte de haillons. Elle écarquillait les yeux de peur, de faim et de curiosité.

Je n'ai pas baissé mes armes. Dans mon métier, j'avais appris à me méfier des enfants. J'ai même relevé fermement le canon d'un pistolet vers son visage.

– Il y en a d'autres avec toi?

Elle fit non de la tête.

– Ton village est près d'ici?

Elle secoua de nouveau la tête.

– Mais alors, au nom de Dieu et de sainte Sophie,

qu'est-ce que tu fais ici? demanda brusquement Sedenko en remettant son sabre au fourreau.

Il se dirigea vers la fille. J'ai trouvé qu'il était imprudent, mais je n'ai rien dit. Il s'avança vers elle et la regarda droit dans les yeux, prenant son jeune visage entre ses grosses mains.

– Tu es plutôt jolie. Qu'est-ce qui t'est arrivé, jeune fille? Ta famille s'est fait attaquer par des brigands? Tu es la seule survivante? Tu es perdue?

Une soudaine pensée. Il recula d'un pas.

– A moins que tu ne sois une sorcière? Une envoûteuse?

Il releva les yeux vers les rochers lointains; puis regarda derrière lui. Il me parla par-dessus son épaule.

– Qu'en pensez-vous, capitaine? Elle pourrait nous jouer un tour?

– Sans difficulté, répondis-je. Mais j'y ai pensé dès qu'elle est apparue.

Un autre pas en arrière. Puis un autre; il présentait maintenant son dos au pistolet que je tenais dans la main gauche. Il dévisageait la fille d'un air sévère. Il s'adressa à moi d'une voix très basse.

– Alors, c'est une sorcière?

– Plus probablement une malheureuse, abandonnée dans ces montagnes. Ni plus ni moins.

Elle tendit la main derrière elle.

– Mon maître...

– Vous voyez! s'exclama Sedenko d'une voix triomphante. Elle sert un magicien.

– Qui est ton maître, jeune fille? questionnai-je.

– Un saint homme, Excellence.

Elle fit une sorte de révérence.

– Un mage! me souffla vivement Sedenko.

– C'est l'un des ermites qui habitent dans cette passe, c'est bien cela? demandai-je.

– C'est cela, Votre Honneur.

– Elle n'est que l'assistante d'un ermite, assurai-je à Sedenko. Vous avez certainement déjà vu de tels enfants?

Sedenko se frotta la jointure du pouce sur la lèvre inférieure. Il regardait la fille de travers. Mais il était presque convaincu par mon raisonnement.

– Et où se trouve ton maître ? lui demandai-je.

– Là-haut, monsieur. Il se meurt. Nous n'avons pas de nourriture. Il est souffrant depuis très, très longtemps. Depuis avant la neige.

Elle désigna l'endroit.

Je pouvais maintenant apercevoir l'ombre d'une caverne dans la roche. Il y avait d'autres grottes ici et là, ce qui était manifestement la raison pour laquelle cette passe était prisée par les ermites. Tout en procurant le genre de confort dont les ermites appréciaient les agréments, ces cavernes étaient assez proches du défilé pour que les voyageurs pussent être invités à offrir de la nourriture, de l'argent, ou une aide quelconque. J'ai continué d'interroger la fille :

– Depuis quand es-tu avec ton ermite ?

J'ai décidé de rengainer mes pistolets. Pour moi, il était évident qu'elle ne mentait pas. Mais, maintenant, Sedenko n'en était plus aussi certain.

– Depuis que je suis une petite fille, monsieur. Il est venu me chercher quand mon frère, ma mère et mon père ont été tués. Par les aigles, monsieur.

– Bien, dis-je. Conduis-nous à ton ermite mourant.

Sedenko eut une idée :

– Est-ce qu'il pourrait s'agir de votre Groot, capitaine ?

– Je ne pense pas. Mais il pourrait connaître Groot. D'après mon expérience, la plupart de ces ermites se considèrent comme des rivaux.

A la suite de la fille, nous avons escaladé les rochers enneigés jusqu'à l'entrée de la grotte. Une odeur épouvantable en sortait, mais je connaissais bien le genre de puanteur qui entourait d'aussi saintes créatures; je l'ai bravée aussitôt, une main sur la bouche.

La fille désigna un coin de la grotte. Quelque chose y remuait.

Sedenko resta au-dehors en grommelant. Je n'ai fait aucun effort pour l'inciter à me suivre.

Un visage décharné se redressa un peu, des yeux sombres plongèrent dans les miens. L'odeur et l'aspect de l'ermite étaient écœurants, mais le pire était le sourire qu'il me présentait. Il rayonnait d'une piété démente. Ce sourire se donnait comme exemple, il accusait et pardonnait tout à la fois. J'avais déjà vu de telles expressions. Plus d'une fois, j'avais tué ceux qui les arboraient. J'avais affirmé une fois qu'un tel sourire sur des lèvres en méritait un second sur la gorge.

— Bonjour, saint ermite, lui dis-je. Votre servante nous a prévenus que vous étiez souffrant.

— Elle exagère, monsieur. Je n'ai qu'une ou deux blessures. Mais que sont-elles comparées aux blessures de notre bien-aimé Christ, que nous souhaitons tous suivre et imiter ? De plusieurs manières, ces plaies me rapprochent du Paradis.

— Ah, et elles ont déjà une odeur de sainteté, n'est-ce pas ? répondis-je. Je m'appelle Ulrich von Bek, et je suis en Quête du Saint-Graal.

Je savais que cela produirait de l'effet. Il retomba en arrière, presque fâché par mes paroles.

— Le Graal ? Le Graal ? Ah, monsieur, mais le Graal pourrait me guérir !

— Et tous ceux qui sont malades ou mourants, ajoutai-je. Cependant, je ne l'ai pas encore trouvé.

— Et votre Quête doit-elle aboutir bientôt ? demanda-t-il.

— Je ne sais pas, dis-je en me rapprochant. Je vais vous donner quelque chose à manger.

J'ai appelé mon compagnon :

— Sedenko ! A manger pour ces gens !

Tout en rechignant, Sedenko redescendit le flanc de la passe.

— Je suis honoré d'être en compagnie d'un homme aussi pur, dit l'ermite.

— Mais vous êtes aussi pur que moi, lui affirmai-je.

— Non, monsieur, vous êtes beaucoup plus saint que

moi. C'est une évidence. Comme vous avez dû souffrir pour atteindre un tel état de grâce!

– Oh, non, vénérable ermite, je suis certain que vos souffrances doivent être cent fois plus grandes que les miennes.

– Je ne peux y croire. Mais regardez!

Il me tendit un bras. Quelque chose bougeait dans le bras, mais ce n'était pas un muscle ou un os. J'ai regardé attentivement.

– Que dois-je voir? demandai-je.

– Mes amis, seigneur chevalier. Les créatures que j'aime plus que moi-même.

Je me rendis compte que la plus forte odeur provenait du bras qu'il me présentait. Et à mesure que mes yeux s'accoutumaient à l'obscurité, j'ai découvert que le membre grouillait de vers. Ils se nourrissaient de lui. Et il leur souriait, comme il m'avait souri un peu plus tôt. Il éprouvait sans doute plus d'affection pour eux que pour n'importe quel être humain. Après tout, ces vers l'aidaient beaucoup dans son martyre.

Je suis homme habitué à dissimuler mon dégoût, mais il me fallut faire un effort considérable pour ne pas abandonner ce fou sur-le-champ.

– Une souffrance aussi fervente est extraordinaire, lui dis-je.

Je me suis redressé en regardant vers l'entrée de la caverne, souhaitant retrouver l'air pur et la neige.

– Vous êtes très bon, seigneur chevalier.

Il poussa un soupir et retomba dans sa crasse.

J'étais écœuré à l'idée de mettre de la nourriture dans la bouche de ce vieux débris pour qu'il puisse nourrir ses asticots, mais la fille, qui n'y était pour rien, méritait de manger. Sedenko réapparut et je me suis avancé vers lui; j'ai pris le pain et je l'ai tendu à la fille. Elle arracha aussitôt le plus gros morceau pour l'apporter à son maître. Elle brisa le pain en petits morceaux qu'elle plaça entre les lèvres de l'ermite; celui-ci mâchonnait en cherchant à se contrôler, de la salive coulait sur son menton crasseux et dans sa barbe.

Je suis sorti pendant quelques instants, ayant du mal à réprimer ma nausée.

– Cette fille perd son temps ici, murmura Sedenko. La vieille bête sera morte dans quelques jours, au plus tard.

J'étais d'accord avec lui.

– Quand il aura fini de manger, je lui demanderai s'il connaît Groot, et nous repartirons.

– Ce genre de saints hommes, on en trouve dans presque toutes les régions de mon pays, déclara Sedenko. Ils croient que la souffrance de la chair et la saleté les conduiront plus près de Dieu. Mais qu'est-ce que Dieu pourrait vouloir d'eux ?

– Peut-être désire-t-Il que nous suivions tous l'exemple de cet ermite ? Dieu est peut-être content de voir Ses créatures renier toutes les vertus qu'elles croient insufflées par Lui ?

– Hérésie, capitaine, grommela Sedenko. Ou presque.

Il n'avait pas aimé le ton de ma voix, qui contenait évidemment davantage qu'un peu de moquerie. J'étais d'humeur lugubrement amère. Je suis retourné dans la grotte.

– Dites-moi, vénérable ermite, auriez-vous entendu parler d'une autre personne dans votre genre, un certain Philander Groot ?

– Bien sûr, j'ai entendu parler de Groot. Il habite dans la vallée du Nuage-d'Or, de l'autre côté de ces montagnes. Mais ce n'est pas un saint homme, bien qu'il puisse le prétendre. J'ai même entendu dire qu'il reniait Dieu. Il ne mortifie point sa chair. On dit qu'il se baigne souvent, au moins dix fois par an. Ses vêtements... (La créature se mit à tousser.) Allons, il suffit de dire qu'il n'est pas de notre confession, mais je suis sûr, ajouta l'ermite en faisant un certain effort, qu'il a ses motifs de choisir un tel chemin, et ce n'est pas à nous de dire s'il a tort ou raison.

A nouveau ce sourire de profonde et présomptueuse ferveur.

– Je devine qu'il n'a pas d'asticots, déclarai-je.

– Pas un seul, répondit l'ermite. Autant que je sache, seigneur chevalier. Mais je ne voudrais pas le condamner sans raisons. J'ai seulement entendu parler de Philander Groot. Autrefois, beaucoup d'autres ermites vivaient dans ces grottes. Je suis le dernier. Mais ils me parlaient de Groot.

– Merci, lui dis-je avec toute la courtoisie que je pouvais encore rassembler. (Puis mon regard s'est porté de l'ermite à la fille.) Et qu'adviendra-t-il de votre protégée quand vous parviendrez finalement au Paradis, vénérable ermite ?

Il la regarda en souriant.

– Elle sera récompensée.

– Vous croyez qu'elle survivra jusqu'au printemps ?

L'ermite fronça les sourcils.

– Probablement pas, si je ne survis pas. Elle montera peut-être au Paradis avec moi. Après tout, elle est encore vierge.

– Sa virginité sera un passeport suffisant ?

– Sa virginité, mais aussi le fait qu'elle m'a servi fidèlement durant toutes ces années. Je lui ai appris tout ce que je savais. En venant à moi, elle était ignorante. Mais je lui ai parlé du Paradis et du péché. Je lui ai parlé de la chute de Lucifer, et de la manière dont nos parents ont été chassés de l'Eden. Je lui ai enseigné les Dix Commandements. Je lui ai parlé du Christ, de sa naissance, de ses souffrances, de sa mort et de sa résurrection; je lui ai parlé du Jugement dernier. Vous reconnaîtrez que, pour une femme, elle a bénéficié d'une grande faveur.

– En effet, dis-je, c'est une jeune personne singulièrement privilégiée. Que lui laisserez-vous encore ?

– Je n'ai rien d'autre que ce que vous voyez, répondit-il fièrement.

– Vous ne lui léguerez pas vos asticots ?

Maintenant, pour la première fois, il saisissait mon

ironie. Il fronça les sourcils, ne sachant que dire. Je commençais à m'impatienter.

– Eh bien, vénérable ermite, quelle est votre réponse ?

– Vous vous moquez de moi, dit-il. Je ne peux pas croire...

– Je pense qu'il est temps pour vous d'obtenir votre récompense, annonçai-je en tirant mon épée. Il n'est pas juste que vous attendiez plus longtemps.

La fille poussa un cri. Elle se précipita en devinant mon intention. Je l'ai repoussée de ma main libre en appelant Sedenko. Je me suis approché de l'ermite.

Sedenko me rejoignit en souriant. Visiblement, il approuvait ma décision. Il saisit la fille entre ses bras et la tira hors de la caverne tandis que je levai mon arme.

– Accompagne mon ami, jeune fille. Tu n'as pas besoin d'assister à cela.

– Tuez-moi aussi, implora-t-elle.

– Ce serait inconvenant, dis-je. Si tu devais mourir aussi, ce serait un excès d'offrande. Je doute que Dieu Lui-même puisse contempler une telle immolation. Mais si tu veux sacrifier quelque chose, que ce ne soit pas ton âme. Je suis sûr que Sedenko, ici présent, doit penser à une autre solution plus agréable.

Elle s'était mise à sangloter quand je me suis retourné pour me pencher sur le saint homme. Il ne laissait voir aucune frayeur.

– Faites ce que vous devez faire, mon frère, dit-il. C'est la volonté de Dieu.

– Comment ? m'exclamai-je. Vous et moi n'allons prendre aucune responsabilité pour votre assassinat ?

– C'est l'œuvre de Dieu, répéta-t-il.

J'ai souri :

– Mon Maître est Lucifer. (J'ai posé la pointe de ma lame sur son cœur, et j'ai appuyé lentement.) Et je crois qu'Il est aussi le vôtre.

L'ermite mourut en poussant à peine un gémissement. Je suis sorti de la grotte. Sedenko emmenait déjà la fille au bas de la pente rocheuse. Il lui souriait et lui parlait dans sa propre langue.

Cette nuit-là, pendant que je m'efforçais de dormir, Sedenko prit du plaisir avec la fille. Pendant un moment, elle se mit à crier, puis se calma. Au matin, elle était partie.

– Je crois qu'elle va essayer de gagner Ammendorf, dit-il.

Je n'étais pas d'humeur à discuter.

Nous avons poursuivi notre traversée des montagnes pendant les jours qui suivirent; Sedenko ressassait toutes ses chansons; quant à moi, je réfléchissais aux mystères d'une existence qui me paraissait de plus en plus arbitraire.

9

J'avais pris l'habitude de tirer une sorte de gaieté de l'ironie de ma position, des contrastes et des paradoxes de ma Quête. Cela m'amenait à considérer les plus horribles crimes que je pouvais commettre au nom de la Quête du Graal. Je me demandais si j'étais assez fort pour les perpétrer. Quel genre d'autodiscipline devait-on s'imposer pour se forcer au vice, à l'encontre de sa propre nature? Mes méditations devenaient de plus en plus complexes et irréelles, mais peut-être servaient-elles à m'occuper l'esprit pour ne pas trop songer à un désagréable présent.

Nous avions passé une éprouvante semaine au cœur des montagnes. Nous avions subi des éboulements, quelques attaques mal organisées par des brigands locaux, nous avions échappé de justesse à deux ou trois avalanches dans les plus hauts cols, sans parler, bien entendu, des désagréments provoqués par le climat. L'entrain de Sedenko n'avait pas baissé le moins du monde et ma propre morosité commença à se dissiper quand nous arrêtâmes nos montures sur un éperon rocheux qui dominait ce que nous pensions être notre destination.

Nous ne pouvions voir qu'une brume luisante et dorée qui couvrait la large cuvette d'une vallée, fermée par des pentes très escarpées aux sommets couverts de neige.

– C'est là qu'habite Philander Groot, capitaine, déclara Sedenko en s'appuyant sur le pommeau de sa selle, mais comment allons-nous faire pour le rejoindre ?

– Nous devons continuer à chercher jusqu'à ce que nous trouvions le passage. Il doit sûrement exister, si Groot a pu entrer et sortir de cette vallée.

Nous avons commencé la descente en suivant un étroit sentier. Il nous restait environ quatre heures avant le crépuscule, et nous serions ensuite obligés de camper. Ces montagnes étaient trop dangereuses pour être affrontées de nuit.

Le premier signe des gardiens de la vallée fut un sifflement dans les airs. En levant les yeux vers le ciel bleu clair, nous en avons distingué deux, nettement découpés. Leurs intentions étaient évidentes. Ils voulaient nous tuer.

Je n'avais encore jamais vu d'aigles aussi énormes et resplendissants. Leur corps était presque aussi gros que celui d'un petit poney, et chacune de leurs ailes était environ deux fois plus longue. Leur plumage était surtout blanc, écarlate et doré, avec un peu de bleu vif autour de la tête. Leur bec, luisant comme de l'acier, était bien assorti à leurs serres largement écartées. Ils criaient leurs intentions en plongeant vers nous, anticipant la célébration de leur triomphe.

Nos chevaux se mirent à reculer en hennissant. J'ai saisi un pistolet, je l'ai armé, j'ai visé, j'ai tiré. La balle toucha le premier aigle à l'épaule et il vira silencieusement; du sang coulait de sa blessure. Le sabre de Sedenko frappa le second aigle et obligea l'animal à repousser son attaque en voletant au-dessus du Kazak, faisant beaucoup de vent comme pour menacer de nous précipiter dans la vallée. Ayant pris mon autre pistolet, j'ai tiré une seconde fois. Le coup était meilleur, en pleine tête. Poussant une terrible plainte, l'aigle tenta de reprendre de l'altitude, n'y parvint pas, et piqua lourdement dans l'abîme. J'ai regardé son corps plonger dans la brume et disparaître. Son compagnon tournoya autour de l'endroit pendant un moment avant de reporter son attention sur nous et d'attaquer de nouveau en poussant des cris perçants, les yeux furieux. Je n'avais pas eu le temps de recharger. Maintenant, nous n'avions plus que nos épées pour nous défendre. La créature plongea, lança ses serres en avant, et s'il n'avait pas vivement baissé la tête, le jeune Kazak aurait été emporté. En fait, son sabre trancha quelques pennes de l'oiseau gigantesque. Sedenko saisit les plumes qui retombaient et les brandit en souriant, comme un trophée.

L'aigle s'attaqua ensuite à moi. Ses serres auraient pu m'empaler aussi facilement qu'une lance. Mon cheval regimbait, cherchait à fuir, et occupait la moitié de mon attention, mais je continuais de frapper l'oiseau de mon épée, faisant jaillir du sang, mais sans le toucher sévèrement.

L'aigle avait un vol irrégulier, à cause de sa blessure à l'épaule et de la perte de ses pennes. Sedenko lui assena un autre coup qui lui arracha presque complètement une serre, et l'oiseau commençait à s'épuiser, sans vouloir abandonner pour autant.

A chaque nouvelle attaque, il était repoussé, ayant subi une ou deux petites blessures supplémentaires.

Et c'est ainsi que nous l'avons vaincu. Lentement, mais sûrement, nous avons taillé en pièces la grande créature, jusqu'à ce que toute la partie inférieure de son corps et de ses pattes, sa tête et son cou ne fussent plus qu'une masse sanguinolente de plumes ébouriffées.

Durant le dernier assaut de l'oiseau, Sedenko bondit sur sa selle et, dressé sur la pointe des pieds, il frappa l'articulation d'une aile. L'aigle tomba de côté, cherchant désespérément à retrouver son équilibre, puis s'écroula dans la neige qui fut aussitôt jonchée de taches de sang et de plumes blanches, écarlates et dorées. L'animal cria sa colère contre les blessures que nous lui avions infligées, et aucun de nous n'eut le courage de le regarder mourir ou de descendre la pente pour mettre un terme à son agonie. Nous l'avons observé en silence pendant quelques minutes, avant de rengainer nos armes et de nous remettre en selle. Ni l'un ni l'autre, nous ne pensions avoir obtenu là une victoire honorable.

Le sentier s'enfonça lentement dans la brume luisante et dorée, et bientôt notre vision fut réduite à quelques pieds. A nouveau, nous descendîmes de cheval pour avancer avec la plus grande prudence, jusqu'à la tombée de la nuit; il nous fallut trouver alors une parcelle de terre relativement plate pour attacher nos chevaux et camper jusqu'au lendemain matin.

Avant de s'endormir, Sedenko demanda :

– Ces oiseaux étaient des créatures surnaturelles, hein, capitaine ?

– En tout cas, Sedenko, répondis-je, je n'ai jamais entendu parler de créatures naturelles qui leur ressembleraient.

– C'étaient des serviteurs du mage que nous cherchons, dit-il. Cela veut dire que nous l'avons offensé en tuant les aigles...

– Nous ignorons s'il s'agissait de ses serviteurs, ou s'il sera fâché que nous ayons protégé nos vies en les tuant.

– Ce mage me fait peur, capitaine, déclara naïvement Sedenko. Car il est bien connu que le grand sorcier est celui qui commande aux forces de l'air. Et ces aigles ne pouvaient être que des esprits aériens.

– Ils étaient grands, et dangereux, ai-je reconnu. Pour autant que nous sachions, ils nous considéraient simplement comme des proies. De la nourriture pour leurs jeunes. Il doit y avoir peu de voyageurs dans cette région, surtout pendant des mois d'hiver. Et peu de gros gibier, je pense. Il est inutile de faire des suppositions sur des choses pour lesquelles il n'existe pas de preuves, Sedenko. Vous allez perdre votre temps. Surtout quand il s'agit de la Mittelmarch.

Sedenko prit cela pour une demande de silence. Il garda les lèvres closes, mais il était évident qu'il n'avait pas cessé de méditer la question des aigles.

Nous avons repris notre chemin dans la matinée, en remarquant que l'air se réchauffait progressivement, tandis que la brume dorée commençait à s'atténuer; nous avons fini par aboutir sur un large chemin de montagne qui descendait en sinuant vers une vallée d'une étonnante beauté, sans aucune trace de neige. En fait, ç'aurait pu être ici le début de l'été. Nous avons pu admirer les moissons dans les champs; nous avons vu des villages d'un bel agencement et, vers l'est, une ville importante bâtie sur les deux rives d'un large et agréable cours d'eau. Il nous était presque impossible, à Sedenko et à moi-même, de penser que tout cela était entouré par des monts escarpés recouverts de neige.

– Nous sommes passés du printemps à l'hiver en une seule foulée, déclara Sedenko d'un air pensif, et nous voici en été. Est-ce que nous dormons comme le vieil homme de la légende, capitaine, pendant des mois entiers? Serions-nous ensorcelés sans le savoir? Ou bien cette vallée entière est-elle un sortilège?

– S'il s'agit d'un sortilège, il est d'un genre extrêmement plaisant, répondis-je à mon ami.

J'ai retiré mon manteau et je l'ai roulé derrière moi.

– Pas étonnant qu'ils fassent garder cet endroit par des aigles géants. (Sedenko regarda en bas. Il aperçut des troupeaux de moutons et de vaches; un pays de cocagne.) On aimerait s'installer ici, hein, capitaine? A partir de cette vallée, il serait possible de remonter dans la neige quand on le veut et de faire des incursions...

Il s'arrêta pour contempler sa propre image du Paradis.

– Et que volerions-nous pendant ces incursions, lui demandai-je d'un ton joyeux, puisque nous aurions déjà tout ce qu'il nous faut ?

– Eh bien... (Il haussa les épaules.) Un homme doit faire des incursions. Ou du moins faire quelque chose.

J'ai levé les yeux. La brume dorée s'étendait d'un bout à l'autre de la vallée, qui lui devait son nom. Je ne parvenais pas à comprendre ce qui provoquait un tel phénomène, mais je pensais qu'il était naturel. Pour une raison quelconque, la neige et le froid ne touchaient pas cette vallée. J'avais déjà entendu parler de certains endroits bien protégés, qui subissaient moins les saisons que la plupart des régions, mais je n'avais encore jamais rien vu de tel.

Nous avons lentement continué notre descente, et il nous a fallu plus d'une heure avant d'atteindre le fond de la vallée. Nous avons alors aperçu, sur le chemin, une grande porte fortifiée impossible à franchir; devant la porte se tenait une sentinelle montée sur un énorme destrier; le soldat portait une armure démodée depuis deux ou trois siècles, avec plastron, cimier, panache, acier poli et cuir huilé, avec des dominantes de blanc, d'or et d'écarlate, et son emblème était un aigle semblable à ceux que nous avions combattus un peu plus tôt.

Sa voix jaillit de son heaume fermé :

– Halte, étrangers !

Nous avons tiré sur nos rênes. Sedenko avait repris un air méfiant et je savais qu'il se demandait si ce cavalier n'était pas, lui aussi, d'origine surnaturelle.

– Je suis Ulrich von Bek, déclarai-je. Je suis en Quête du Graal et je cherche un sage qui réside dans cette vallée.

Le gardien parut amusé par mes paroles.

– Vous avez bien besoin d'un sage, étranger. Car il faut être fou pour chercher le Graal.

– Vous savez ce qu'est le Graal ? demanda Sedenko, soudainement curieux.

– Qui l'ignore ? Nous connaissons beaucoup de choses, dans la vallée du Nuage-d'Or, car notre domaine est recherché par ceux qui rêvent de l'Eden. Ici, nous sommes habitués aux légendes, étranger, puisque nous sommes nous-mêmes une légende.

– Une légende qui existe, dis-je. Et le Graal pourrait aussi bien exister.

– Une chose ne prouve pas l'autre. (Le gardien remua un peu sur sa selle.) Vous êtes les hommes qui ont tué nos aigles, n'est-ce pas ?

– Nous avons été attaqués ! objecta Sedenko, maintenant sur la défensive. Nous avons dû protéger nos vies...

– Ce n'est pas un crime de tuer un aigle, affirma le gardien d'une voix calme. Nous autres, dans la vallée du Nuage-d'Or, nous n'imposons pas nos lois aux étrangers. Nous demandons simplement aux étrangers de ne pas apporter chez nous leur propre idée de la justice. Mais dès que vous aurez passé cette porte, vous devrez accepter d'obéir à nos lois, jusqu'à votre départ.

– Nous accepterons, naturellement, répondis-je.

– Nos lois sont simples : NE RIEN VOLER, que ce soit une idée abstraite ou la vie d'une autre personne. TOUT VÉRIFIER. PAYER UN JUSTE PRIX. Et, souvenez-vous : mentir, c'est voler la liberté d'action d'une autre âme, ou du moins une partie de sa liberté d'action. Chez nous, un voleur et un menteur sont considérés de la même manière.

– Vos lois me paraissent excellentes, commentai-je. En fait, elles m'ont l'air idéales.

– Et simples, ajouta Sedenko avec enthousiasme.

– Elles sont simples, répondit le garde, mais elles nécessitent parfois une interprétation complexe.

– Et quel est le châtiment si l'on enfreint vos lois ? demanda Sedenko.

– Chez nous, il n'y a que deux punitions : le bannissement et la mort. Pour certains, c'est la même chose.

– Nous nous souviendrons de toutes vos paroles, affirmai-je. Nous cherchons Philander Groot, l'ermite. Savez-vous où je pourrais le trouver ?

– Je ne sais pas. Seule la reine pourrait vous le dire.
– C'est elle qui règne sur ce pays? interrogea Sedenko.
– C'est elle qui l'incarne, répliqua le gardien. Elle demeure dans la ville. Allez-y, maintenant.

Ecartant son cheval, il fit un signal et la herse d'acier fut relevée par des mains invisibles, à l'intérieur des tours.

Quand nous avons traversé, j'ai remercié le gardien pour sa courtoisie, mais j'étais dans un tel état d'esprit que j'ai décidé de regarder attentivement autour de moi. Il y avait bien des années que je ne croyais plus en une justice absolue, et depuis quelques semaines je pensais même qu'il n'existait pas la moindre justice en ce monde (ni au delà).

L'air était doux; nous suivions une route en terre jaune, bien battue, qui traversait les champs de blé vert en direction de la ville se dressant au loin, dont les tours et les tourelles, généralement blanches, reflétaient l'or de la brume qui nous dominait.

– Noble personne, ce garde, déclara Sedenko d'un ton admiratif en regardant autour de lui.
– Ou très présomptueuse, dis-je.
– On doit au moins croire en la perfection. (Il devint sérieux.) Sinon, il est impossible de croire à la promesse du Paradis.
– Absolument, répondis-je à ce pauvre garçon déjà damné.

10

Les gardes, aux portes de la ville, portaient le même accoutrement vieillot que le premier cavalier qui nous avait arrêtés. Ceux-ci ne nous interpellèrent pas quand nous nous sommes engagés dans les rues très larges pour découvrir des ensembles bien ordonnés de maisons et de bâtiments publics, une population joyeuse aux manières dignes, un marché fort actif. Comme il nous avait été ordonné de nous présenter devant la reine de ce pays, nous avons continué jusqu'au palais : un édifice plutôt bas, d'une grande beauté, aux voussures et aux pinacles imposants, ornés de vitraux clairs et donnant une impression générale de tranquillité.

Des trompettes ont annoncé notre arrivée quand nous avons traversé le porche pour pénétrer dans une vaste cour agrémentée d'une multitude de fleurs et d'arbustes. La simplicité du palais, son atmosphère me rappelaient quelque peu mon enfance dans la ville de Bek. Le manoir de mon père possédait la même ambiance.

Des palefreniers vinrent chercher nos chevaux; une femme – en robe et guimpe, comme dans l'ancien temps – apparut dans l'embrasure d'une porte et nous fit signe d'approcher. C'était une jeune femme extrêmement jolie, avec de grands yeux bleus et un visage éclatant de franchise et de santé. On aurait dit une nonne du meilleur genre.

– Soyez les bienvenus, dit-elle. La reine est prévenue de votre arrivée. Souhaitez-vous vous rafraîchir, ou peut-être vous baigner avant d'être présentés ?

J'ai regardé Sedenko. Même en étant deux fois moins sale que lui, avec une barbe deux fois moins longue, j'aurais déjà été bien content de prendre un bain et de pouvoir changer de vêtements.

– Nous avons voyagé dans la neige, madame, déclara Sedenko. Il n'est pas vraiment nécessaire de nous laver. Vous voyez ? La nature l'a déjà fait pour nous.

Je me suis incliné devant la jeune femme.

– Nous vous sommes reconnaissants, lui dis-je. Pour ma part, j'accepterai un peu d'eau chaude.

– Vous l'aurez.

Elle nous fit signe de la suivre dans la fraîcheur du palais. Les plafonds bas et les murs étaient ornés de fresques. Nous avons traversé une sorte de cloître, pour aboutir à des appartements manifestement destinés aux invités. La jeune femme nous fit entrer dans l'un d'eux. Deux grands baquets, déjà remplis d'eau chaude, se trouvaient au centre de la pièce principale.

Sedenko renifla, comme s'il voyait quelque sorcellerie dans la vapeur qui montait des cuves.

J'ai remercié la jeune femme, qui m'a souri en répondant :

– Je reviendrai dans une heure pour vous emmener devant la reine.

Je me suis lavé, puis j'ai revêtu mes habits de rechange, et j'étais prêt lorsqu'elle revint. Sedenko, lui, ne possédait pas d'autres vêtements; il s'était tout juste passé un peu d'eau sur le menton, mais il avait quand même daigné se raser – en conservant sa moustache. Il avait beaucoup plus de prestance que lors de notre arrivée.

Nous avons de nouveau suivi la jeune femme à travers une succession de couloirs, de galeries et de jardins; finalement, elle nous fit entrer dans une grande salle au plafond élevé, sur lequel était peinte une représentation du Soleil, des Etoiles et de la Lune – ce que l'on appelait parfois, je crois, un « atlas solaire ».

Là, sur un trône de cristal vert et d'acajou sculpté, se tenait une jeune fille d'une quinzaine d'années. Comme une couronne de cristal et de diamants surmontait sa chevelure sombre et rousse, nous nous sommes naturellement inclinés en murmurant ce que nous espérions être les salutations appropriées.

La fille sourit doucement. Elle avait de grands yeux bruns et des lèvres rouges.

– Soyez les bienvenus sur nos terres, étrangers. Je suis la reine Xiombarg, vingt-cinquième du nom, et je suis curieuse de savoir ce qui vous a poussés à braver les aigles pour parvenir jusqu'à nous. Je suis sûre que vous n'avez pas été attirés ici, comme certains aventuriers, par les légendes concernant notre or ou nos pouvoirs magiques.

Sedenko dressa l'oreille.

– Un trésor ? dit-il sans réfléchir; puis il rougit. Oh, non, madame.

– Je suis à la recherche du Graal, expliquai-je à la jeune reine. Je voudrais rencontrer un ermite du nom de Philander Groot, et je crois que Votre Majesté sait où je pourrais le trouver.

– Ce renseignement m'a été confié, dit-elle. Mais j'ai juré de ne jamais le révéler. Quelle assistance Herr Groot pourrait-il vous donner ?

– Je ne sais pas. On m'a dit de le chercher pour lui raconter mon histoire.

– Votre histoire est-elle exceptionnelle ?

– Bien des gens pourraient la considérer comme beaucoup plus qu'exceptionnelle, Votre Majesté.

– Et vous ne voudriez pas me la narrer ?

– Je ne l'ai révélée à personne. Je la conterai à Philander Groot parce qu'il sera peut-être capable de m'aider.

Elle hocha la tête.

– Vous échangerez un secret contre un autre, hein ?

– Je le pense.

– Cela l'amusera.

J'ai incliné la tête.

– Il accomplit le dessein de Dieu, Votre Majesté ! s'écria brusquement Sedenko. S'il découvre le Graal...

J'ai voulu l'interrompre, mais la reine leva sa main.

– Nous n'avons pas à être persuadée ou dissuadée, monsieur. Dans ce pays, nous ne croyons ni au Paradis, ni à l'Enfer. Nous n'adorons ni dieux ni démons. Nous croyons seulement à la modération.

Je ne pus déguiser mon scepticisme, qu'elle fut prompte à remarquer. Elle sourit :

– Cet état de choses nous satisfait. Ici, la raison n'est pas aveuglée par les sentiments. Ils s'équilibrent.

– J'ai toujours considéré l'équilibre comme un rêve nostalgique, Votre Majesté. En réalité, il peut être ennuyeux.

Elle n'était pas troublée.

– Oh, nous savons bien nous distraire, capitaine. Nous avons la musique, la peinture, des jeux...

– Des idées comme la modération ne demandent certainement pas de véritable effort. Et elles écrasent les aspirations humaines. Quelle grandeur ont vos arts ? Quelle noblesse ? A quelle hauteur d'intellect et de sentiments peuvent-ils prétendre ?

– Nous vivons dans le monde, répondit-elle calmement. Nous ne l'ignorons pas. A l'âge de dix-huit ans, nos jeunes gens sont envoyés à l'extérieur de la vallée. Là, ils apprennent à connaître la misère humaine, la douleur, et ceux qui les surpassent. Ils rapportent leur expérience. Ici, dans le calme, on examine cette expérience et elle forme la base de notre philosophie.

– Vous êtes fortunés, dis-je avec un peu d'amertume.

– Nous le sommes.

– La justice a-t-elle besoin de chance pour pouvoir exister ?

– Probablement, capitaine.

– Pourtant, vous cherchez votre expérience. Vous demandez à vos jeunes d'aller au-devant du danger. C'est différent lorsqu'on est obligé de le subir, bon gré mal gré.

– Vous avez raison. Mais cela vaut mieux que de ne pas le chercher du tout.

– J'ai l'impression, madame, que vous possédez encore la présomption des privilégiés. Mais si votre domaine était attaqué ?

– Aucune armée ne peut nous atteindre sans que nous en ayons connaissance.

– Aucune armée ne peut venir par la terre, peut-être. Mais si vos ennemis, par exemple, entraînaient ces aigles géants à traverser le Nuage-d'or en transportant des soldats ?

– C'est inconcevable, répondit-elle en riant.

– Pour ceux qui vivent en compagnie du péril, pour ceux qui n'ont pas le choix, assurai-je, rien n'est inconcevable.

– Eh bien, nous sommes satisfaits, dit-elle en haussant les épaules.

– Je suis content qu'il en soit ainsi, madame.

– Vous êtes un invité très stimulant, capitaine. Resterez-vous quelques jours à notre cour?

– Je regrette, mais je dois tenter de retrouver Philander Groot le plus tôt possible. Ma mission est assez urgente.

– Très bien. A la sortie de la ville, prenez la route de l'Ouest. Elle vous conduira dans un bois. Vous y découvrirez une clairière au centre de laquelle se trouve un chêne mort. S'il le désire, Philander Groot vous rejoindra.

– Quand cela?

– Il choisira le moment. Vous devrez être patients. Maintenant, capitaine, vous accepterez au moins de dîner avec nous et de nous raconter quelques-unes de vos aventures.

Nous avons accepté l'invitation, Sedenko et moi-même. Le repas était splendide. Nous nous sommes rassasiés, avant de passer la nuit dans de bons lits; au matin, nous avons pris la route de l'Ouest en quittant la cité de la jeune reine.

Nous avons rapidement atteint le bois, et trouvé la clairière sans difficulté. Nous y avons établi notre campement, et nous nous sommes installés dans l'attente de Groot. L'air était chaud, sans aucune brise; par leurs parfums et leur beauté, les fleurs nous rendaient d'humeur paresseuse.

– C'est un endroit où l'on aimerait revenir quand on est vieux, déclara Sedenko en s'étirant sur le sol et en regardant les grands arbres qui nous entouraient. Mais je crois que c'est un endroit où il ne faut pas être jeune. Pas de combats, presque pas de gibier...

– L'absence de conflit ennuierait n'importe quelle personne de moins de quarante ans, confirmai-je. Je ne parviens pas réellement à comprendre pourquoi cet endroit m'irrite. Il respire trop la santé, peut-être. S'il s'agit bien de santé. Mon instinct me dit que ce genre de vie est malsain, d'une certaine manière.

– Trop profond pour moi, capitaine, commenta Sedenko. Ils sont riches. Ils ne sont pas menacés. Ils sont heureux. N'est-ce pas là, finalement, ce à quoi nous aspirons tous ?

– Un animal sain doit exercer son corps et son esprit au maximum, répliquai-je.

– Mais pas tout le temps, capitaine.

Sedenko parut inquiet, comme si j'allais lui demander d'accomplir quelque action.

– Pas tout le temps, jeune Kazak, acquiesçai-je en riant.

Après trois jours d'attente dans cette clairière, aucun de nous ne souhaitait rester. Nous avions exploré tous les recoins de cette contrée, ses rivières, ses bois et ses prés. Nous avions cueilli des fleurs pour les tresser. Nous avions pansé nos chevaux. Nous nous étions baignés. Sedenko avait escaladé tous les arbres qu'il était possible d'escalader; quant à moi, j'avais étudié les grimoires que Sabrina m'avait remis, sans trop bien comprendre. J'avais aussi examiné toutes les cartes, et j'avais découvert que les territoires de la Mittelmarch semblaient exister dans des sortes de failles qui ne se trouvaient pas dans mon propre monde.

A l'aube du cinquième jour, j'étais prêt à enfourcher mon cheval et à quitter la vallée du Nuage-d'Or.

– Je parviendrai bien à trouver le Graal sans l'aide de Groot, annonçai-je.

Et ces mots, comme par enchantement, semblèrent appeler le mignon qui entra nonchalamment dans notre camp, regardant autour de lui d'une manière tatillonne, mais avec bonne humeur et sans ironie. Il était tout couvert de dentelles et de velours festonnés, de broderies et de boucles dorées ou argentées. Il marchait en s'appuyant sur une énorme canne sculptée, et il empestait l'Eau Hongroise. Le très large bord de son chapeau fléchissait sous le poids des plumes blanches et argentées; sa barbiche et sa moustache étaient taillées avec la perfection exigée par les plus élégants courtisans français. Son épée, délicatement ouvragée, ne semblait lui être d'aucune utilité; il me regarda d'un œil perplexe avant d'accomplir une de ces révérences compliquées que je n'avais jamais réussi à imiter.

– Je vous donne le bonjour, messieurs, zézaya le mignon. Je suis enchanté de faire votre connaissance.

– Nous ne sommes pas ici pour passer la journée avec des hommes habillés en femme, répliqua Sedenko. Nous attendons la venue d'un grand sage, un ermite qui possède un immense savoir.

– Ha! ha! pardonnez-moi. Dans ce cas, je ne veux pas vous retenir très longtemps. Auriez-vous l'obligeance de me dire vos noms, messieurs?

– Je suis Ulrich von Bek, capitaine d'infanterie, et voici mon compagnon Grigory Petrovitch Sedenko, homme d'armes. Et vous, monsieur?

– Mon nom est Philander Groot, monsieur.

– L'ermite? s'écria Sedenko d'un air stupéfait.

– C'est exact, monsieur, je suis un ermite.

– Vous ne ressemblez pas à un ermite.

Sedenko posa la main sur la poignée de son sabre et s'avança pour examiner l'apparition.

– Monsieur, je vous assure que je suis réellement un ermite.

Groot devint un peu plus distant, tout en restant poli.

– On nous a dit que vous étiez un saint homme, continua Sedenko.

– Je ne peux pas être tenu pour responsable de ce que disent ou entendent les autres, monsieur. (Groot se redressa. Il était légèrement plus petit que Sedenko, qui n'était pas un géant.) Je suis bien le Philander Groot que vous recherchez. Il faut me prendre comme je suis. Car je suis ainsi.

– Nous ne pensions pas trouver un mignon, déclarai-je pour excuser la franchise de Sedenko. Nous imaginions quelqu'un en vêtements de bure. Le genre de mise habituelle.

— Ce n'est pas ma façon de répondre aux attentes de mes semblables. Je suis Groot. Et Groot je suis.

— Mais pourquoi en mignon ? demanda Sedenko en soupirant avant de nous tourner le dos.

— Il y a bien des manières de se tenir à l'écart du monde, me confia Groot.

— Et bien d'autres pour maintenir le monde à l'écart de soi, ajoutai-je.

— Vous saisissez fort bien le sens de mes paroles, seigneur chevalier. Nonobstant, la connaissance de soi n'est pas le salut. Je pense que vous et moi devons faire encore un long voyage dans cette direction. Vous par l'action et moi, poltron comme je suis, par la méditation.

— Je crois que je n'ai pas le courage de procéder à un examen de conscience approfondi, maître Groot.

Cela l'amusa.

— Eh bien, quel excellent homme nous pourrions être, si nous ne formions qu'un ! Et comme nous pourrions devenir prétentieux !

— On m'a dit, maître Groot, que vous souhaiteriez entendre mon histoire et que, après l'avoir entendue, vous pourriez vouloir me donner un ou deux indices concernant la solution de mon problème.

— Je suis curieux, admit ce philosophe emplumé, et je serais heureux de payer mon plaisir par des informations. Néanmoins, vous devez me laisser décider du prix. Cela ne s'oppose pas à vos vœux ?

— Pas du tout.

— Alors, venez, allons faire une promenade en forêt.

Sedenko se retourna.

— Faites attention, capitaine. Ce pourrait être un piège.

— Grigory Petrovitch, répliquai-je, si maître Groot avait voulu nous tendre une embuscade, il aurait pu le faire à tout moment.

Sedenko remonta son bonnet de mouton sur son crâne et grommela quelque chose avant de donner un violent coup de pied dans une touffe de fleurs.

Philander Groot passa son élégant bras autour du mien et nous avons marché ainsi jusqu'à la rivière. Nous nous sommes arrêtés sur la rive.

– Il faut commencer votre récit, monsieur, déclara-t-il.

Je lui ai dit où j'étais né, comment j'étais devenu un guerrier. Je lui ai parlé de Magdebourg et de ce qui avait suivi. Je lui ai parlé de Sabrina. Je lui ai raconté ma rencontre avec Lucifer et mon voyage en Enfer. Je lui ai indiqué les clauses du contrat et les espoirs de Lucifer. Je lui ai dit ce que je cherchais – ou plutôt ce que c'était selon moi.

Nous avons longé la rive; je parlais et il hochait la tête, acquiesçant dans un murmure, me demandant parfois quelques précisions. Il paraissait enchanté par ce que j'avais à dire, et quand j'eus terminé il me tira un peu le bras pour que nous nous arrêtions. Il retira son chapeau à plumes et passa la main sur ses cheveux soigneusement bouclés. Il frotta un peu sa barbiche. Puis il sourit en regardant la rivière. Enfin, il reporta son attention sur moi.

– Le Graal existe, dit-il. Et il est judicieux de l'appeler ainsi car il prend souvent la forme d'une coupe.

– Vous l'avez vu ? demandai-je.

– Je crois l'avoir vu, au cours de mes voyages, monsieur. Lorsque je voyageais.

– Donc la légende du Pur Chevalier est une tromperie ?

– Je pense que cela dépend de votre définition de la pureté, répondit Groot. Mais il suffit de dire que cette chose est inutile entre les mains d'une personne qui voudrait l'employer à faire le mal. Quant à la définition du mal, je crois que nous pouvons accepter ici la grossière définition habituelle. Il y a en chacun de nous une certaine dose d'altruisme; si elle est correctement maintenue, et mélangée à un intérêt personnel adéquat, cela peut donner un heureux homme qui n'offense ni le Ciel ni l'Enfer.

– J'ai entendu dire que vous refusiez fidélité à Dieu comme au Diable, dis-je.

– C'est exact. Je crains de ne jamais pouvoir choisir un parti. Mes recherches et ma philosophie ne me guident pas du tout dans leur direction. (Il haussa les épaules.) Mais qui sait ? Je suis encore un homme assez jeune...

– Cependant, vous acceptez leur existence ?

– Voyons, monsieur, vous la confirmez !

– Vous croyez que j'ai été l'hôte de Lucifer, et que je suis maintenant Son serviteur ?

– Je dois l'admettre, monsieur.

– Et vous m'aiderez ?

– Autant qu'il m'est possible. Je crois qu'on peut trouver le Graal dans un endroit que l'on nomme la « forêt à la Lisière-du-Paradis ». Je suis sûr qu'elle est indiquée sur vos cartes. Elle est située à l'autre extrémité de la Mittelmarch. En direction de l'ouest.

– Dois-je suivre un rituel ? demandai-je à Philander Groot. Je crois me souvenir...

– Au mieux, le rituel est la vérité transformée en jeu puéril. Non, seigneur chevalier, je vous en ai assez dit. Le Graal existe. Il est presque certain que vous le trouverez à l'endroit que je vous ai indiqué. De quoi pourriez-vous encore avoir besoin ?

J'ai souri d'un air désabusé.

– De réconfort, je suppose.

– Il doit être le fruit de votre propre jugement, de votre propre examen de conscience. C'est le seul genre de réconfort qui en vaille la peine, je suis certain que vous serez d'accord avec moi.

– Je suis d'accord, bien sûr.

Nous revenions maintenant vers la clairière. Groot réfléchissait :

– Je me demande si un objet quelconque peut guérir le monde de sa souffrance. Il doit y avoir autre chose. Diriez-vous que votre Maître est désespéré, capitaine ?

– Sa méfiance et Son raisonnement semblent s'effondrer, dis-je à l'ermite, pour ne plus laisser de place qu'au désespoir. Mais le discernement d'un ange peut-il tomber aussi bas ?

Groot s'esclaffa.

– Il y a des monastères entiers, de grandes écoles, pour débattre de tels sujets. Je n'oserais pas faire de conjectures, seigneur chevalier. La nature des anges n'est pas une branche de la philosophie qui retient beaucoup mon imagination. Je dirais que Lucifer n'est pas capable de tromper un Dieu omniscient; donc, Dieu sait déjà que l'on recherche le Graal. Si Lucifer a un autre dessein que celui qu'Il vous a indiqué, Dieu le connaît déjà et vous permet, du moins jusqu'à un certain point, de continuer votre Quête. C'est le genre de discussion dont se délectent les écoliers paresseux. Mais cela ne m'intéresse pas.

– Ni moi, lui dis-je. Si je trouve le Graal et si je rachète mon âme, ce sera bien suffisant. Je peux seulement prier pour que Lucifer tienne parole.

– Et qui priez-vous ? demanda Groot avec un autre sourire.

C'était une question de pure forme. Il agita la main pour m'assurer qu'il n'était pas sérieux.

– Vous semblez être un curieux sujet de la reine Xiombarg, déclarai-je. A moins que je ne me sois mépris sur elle et sur son pays.

– Vous mésestimez sans doute la reine et son pays, répondit-il, mais que ce soit ou non le cas, je peux vous assurer qu'il n'y a pas de vallée plus tranquille dans toute la Mittelmarch; et actuellement, c'est la tranquillité que je recherche par-dessus tout, en cette période de ma vie.

– Et vous comprenez la nature de la Mittelmarch ?

Il haussa les épaules.

– Non. Je sais seulement que la Mittelmarch ne pourrait pas subsister sans le reste du monde – mais le reste du monde pourrait subsister sans la Mittelmarch. Et je crois qu'il s'agit là de la raison pour laquelle ses habitants vous craignent, s'ils craignent quelque chose.

– Vous n'êtes donc pas originaire de la Mittelmarch ?

– Je suis né en Alsace. Bien peu de gens vivant dans la Mittelmarch y sont nés. Cette vallée est une exception, ainsi qu'un ou deux autres endroits. Certains ne sont ici que des ombres. D'autres sont des ombres dans votre monde. Tout cela est très mystérieux, capitaine. Je ne suis pas assez brave pour observer ce problème en face. Pas encore. J'ai le sentiment que, si je le faisais, j'en mourrais. Allons, vous souhaitez quitter la vallée du Nuage-d'Or, pas vrai ? Et poursuivre votre voyage. Je vous accompagnerai à la porte de l'Ouest. Un chemin vous guidera à travers les montagnes, jusqu'à une excellente route qui vous fera sortir de la Mittelmarch.

– Comment saurai-je quelle route il faut prendre ?

– Il n'y en a pas beaucoup dans cette région, capitaine.

Nous sommes revenus dans la clairière où un Sedenko renfrogné nous attendait.

– Je vous croyais assassiné, ou bien enlevé, capitaine von Bek.

Je me sentais presque d'humeur joyeuse.

– Ridicule, Grigory Petrovitch ! Maître Groot m'a été d'un secours considérable.

Sedenko renifla la forte odeur d'Eau Hongroise.

– Vous lui faites confiance ?

– Autant qu'à moi-même.

Groot s'inclina.

– Préparez vos affaires, messieurs. Je vous accompagnerai jusqu'à la porte de l'Ouest.

Quand nous fûmes prêts à partir, le petit mignon tira de sa manche un mouchoir en dentelle et s'essuya le front, juste sous son chapeau.

– Il commence à faire chaud, dit-il.

Tenant sa longue canne selon un angle délicat, il s'avança sur la route, à longues enjambées.

– Venez, mes amis. Si nous nous dépêchons, vous pourrez être sortis à la tombée de la nuit.

Nos chevaux allant au pas, nous avons suivi Groot, qui se hâtait sur la route, ressemblant plus à un maître de danse qu'à autre chose, fredonnant pour lui-même et faisant des commentaires sur la beauté des champs et des habitations près desquels nous passions; nous arrivâmes finalement, à l'autre extrémité de la vallée, devant une forteresse très semblable à celle par laquelle nous étions entrés. Groot héla le garde.

– Des amis s'en vont, dit-il. Laissez-les passer.

Le garde, portant la même livrée que ceux que nous avions vus auparavant, écarta son cheval et la herse fut levée. Philander Groot s'arrêta devant la porte et regarda le chemin, de l'autre côté, qui s'élevait en sinuant avant de s'enfoncer dans la brume dorée. Son expression était difficile à déchiffrer. Durant un instant, j'ai pensé que ses yeux étaient ceux d'un prisonnier ou d'un exilé aspirant à retourner chez lui, mais quand il tourna son visage vers moi il avait de nouveau la même expression joyeuse et maîtrisée.

– Nous y voilà, capitaine. Je vous souhaite bonne chance et bon jugement durant votre Quête. Il me serait agréable de vous retrouver, en temps et lieu. D'ici, je suivrai votre aventure du mieux possible. Et je la suivrai avec intérêt.

– Pourquoi ne pas venir avec nous ? lui demandai-je brusquement. Votre compagnie nous donnerait du courage et, pour ma part, je serais enchanté de pouvoir converser avec vous.

– C'est bien tentant, capitaine. Je vous le dis en toute franchise. Mais j'ai décidé de demeurer ici un certain temps, et j'y resterai. Mais sachez que je vous accompagne moralement.

Une dernière révérence compliquée, un signe de la main, et Philander Groot reculait pour nous laisser traverser la porte. La herse retomba derrière nous. L'ermite agita un mouchoir parfumé.

Nous fûmes bientôt avalés par la brume dorée; une

fois de plus, nous dûmes nous emmitoufler dans nos manteaux pour nous protéger du froid qui augmentait.

La nuit était tombée quand nous sortîmes du brouillard; nous avons campé sur le chemin, car aucun autre endroit ne le permettait. Au matin, nous avons pu voir les lointains contreforts des montagnes et constater que nous ne tarderions pas à nous retrouver dans la plaine. Il n'y avait pas une demi-heure que nous avions repris la route quand nous entendîmes des bruits de sabots et, regardant derrière nous, nous aperçûmes une vingtaine d'hommes en armure qui montaient au galop dans notre direction.

Celui qui les menait ne portait pas de cuirasse. J'ai vu du noir et du blanc. J'ai distingué une plume violette. Et j'ai reconnu l'ancien patron de Sedenko, mon ennemi juré : Klosterheim, le prêtre-soldat.

Nous avons éperonné nos chevaux, espérant distancer cette bande armée. Il y avait quelque chose de mystérieux en eux. Leurs cuirasses brillaient. En fait, elles semblaient brûler, mais d'un feu noir. De petits filets de vapeur s'échappaient des heaumes, et cette vapeur avait une affreuse couleur grise, comme si les poumons qui l'expiraient étaient corrompus.

— Qu'est-ce que le chevalier du Christ peut faire avec de tels gens? me demanda Sedenko, le souffle court. Si jamais des créatures portent la marque de l'Enfer, ce sont bien celles-là. Comment pourraient-elles servir le dessein de Dieu?

J'ai voulu lui rétorquer que, si je servais le Diable, ces créatures-là pouvaient peut-être servir Dieu, mais j'ai gardé mon commentaire pour moi et je me suis concentré pour maîtriser de mon mieux mon cheval qui dévalait le sentier abrupt. Ses sabots glissaient et nous avons failli verser à deux reprises — une fois, nous avons frôlé la chute dans le ravin.

— Nous allons nous tuer si nous continuons à cette allure! criai-je. Mais il est certain que Klosterheim nous veut du mal. Et nous ne pouvons pas espérer vaincre des chevaliers en armure.

Nous cherchions un chemin d'évasion. Il n'y en avait pas. Nous pouvions soit continuer sur le même sentier, soit nous arrêter pour attendre la troupe démoniaque de Klosterheim. Le sentier s'élargit et je m'aperçus qu'il s'enfonçait un peu plus loin dans une crevasse, laissant à peine assez de place pour le passage d'un homme. Si nous voulions nous défendre, il n'y avait pas de meilleur endroit. J'ai montré la crevasse en tirant sur mes rênes. Mon cheval ralentit. Sedenko saisit mon intention et hocha la tête. Il me dépassa et plongea dans la crevasse, puis il fit tourner prudemment son cheval, pouce par pouce. Je lui ai lancé un de mes pistolets, ainsi qu'un petit sac de poudre et de balles, et j'ai fait faire demi-tour à ma propre monture. Protégés de chaque côté par la roche, nous pouvions faire face sans risquer d'être pris à revers.

Galopant vers nous, Klosterheim ne comprit pas immédiatement notre tactique. J'ai levé mon pistolet dans sa direction en tirant le chien, et j'ai fait feu. Le coup passa loin de lui, mais le prêtre-soldat s'arrêta aussitôt. Il cria, me lança un regard furieux, tira sur sa bride et leva une main pour arrêter ses troupes. Les cavaliers firent halte avec une discipline peu naturelle. J'ai crié :

– Klosterheim, qu'est-ce que vous nous voulez ?

– Je n'ai rien contre Sedenko, qui peut poursuivre sa route en toute quiétude, répondit le prêtre au visage émacié. Mais c'est votre vie que je veux obtenir, von Bek, et rien de moins.

– Ai-je pu vous faire si grand outrage ?

C'est alors que je me suis rendu compte que nous nous trouvions encore dans la Mittelmarch. Je me suis esclaffé :

– Oh, Klosterheim, quelles choses terribles vous avez commises au nom de Dieu ! Si notre Maître était encore la créature qu'Il a été, Il serait plus que satisfait de vos actions. Vous êtes aussi damné que le reste d'entre nous ! Et vous êtes de ceux qui craignent que ma Quête mette un terme à toute chose, qui craignent de n'avoir plus de résidence ni de maître, plus de futur, et plus d'identité. Est-ce la raison pour laquelle vous avez si peur de moi, Klosterheim ?

Pour toute réponse, Johannes Klosterheim poussa une sorte de grognement vague. Ses yeux scrutèrent les côtés du sentier. Il regarda plus haut, cherchant un moyen de nous prendre à revers. Il n'y en avait pas.

— Vous avez compté sans mon pouvoir, dit-il. Il ne m'a pas été retiré. Arioch !

Il cria le nom de l'un des ducs de Lucifer, peut-être son protecteur. Il agita la main, comme s'il lançait une balle invisible contre la paroi rocheuse. Quelque chose craqua très loin au-dessus de nous. On aurait dit un éclair. Une odeur écœurante parvint à mes narines.

— Essayez le pistolet, Sedenko, murmurai-je.

L'arme tonna derrière moi et je sentis sa flamme. La balle passa loin de Klosterheim, et je l'entendis frapper une cuirasse noire et luisante avant de rebondir contre un rocher.

— Arioch !

Un nouvel éclair; je vis un énorme bloc de pierre se détacher de la paroi extérieure de la crevasse et tomber de l'autre côté, dans l'abîme, à des centaines de pieds plus bas.

— Vous êtes un mage puissant, Klosterheim, dis-je. Et on se demande pourquoi vous vous êtes fait passer pour un saint prêtre durant si longtemps.

— Je suis un saint, répondit Klosterheim entre ses dents. Ma cause est la plus noble qu'il y ait jamais eu. Je me suis ligué avec Lucifer pour détruire Dieu ! J'ai parcouru le monde en montrant quelles horreurs pouvaient exister au nom de Dieu. Il n'y avait pas de cause plus noble que celle de Lucifer — et maintenant, Il cherche à capituler, à nous abandonner, à laisser balayer l'Enfer et tout ce qu'il représente. Comme Lucifer s'est opposé à Dieu, il est de mon droit de défier Lucifer. Nous sommes menacés de trahison. Il est mon Maître, von Bek, autant que le vôtre. Et je L'ai bien servi !

– Mais vous ne Le servez plus en ce moment. Il sera furieux de ce que vous faites.

– Et alors ? Il n'a plus aucun allié de valeur. Ses propres ducs sont contre Lui. Que leur arriverait-il si Dieu Le reprenait avec Lui ?

– L'Enfer est-il en rébellion ? demandai-je d'un ton surpris.

– On peut le dire. D'heure en heure, Lucifer perd Son autorité. Maintenant, von Bek, votre Maître est encore plus faible que le Christ geignard qui a trahi l'humanité une première fois ! Et je ne vais pas tolérer cette faiblesse ! Arioch !

Encore le craquement d'un éclair. Les heaumes noirs et brillants se penchèrent en arrière, comme pour mieux apprécier. Des morceaux de roche se mirent à tomber sur Sedenko et sur moi-même.

– Au galop, Sedenko, lui criai-je. Filez d'ici. C'est notre seul espoir.

Sedenko hésita. J'ai insisté :

– Au galop ! C'est un ordre !

Bien au-dessus de moi, des blocs de granit commencèrent à gémir et de la neige dévala les flancs de la crevasse, au point que j'ai bien cru être enseveli.

– Désormais, vous êtes seul, von Bek, déclara Klosterheim d'un ton ravi. Je vous dois beaucoup, et j'aimerais vous le rendre lentement. Mais je me contenterai de vous ôter la vie et de retourner votre âme vaincue à notre Maître.

– Vous niez qu'Il est votre Maître, rappelai-je au prêtre-soldat. Et vous savez pourtant qu'Il l'est. Il vous punira certainement, Johannes Klosterheim. Vous ne pouvez pas Lui échapper.

– Dans ce cas, pourquoi le seigneur Arioch me prêterait-il vingt de ses chevaliers ? répliqua Klosterheim en reniflant. Il y a une guerre civile en Enfer, capitaine von Bek. Vous serez une victime de cette guerre, pas moi.

Il cria de nouveau le nom de son patron. Un nouvel éclair crépita.

Sans plus attendre, j'ai fait tourner mon cheval et je suis parti au galop dans la crevasse, à la suite de Sedenko, tandis que des rochers s'écroulaient du sommet. Je me souvins d'une chose que j'avais lue dans un des grimoires et, tout en chevauchant, je me suis penché vers mes sacoches pour trouver le livre. J'ai émergé sur une partie dégagée du sentier. Les contreforts étaient à moins d'une demi-heure de cheval, droit devant moi. Là-bas, nous aurions davantage de chances d'échapper à la troupe démoniaque de Klosterheim.

J'ai regardé derrière moi.

Les chevaliers aux armures noires et embrasées faisaient passer leurs chevaux par-dessus l'éboulement. J'ai aperçu une plume violette. J'ai senti que mon propre coursier se fatiguait et qu'il ne tarderait pas à se tordre une jambe et à me jeter au sol. J'ai serré la bride pour le faire ralentir. Il haletait. Je pouvais sentir les battements de son cœur contre mon mollet. Ayant trouvé l'ouvrage, j'ai pris les rênes entre mes dents pour chercher la page dont je me souvenais. Et là, en lettres serrées, j'ai découvert ce qu'il me fallait : *Paroles de puissance contre les serviteurs du duc Arioch.* Lucifer avait-Il prévu la traîtrise de Ses ducs ? Les mots eux-mêmes ne signifiaient rien pour moi, mais je fis faire volte-face à mon destrier, sachant que je ne possédais pas d'autre arme contre les chevaliers.

J'ai crié : *« Rehoim Farach Nyadah ! »* aussi fort que je le pouvais.

J'ai vu les chevaliers commencer à ralentir, aussitôt pressés par un Klosterheim vociférant.

– *Rehoim Farach Nyadah ! Gushnyet Maradai Karag !*

Les chevaliers s'arrêtèrent brusquement. Klosterheim jaillit du groupe, continuant à galoper. Il me toisait d'un air furieux, l'épée à la main, et j'ai remis vivement le grimoire dans la sacoche en tirant mon épée, juste à temps pour parer un coup vigoureux et précis qui m'aurait tranché le bras s'il avait atteint son but.

Je frappai d'estoc, mais Klosterheim esquiva, et je dus bloquer sa réplique. J'ai vu que les chevaliers commençaient à s'agiter. Ils paraissaient embarrassés.

Tout en combattant, Klosterheim grondait comme une bête féroce. Sa seule haine aurait pu suffire à me détruire. Il frappait sans cesse. Je me défendais. Puis j'entendis des bruits de sabots derrière moi; Sedenko accourait à mon aide. Il y eut un coup de pistolet. Le cheval de Klosterheim poussa un cri plaintif et s'écroula. Les chevaliers recommençaient à avancer. Klosterheim se remit péniblement debout, son épée toujours à la main. Il courut vers moi, aveuglé par sa colère.

— Il vaut mieux partir tout de suite, capitaine, lança Sedenko.

J'ai suivi son conseil. En descendant la piste pour m'enfuir, j'ai vu Klosterheim tituber vers les soldats d'Arioch et pousser de son destrier un chevalier qui s'effondra comme un tas de plaques noires et luisantes.

Nous avons atteint la plaine à peu près au moment où le soleil se montrait pour faire scintiller la neige. Nous entendions Klosterheim et ses hommes derrière nous. Le soleil devenait de plus en plus chaud et menaçait de faire fondre la neige quand nous avons enfin osé regarder derrière nous pour constater qu'ils étaient presque sur nous. J'ai tenté de me remémorer avec précision les mots du grimoire et je les ai criés. Mais cette fois, nos poursuivants ne se sont pas arrêtés.

Tout en gagnant sur nous, les cavaliers en armure noire se déployaient en un large demi-cercle pour nous envelopper.

Le soleil était désagréablement chaud. La route était poussiéreuse et si trouble que cela gênait ma vision. Je voyais Sedenko devant moi, mais je ne pouvais plus qu'entendre nos ennemis.

J'étais tout en sueur en rattrapant le jeune Moscovite pour lui crier que nous n'avions plus d'autre choix que le combat, bien que notre damnation fût presque certaine. J'ai cherché le grimoire et j'ai retrouvé les paroles de puissance.

Nous avons placé nos chevaux croupe à croupe, scrutant la poussière pour tenter de voir les cavaliers qui approchaient. Avec le ton autoritaire du désespoir, j'ai crié : *Rehoim Farach Nyadah !*

La poussière commençait à retomber. Nos poursuivants étaient sur nous. J'ai vu le plumet violet de Klosterheim. J'ai vu s'avancer des formes sombres.

J'ai bloqué une longue lame qui plongeait vers moi. J'ai frappé à mon tour, m'attendant à rencontrer une cuirasse. Au lieu de cela, la pointe de mon épée entra dans de la chair et j'entendis un grognement de douleur.

Je vis le visage de mon attaquant. Un visage hâlé, pas rasé, aux yeux louches.

C'était devenu la figure d'un simple brigand.

11

Le soleil était curieusement chaud. De la poussière jaillit un groupe de bandits à cheval, portant toutes sortes d'habits grossiers. C'était toujours Klosterheim qui les dirigeait. De surprise, je faillis relâcher ma garde, en me demandant comment les chevaliers d'Arioch avaient pu devenir ces créatures beaucoup moins impressionnantes. Néanmoins, ces brigands étaient bien trop nombreux pour être vaincus facilement. La poussière qui s'infiltrait dans ma gorge et mes narines me faisait tousser. Sedenko et moi étions entourés par ce qui semblait être une véritable forêt de métal; nos chevaux et nous-mêmes recevions une multitude de petites blessures. Cependant, nous avions tué cinq ou six de ces brigands, en autant de minutes, et cela amena les autres à agir avec davantage de prudence. Je pouvais entendre derrière eux la voix de Klosterheim qui les pressait d'attaquer, rendue aiguë par la fureur et la soif de sang.

J'avais la nette impression que mes grimoires ne me seraient d'aucune utilité dans un tel cas, et que nous avions quitté les Marches du Milieu pour revenir dans notre monde. Le soleil était très brillant, et j'avais aperçu de petits arbres et de l'herbe sèche qui me rappelaient mes voyages en Espagne.

Les gredins nous harcelaient. Je voyais maintenant le visage de Klosterheim, qui se réjouissait de notre prochaine défaite. Nous étions lentement repoussés en dehors de la route, vers un ravin d'une quinzaine de pieds de profondeur – suffisamment pour nous briser les os, et ceux de nos chevaux.

Sedenko me cria quelque chose que je ne compris pas. L'instant d'après, il avait disparu et je continuais à me battre tout seul. Je ne pouvais pas croire qu'il m'eût abandonné afin de sauver sa vie, et pourtant cela paraissait être la seule conclusion sensée.

La meute se referma un peu plus et j'approchais de l'instant de mon trépas lorsque j'entendis derrière moi la voix étranglée de Klosterheim. Mes ennemis s'étaient brusquement reculés.

– Arrêtez !

Sedenko tenait Klosterheim à la gorge. Le visage du chasseur de sorcières était défiguré par la peur et la déception.

– Arrêtez, bande de lourdauds !

La lame du Kazak était posée contre la pomme d'Adam de Klosterheim et avait déjà dessiné une mince estafilade.

– Oh, Sedenko, cracha-t-il, vous auriez pu être épargné ! Mais plus maintenant. Pas si je peux revenir de l'Enfer pour vous tuer.

Je riais. Je ne suis pas certain d'avoir connu les raisons de ma gaieté.

– Comment ? Le duc Arioch n'est pas ici pour vous sauver ? lui dis-je. Pourquoi ses hommes ont-ils tous disparu ?

J'ai gardé mon épée à la main en m'avançant vers Sedenko. Les yeux de Klosterheim avaient ce regard dément, tourné vers l'intérieur, que j'avais déjà observé chez de nombreux habitants des Enfers.

– Tuez l'un d'entre nous, lançai-je, et nous tuerons votre maître. Comme vous le savez bien, si jamais il meurt, vous serez damnés, tous autant que vous êtes. Repartez sur cette route jusqu'à ce que vous soyez hors de vue.

Les survivants cherchaient à ruser, mais le sabre du Kazak insista un peu et Klosterheim leur cria d'obéir. Il savait ce que la mort signifierait pour lui. Ce serait pis que tout ce dont il m'avait menacé. Il s'accrocherait à la vie tant qu'il resterait la chance la plus infime. Il devait renoncer à son honneur et à sa fierté, mais tout valait mieux que d'abandonner son âme noire à Celui qui la possédait.

– Obéissez-leur ! cria Klosterheim.

Les survivants commencèrent à se retirer. Je vis derrière eux des montagnes, mais ce n'étaient pas les cimes élevées de la Mittelmarch. Elles étaient basses et herbues.

Menant leurs montures en boitillant, nous lançant des injures ou soignant leurs blessures, les brigands s'éloignèrent. Nous les regardions. Quand ils furent à une bonne distance, nous vîmes que leur souffle commençait à fumer et qu'ils donnaient l'impression d'avoir froid; ils tremblaient, tapaient du pied en regardant autour d'eux d'un air surpris. Ils étaient entrés dans la Mittelmarch. Puis ils disparurent.

– Les guerriers du duc Arioch ne pouvaient pas nous suivre, ai-je suggéré. Et vous aviez placé ces hommes ici pour le cas où nous parviendrions à retourner dans ce monde. Le damné ne peut pas davantage pénétrer sur la Terre que l'innocent ne peut entrer dans la Mittelmarch.

Klosterheim tremblait.

– Vous allez me tuer, von Bek ?

– Il serait plus prudent de vous tuer, répondis-je. Et

mon bon sens me presse de le faire. Mais je sais ce que signifierait votre mort, et à moins de vous combattre, Klosterheim, il m'est difficile de vous ôter la vie.

Visiblement, ma charité lui répugnait, mais il l'acceptait quand même. Je n'avais jamais vu quelqu'un avoir aussi peur de mourir.

– Où sommes-nous en ce moment? lui demandai-je.

– Pourquoi vous le dirais-je?

– Parce que je pourrais peut-être trouver suffisamment de colère en moi pour accomplir un acte qui débarrasserait l'univers d'une ordure.

– Vous êtes en Italie, dit-il. Sur la route de Venise.

– Et ces montagnes, derrière nous, ce sont les Alpes vénitiennes?

– Quoi d'autre?

– Nous devons aller vers l'ouest, dis-je à Sedenko. En direction de Milan. Groot a affirmé que notre but se trouvait à l'ouest.

Les traits pâles de Klosterheim se crispèrent lorsque Sedenko lui arracha son épée de la main et la jeta au loin.

– Descendez, ordonnai-je à Klosterheim. Vos chevaux sont plus frais que les nôtres.

Après avoir attaché Klosterheim à un arbre, au bord de la route, nous avons défait nos selles pour les sangler sur son cheval et sur une autre monture ayant appartenu à l'un des brigands occis. Nous avons conservé nos chevaux, sur lesquels nous avons attaché le reste de notre équipement.

– Nous ne devrions pas le laisser en vie, déclara Sedenko. Je lui tranche la gorge, capitaine?

J'ai secoué la tête.

– Je vous ai dit que je ne pouvais pas facilement expédier une âme vers le destin qui attend inévitablement Klosterheim.

– C'est idiot de ne pas me tuer, assura le prêtre-soldat. Je suis votre plus grand ennemi. Et je peux encore triompher, von Bek. J'ai de puissants alliés en Enfer.

– Sans doute pas aussi puissants que les miens, répliquai-je.

Une fois de plus, je parlais en haut allemand, que Sedenko ne pouvait pas comprendre.

Klosterheim me répondit dans la même langue.

– Ils pourraient bien n'être plus puissants désormais. Lucifer s'est déconsidéré. La plupart de Ses ducs ne veulent pas d'une réconciliation avec le Paradis.

– Il n'est pas certain que cela se fera, Johannes Klosterheim. Les projets de Lucifer sont mystérieux. Le dessein de Dieu est également mystérieux. Comment l'un d'entre vous pourrait-il savoir ce qui se passe réellement ?

– Lucifer a décidé de trahir les siens, affirma Klosterheim. Voilà tout ce que je sais. C'est là tout ce qu'il suffit de savoir.

– Vous avez trop simplifié votre raisonnement, lui dis-je. Mais c'est peut-être ce qui arrive aux gens qui ont votre vocation.

– Nous sommes trahis à la fois par Dieu et par Lucifer, déclara Klosterheim. Vous devriez comprendre cela, von Bek. Nous sommes abandonnés. Nous ne pouvons plus croire en rien – même pas en la damnation ! Nous pouvons seulement jouer à ce jeu en espérant gagner.

– Mais nous ne connaissons pas les règles.

– Nous devons les inventer. Ralliez-vous à moi, von Bek. Laissez Lucifer trouver Son Graal tout seul !

Nous nous sommes mis en selle.

– J'ai donné ma parole, lui dis-je. C'est tout ce qui me reste. Je ne comprends pas bien tous ces propos concernant le jeu, la fidélité ou la trahison. J'ai promis de chercher un Remède à la souffrance du monde. Et j'espère bien le découvrir. C'est votre monde, Klosterheim, qui est un monde d'attaques et de contre-attaques. Mais cet art de la tricherie enlève à la vie toute saveur et aveugle l'intelligence. J'y prendrai part le moins possible.

Comme nous nous éloignions, Klosterheim me cria d'une voix rageuse :

– *Faites attention, chien de guerre ! Tout ce qui est surnaturel se ligue maintenant contre vous !*

C'était une terrible menace. Même Sedenko, qui n'avait pas compris les paroles, éprouva un frisson.

12

Nous chevauchions maintenant dans une région relativement plate où ne saillaient que les constructions blanches et basses des fermes, et les vignobles vert clair et jaune sous le lourd soleil.

Dès la première ville importante, j'ai cherché un médecin pour soigner nos blessures. J'avais l'élixir de Satan, mais je préférais le conserver pour des cas plus sérieux. Cependant, grâce à un peu d'argent satanique, nous avons pu persuader le médecin de s'occuper également de nos chevaux. L'homme protesta, mais je lui dis qu'il avait probablement tué plus d'hommes que de chevaux durant sa carrière, et qu'il avait là l'occasion d'améliorer ses résultats. Il considéra que cette plaisanterie n'était pas drôle, mais il accomplit son travail avec une certaine habileté.

Ayant pris la route de Milan, nous nous retrouvâmes en compagnie d'un groupe de pèlerins d'origines diverses, dont la plupart retournaient en France, et certains en Angleterre. Ces hommes et ces femmes avaient visité la Ville sainte, acheté toutes sortes de bénéfices, contemplé toutes les merveilles anciennes et récentes, et paraissaient pleinement satisfaits d'avoir été ainsi récompensés pour les épreuves de leur voyage. Ils racontaient des histoires de mages, de prêtres accomplissant des miracles, de visions et de révélations. Beaucoup arboraient les habituels souvenirs de pacotille, que l'on vendait encore en les faisant passer pour les ossements de tel ou tel saint, pour les plumes d'un ange, pour des morceaux de la vraie Croix, et cætera. J'ai rencontré au moins trois personnes, séparément, qui possédaient le véritable Saint-Graal, mais se considéraient encore indignes de percevoir sa vraie beauté (il s'agissait généralement d'objets en étain recouverts d'une couche argentée) ou de pouvoir constater ses propriétés magiques. Naturellement, je ne les ai pas informées du but de ma Quête, et je n'ai pas cherché à les persuader que les objets qu'elles avaient achetés étaient des faux.

Quand nous sommes arrivés dans la charmante cité de Vérone, nous avons trouvé l'endroit en effervescence. Un chevalier catholique, sans doute lassé de la guerre qui se déroulait en Allemagne, et pensant que la cause ne valait pas grand-chose, avait levé un groupe de jeunes gens pleins d'ardeur pour l'accompagner dans une croisade. Apparemment, l'objet de cette croisade était d'attaquer Constantinople pour la libérer du joug des Turcs. Cette idée plaisait grandement à Sedenko, dont le peuple gardait l'espoir d'arracher aux chaînes de l'islam la grande ville, qu'ils appelaient « Tsargrad ». Cependant, lorsqu'il vit le chef de la croisade, un baron presque sénile visiblement rongé par la syphilis, et la troupe minuscule qu'il avait réunie, Sedenko décida d'attendre « que tous les clans kazaks puissent chevaucher ensemble vers Sainte-Sophie et détruire le croissant qui profane son autel ».

Près de Brescia, nous avons assisté au procès et au supplice d'un Antéchrist convaincu : un homme gigantesque, doté d'une barbe et d'une épaisse chevelure noires, portant une robe rouge et une couronne de roses. Il appela les gens à abandonner leur faux orgueil, à ne plus se prétendre les enfants du Christ, et à admettre qu'ils suivaient sa voie comme autant de pécheurs. Il prêcha la venue de la Guerre finale, et annonça que ceux qui se rangeraient à ses côtés seraient les vainqueurs. La Bible mentait, affirmait-il. Il était clair que cet homme croyait tout ce qu'il disait, et qu'il était sincèrement préoccupé par le sort des autres. Il mourut sur le bûcher, en implorant les spectateurs de trouver leur salut en suivant son exemple. Pendant le supplice, un orage se déclencha à quelques milles de là. Les prêtres décidèrent de considérer cela comme un signe de la satisfaction divine. La foule, en revanche, s'attendait au commencement de l'Armageddon et s'agenouilla pour prier. La plupart des gens invoquaient le Christ, mais je crois en avoir entendu plusieurs dont les prières s'adressaient aux os calcinés de l'Antéchrist. A Crema, j'eus l'occasion de rencontrer une autre créature insensée, un monstre hermaphrodite qui prétendait être un ange tombé sur la Terre, et incapable de retourner au Paradis car il avait perdu ses ailes. Cet ange vivait des aumônes qu'il parvenait à obtenir des habitants de Crema. Ils étaient gentils avec lui. Certains y croyaient à moitié. Cependant, j'avais moi-même rencontré un ange, même s'il s'agissait d'un ange des ténèbres, et je savais à quoi ils ressemblaient. Mais quand l'ange de Crema me pria, en tant que vénérable voyageur et gracieux chevalier, de confirmer qu'il était réellement tombé du Ciel, j'ai dit à tous ceux qui voulaient bien m'écouter que, si j'en croyais mes connaissances limitées, cette créature ressemblait à un ange et qu'elle avait très bien pu perdre ses ailes. J'ai proposé qu'il lui fût donné tout le confort possible durant son séjour sur la Terre.

A cinq milles de Crema, nous avons vu un village entier détruit par des brigands portant les capuchons de la sainte Inquisition d'Espagne. Ils s'en allèrent avec le contenu de l'église, avec tous les biens de valeur, en emmenant des femmes et des enfants qu'ils chercheraient sans aucun doute à vendre comme esclaves. Quant aux survivants du village, ils croyaient pour la plupart qu'ils avaient reçu la visite de serviteurs du Christ et que ce qu'ils avaient dû abandonner serait utilisé pour soutenir sa cause.

J'ai rencontré peu d'hommes de valeur sur cette route. J'en ai vus beaucoup dont l'honneur s'était transformé en orgueil, mais qui me méprisaient quand même à cause de ce qu'ils discernaient dans mon pragmatisme cynique. Fragment par fragment, j'avais raconté à Sedenko la plus grande partie de mon histoire, car je pensais juste de lui faire savoir quel maître il servait. Il avait haussé les épaules. Et il avait répondu que cela ne lui paraissait pas très important, après tout ce qu'il avait pu voir récemment. La Quête, au moins, était sainte, même si les hommes qui l'accomplissaient ne l'étaient pas.

Après Crema, nous sommes repassés dans la Mittelmarch. Bien que les saisons fussent évidemment inversées, le paysage n'était pas très différent. Nous nous sommes aperçus que nous étions dans un royaume qui constituait le vestige d'un Empire carthaginois ayant vaincu Rome durant la célèbre campagne d'Hannibal; cet Empire avait conquis toute l'Europe et des régions de l'Asie, puis s'était converti au judaïsme, et le monde entier avait été dominé par des rabbins-chevaliers. Ce pays apparaissait si horrible à Sedenko qu'il croyait déjà se trouver en Enfer où il subissait le châtiment de ses péchés. Nous avons été reçus avec hospitalité, et mon expérience de la mécanique fut amenée à servir quand le Grand Juge de ce territoire carthaginois prononça une sentence de mort contre un Titan. Il fallait construire un gibet approprié. En échange de leur aide et d'un peu d'or, j'ai dessiné pour ces gens un échafaud convenable. Le Titan fut pendu et je reçus la reconnaissance éternelle de ce peuple.

Peu de temps après, nous sommes entrés dans une grande ville fort complexe, maintenue par une infinité d'équilibres et de relations dont l'harmonie, toujours au point critique, était pour moi intolérable. C'était un lieu d'abstractions divines, et les habitants remarquèrent à peine notre présence. Sedenko n'était pas aussi gêné que moi, mais nous fûmes tous deux bien contents de partir et de nous retrouver dans une France plus familière, près de Saint-Etienne, où nous fûmes emprisonnés durant quelques semaines, soupçonnés de meurtre et d'hérésie, pour n'être libérés que sur l'intervention d'un prêtre qui avait découvert plusieurs témoins. Le prêtre fut payé en or carthaginois et nous fûmes heureux de reprendre notre route. Notre monde et celui de la Mittelmarch semblaient devenir de plus en plus dangereux, mais nous les avons traversés tous les deux, continuant fermement vers l'ouest, pour enfin franchir la mer et atteindre l'Angleterre, où nous ne fûmes pas particulièrement à l'aise.

En Angleterre, presque tout le monde nous regardait avec la plus grande méfiance. Un profond malaise affectait cette nation et chaque étranger était considéré soit comme un traître puritain, soit comme un agitateur catholique, aussi avons-nous été très heureux de quitter ce pays et de faire voile vers l'Irlande, où se déroulaient plusieurs petites guerres. Nous avons été mêlés à deux campagnes militaires, une dans les rangs des Irlandais, l'autre dans les rangs des Anglais; Sedenko tomba amoureux et tua le mari de la femme lorsqu'il fut découvert. Nous avons donc été obligés d'abandonner l'Irlande en toute hâte pour entrer, une fois de plus, dans la Mittelmarch.

Nous avions entrepris cette Quête depuis près d'un an et nous n'avions pas l'impression d'être plus près des feuillages bleu-vert de la forêt à la Lisière-du-Paradis; bien qu'ayant pu voir une bonne partie du monde, je ne pensais pas avoir appris grand-chose que je n'eusse déjà su. Je désirais retrouver dame Sabrina, que je n'avais pas oubliée. Mon amour pour elle était toujours aussi ardent.

A plusieurs reprises, j'ai cru apercevoir Klosterheim, ou reconnaître sa main derrière quelques attaques lancées contre nos personnes, mais je ne pouvais pas en être sûr. Son avertissement semblait se justifier. Il y avait de moins en moins de pays pour nous faire bon accueil. Nous commencions à nous considérer nous-mêmes comme des criminels. Même l'hospitalité des gens simples se faisait plus rare. Le combat entre le Paradis et l'Enfer, la lutte qui avait lieu dans l'Enfer lui-même, les guerres qui secouaient les pays de la Mittelmarch, tout cela se reflétait dans le conflit qui ravageait l'Europe. Il n'en finissait plus. La mort et la peste continuaient de s'étendre. Nous nous demandions si nous devions continuer notre route vers l'ouest et parvenir enfin au Nouveau Monde, si les choses iraient mieux là-bas. Le jeune Sedenko avait maintenant une mine défaite, et semblait avoir vieilli de dix ans depuis notre rencontre. Apparemment, je n'avais pas trop changé. Je m'étais familiarisé avec la plupart des incantations contenues dans les grimoires, et j'avais eu l'occasion de les utiliser. Depuis peu, leur emploi était devenu plus fréquent. Mais elles semblaient, en revanche, de moins en moins efficaces. Je me demandais si les ducs de l'Enfer se regroupaient pour renverser leur Maître. Dans ce cas, me disais-je, ma Quête et tous mes efforts se seraient révélés absolument inutiles.

Un jour de printemps, vers midi, la pluie tombait sur la Mittelmarch. Nous étions trempés, Sedenko et moi, et nos chevaux commençaient à fumer. Nous traversions une vaste étendue de terre crevassée. A intervalles, sur la plaine, nous pouvions voir brûler de grands bûchers funéraires dont la fumée noire s'élevait peu dans le ciel. La pluie battait nos manteaux et formait des flaques dans la boue. Nous avions rencontré et défait quatre ou cinq malandrins que je soupçonnais d'avoir été envoyés par Klosterheim, et je suivais mon compas, qui nous montrait le chemin pour sortir de la Mittelmarch. Je commençais à ressentir un désespoir plus profond que tous les précédents, car je pensais que mon voyage n'aurait pas de fin, et je craignais d'être le jouet d'une affreuse mystification.

Les bûchers étaient plus rapprochés. Il n'y avait personne dans les environs, mais sur chaque construction funéraire se trouvait un corps complètement enveloppé. Je me suis demandé si les occupants de ces bûchers avaient été terrassés par une maladie. Puis j'ai vu bouger une silhouette obscurcie par la fumée; j'ai fait signe à Sedenko, mais le Moscovite n'a rien pu distinguer.

Beaucoup de temps s'était écoulé depuis notre dernière rencontre avec Klosterheim, et nous avions commencé à le croire personnellement sorti de nos préoccupations, mais maintenant j'étais presque certain, après avoir vu cette ombre dans la fumée, qu'il s'agissait du chasseur de sorcières lui-même. J'ai fait halte en levant une main pour avertir Sedenko, qui suivit mon exemple. Avec cette pluie et cette fumée, il était absolument impossible de voir très loin.

Finalement, nous avons décidé de reprendre notre route quand la pluie s'est arrêtée pour dévoiler, dans le ciel d'orient, un énorme soleil rouge sombre.

La fumée céda la place à la brume qui montait de la terre détrempée; nous avons laissé les bûchers derrière nous, mais la plaine s'étendait encore sur des milles dans toutes les directions.

Le premier, Sedenko aperçut le village. Il tendit le bras. Du métal scintillait au loin, dans la puissante clarté du soir. Les maisons paraissaient rondes, et surmontées de petites flèches. De plus près, j'ai vu qu'il s'agissait en fait de tentes de cuir montées sur roues et décorées de toutes sortes de symboles. Le scintillement venait des flèches de leur toit, recouvertes d'or, de bronze et d'argent.

Sedenko retint son souffle.

– J'ai vu ces yourtes bien souvent !

Sa main se posa sur la poignée de son sabre.

– Comment ? dis-je. Ce sont des Tatars ?

– Oui, tous les signes le prouvent.

– Alors, nous devrions peut-être éviter ce camp ? proposai-je.

– Et perdre la chance d'en tuer quelques-uns ! répliqua-t-il comme si j'étais fou.

– Il est probable qu'ils sont plus nombreux que nous, mon cher Sedenko. Je ne crois pas que mon Maître serait content si je perdais mon temps pour la cause d'une extermination...

Sedenko se renfrogna et se mit à grommeler. On aurait dit un chien à qui l'on interdisait de chasser son gibier naturel.

– De plus, ajoutai-je, ils semblent s'intéresser beaucoup à nous.

Une vingtaine de cavaliers chevauchaient dans notre direction. J'ai fait partir mon destrier au trot, mais Sedenko ne m'a pas suivi.

– Je ne peux pas fuir devant un Tatar, protesta-t-il d'un ton geignard.

Je suis revenu saisir ses rênes et j'ai tiré son cheval derrière moi. Mais les Tatars se déplaçaient avec une vitesse étonnante et nous nous sommes fait encercler au bout de quelques minutes; nous avons regardé avec surprise leurs montures, qui n'étaient pas des créatures de chair, mais des machines en cuivre. Leurs yeux étaient fixes et ternes, et ils craquaient un peu en bougeant. Les Tatars, en revanche, étaient là en chair et en os.

– Ce sont des chevaux mécaniques, dis-je. Je n'ai jamais entendu parler d'une telle merveille!

Un des Asiatiques tira sur sa longue moustache et me dévisagea durant un long moment avant de parler.

– Votre langue est la langue de Philander Groot.

– C'est de l'allemand, précisai-je. Que savez-vous de Groot?

– Notre ami.

Le chef tatar regarda d'un air méfiant Sedenko, qui avait une mine furieuse.

– Pourquoi votre compagnon est-il si fâché?

– Parce que vous nous avez poursuivis, je pense, lui répondis-je. C'est aussi un ami de Philander Groot. Nous l'avons vu il y a moins d'une année, dans la vallée du Nuage-d'Or.

– On disait qu'il devait aller là.

Le Tatar fit un signe à ses hommes. Ils nous encadrèrent et nous conduisirent vers leur village.

– C'est Groot qui a fait les chevaux pour nous, dit le

chef tatar, quand est venue la peste, qui a tué toutes nos juments et détruit nos troupeaux.

– C'est pour cela que vous les brûlez? lui demandai-je en montrant les bûchers au loin.

Il secoua la tête.

– Ce n'est pas à nous.

Il n'en dirait pas davantage sur ce sujet.

L'estime que j'avais pour Groot fut encore plus grande maintenant que j'avais pu voir un exemple de son talent. Il m'était difficile de comprendre pourquoi le mignon avait choisi de vivre en ermite alors qu'il était capable de tant de choses.

Tandis que nous chevauchions, les coursiers mécaniques nous accompagnaient en cliquetant. Sedenko me déclara :

– Ce ne sont pas de vrais Tatars, bien sûr, mais des créatures de la Mittelmarch, et je pense qu'ils ne sont pas nécessairement mes ennemis mortels.

– De toute manière, Sedenko, je crois qu'il serait bien avisé de vous en tenir à ce raisonnement. Au moins pour un temps.

Il me regarda d'un air méfiant, mais il hocha la tête, comme pour dire qu'il allait se tenir quiet dans mon propre intérêt.

Le village était plein de chiens, de chèvres, de femmes et d'enfants; l'odeur était écœurante. Les Tatars arrêtèrent leurs montures mécaniques et les créatures demeurèrent sur place, immobiles comme des statues. Des foyers, des marmites, des peaux à moitié tannées, des vieillards ratatinés : tout cela ne s'accordait pas avec les inventions compliquées de Groot.

Nous fûmes conduits dans l'une des plus grandes yourtes; ici régnait une odeur encore plus forte qu'à l'extérieur. Je pouvais à peine la supporter, mais Sedenko la considérait comme normale. J'en déduisis que son peuple avait emprunté de nombreuses coutumes aux Tatars et que, pour un étranger, les Kazaks ne devaient pas être facilement distinguables de leurs vieux ennemis.

— Nous sommes les gardiens du Génie, expliqua le chef des Tatars en nous invitant à nous asseoir sur des tas de coussins exotiques mais crasseux. Vous devez manger avec nous, si vous êtes les amis de Groot. Nous tuerons un chien et une chèvre.

— Je vous en prie, répondis-je, c'est trop d'hospitalité. Nous nous contenterons d'un simple bol de riz.

— Vous devez manger de la viande, déclara le chef d'un ton ferme. Nous avons peu d'invités, et nous écouterons vos nouvelles.

Cela m'amusa, car je me demandais ce qu'il pourrait penser de notre véritable histoire. J'avais appris à rester assez vague en de telles circonstances, car bien souvent nous n'avions pas traversé le royaume voisin, et nous étions donc peu familiers avec la géographie, les coutumes et la politique qui pouvaient constituer les seules connaissances de nos hôtes. Nous avions pris l'habitude de dire que nous étions en pèlerinage, en quête d'un objet saint; que nous avions fait vœu de ne pas le mentionner, et de ne pas nommer la Divinité que nous adorions. De cette manière, j'étais capable, au moins pour ma part, d'assimiler cette divinité imaginaire à celles des gens que nous rencontrions. Sedenko, étant un peu plus dévot que moi, préférait ne rien dire.

J'ai raconté de mon mieux quelques-unes de mes aventures dans la Mittelmarch et quelques épisodes de notre voyage à travers l'Europe. C'était bien suffisant pour satisfaire le chef tatar, et quand vint le moment d'entamer le chien et la chèvre (cuits dans la même marmite, avec quelques légumes) j'ai pensé que nous avions largement payé notre repas et qu'il était temps de demander au chef :

— Et quel est ce Génie que vous gardez ?

— Une créature puissante qui vit dans une fiole, répondit-il simplement. Elle est emprisonnée à l'intérieur depuis une éternité. Philander Groot nous l'a donnée. En échange des chevaux, nous gardons le Génie.

– Et que faisiez-vous avant de devenir les gardiens du Génie ? demandai-je.

– Nous faisions la guerre à d'autres tribus. Nous les battions et nous prenions leurs chevaux, leur bétail et leurs femmes.

– Vous ne leur faites plus la guerre ?

Le Tatar secoua la tête.

– Nous ne pouvons plus. Même quand Philander Groot est venu, nous avions déjà détruit tous les autres.

– Vous avez anéanti toutes les autres tribus ?

– La peste les avait affaiblies. Nous envisagions d'attaquer Bakinax, mais nous sommes trop peu nombreux. Philander Groot a dit qu'avec le pouvoir du Génie nous n'aurions pas à craindre la peste. Et cela semble juste.

– Et qu'est-ce que c'est, Bakinax? interrogea Sedenko.

– La cité de la Peste, répondit le chef tatar. C'est là que la peste a commencé. Elle a été créée par un démon que possèdent les habitants. J'ai entendu dire qu'ils essayent de tuer le démon, mais qu'il se nourrit des âmes des gens et des bêtes, et que c'est pour cela qu'il leur envoie la peste. Il se trouve dans une sphère, au centre de Bakinax, et il se rassasie.

– Et vos âmes ne sont pas atteintes ?

– Exact. Nous avons le Génie.

– Bien sûr.

Après le repas, le chef des Tatars fit allumer une torche et nous conduisit à la sortie du camp où se dressait une petite construction en bois. Une fiole décorée, en verre teinté de jaune, y était accrochée, maintenue par des crins de cheval tressés. Le Tatar approcha la torche et je crus voir quelque chose bouger à l'intérieur de la fiole, mais peut-être n'était-ce rien d'autre qu'un reflet de lumière. Le chef déclara :

– Si le flacon se brise et que le Génie se libère, il grandira, deviendra énorme, et provoquera d'affreux ravages dans la Mittelmarch. Le démon le sait, ainsi que les gens de Bakinax, et c'est pour cela qu'on nous laisse tranquilles.

Il prit une couverture tissée et enveloppa respectueusement le petit échafaudage en bois, dissimulant la fiole à nos yeux.

– Nous le couvrons pour la nuit, dit-il. Maintenant, je vais vous montrer la yourte des invités. Désirez-vous des femmes ?

J'ai fait non de la tête. Je n'avais pas connu d'autres femmes depuis que j'avais pris l'anneau de dame Sabrina. Sedenko réfléchit un peu plus longuement à cette proposition. Mais il décida également de ne pas accepter. Et il me murmura : « Dormir avec une femme tatare serait considéré comme une hérésie par le peuple kazak. »

La yourte dans laquelle nous devions dormir était relativement propre et de la bonne paille couvrait le sol. Nous nous sommes étendus sur les nattes et n'avons pas tardé à nous endormir, bien que Sedenko ait grommelé qu'il avait perdu une part considérable de son honneur en ratant l'occasion de tuer un ou deux Tatars. « J'aurais au moins dû leur voler quelque chose. »

Quand je me suis éveillé, Sedenko était déjà sorti; pour se soulager, a-t-il expliqué.

– Il a fini de pleuvoir, capitaine. Un des enfants a dit que Bakinax se trouvait à peine à une journée de cheval, droit vers l'ouest. C'est en plein sur notre route. Qu'en dites-vous ? Nous commençons à manquer de provisions.

– Tu es si pressé de visiter un endroit que l'on nomme la cité de la Peste ?

– Je suis pressé de manger autre chose que du chien ou de la chèvre, répliqua-t-il vivement.

– Très bien, dis-je en riant. Nous prendrons le risque.

Je me suis levé, puis lavé dans un bol d'eau qu'on nous avait fourni; pour tout petit déjeuner, j'ai mangé le riz qu'avait apporté une timide jeune fille tatare, et je suis sorti de la yourte. Le campement commençait seulement à s'éveiller. Je me suis dirigé vers la tente du chef. Il m'accueillit courtoisement.

– Si vous retrouvez notre ami Philander Groot, déclara-t-il, dites-lui que nous souhaitons beaucoup le revoir, et lui faire honneur pour l'honneur qu'il nous a fait.

– C'est peu probable, répondis-je, mais je me souviendrai de votre message.

Nous nous sommes quittés en excellents termes. Sedenko paraissait extrêmement pressé d'atteindre Bakinax et, au bout d'une demi-heure, je lui ai demandé de ralentir le pas.

– Etes-vous tellement attiré par les lieux de plaisir, mon ami ?

– Je me sentirai plus à l'aise lorsqu'il y aura les murs d'une ville entre moi et les Tatars, admit-il.

– Mais ils ne nous veulent aucun mal.

– Ils pourraient nous vouloir du mal, maintenant, assura-t-il.

Il regarda en direction du camp, qui n'était plus visible. Puis il fouilla dans une de ses sacoches et en tira quelque chose qu'il me présenta dans sa main gantée.

C'était la fiole contenant le Génie des Tatars.

– Vous êtes un idiot, Sedenko, dis-je d'un ton sévère. C'est un acte parfaitement déloyal envers ceux qui nous ont si bien reçus. Vous devez leur rendre.

– Le rendre ! s'exclama-t-il d'un air stupéfait. C'est une question d'honneur, capitaine. Aucun Kazak ne peut quitter un village tatar sans emporter quelque chose de valeur !

– Notre ami Philander Groot leur a donné cela, et ils nous ont offert leur hospitalité à cause de Groot. Vous devez le leur rendre !

J'ai arrêté mon cheval et j'ai tendu la main pour prendre le flacon. Sedenko me lança une injure et tira sur sa bride pour écarter sa monture.

– C'est à moi ! cria-t-il.

D'un bond, j'ai sauté sur le sol et j'ai couru vers Sedenko.

— Rendez-le, ou laissez-moi le faire.

— Non!

J'ai bondi vers le flacon. Le cheval recula. Sedenko tenta de le maîtriser et la fiole lui échappa des doigts. J'ai plongé en avant pour sauver l'objet, mais il avait déjà touché la terre dure. Sedenko me criait quelque chose dans sa langue barbare. Je me suis arrêté pour ramasser la petite bouteille, en remarquant que le bouchon s'était desserré, quand Sedenko me frappa parderrière avec le plat de son sabre; je suis resté étourdi un instant, et lorsque je repris mes esprits je le vis serrer la fiole contre sa poitrine en courant vers son cheval.

— Sedenko! Vous êtes devenu fou!

Il se retourna en me regardant d'un air furibond.

— C'étaient des Tatars! cria-t-il, comme s'il tentait de raisonner un imbécile. C'étaient des Tatars, capitaine!

— Rendez-leur cette fiole!

Je me suis péniblement remis debout. Sedenko resta planté là d'un air méfiant. Puis il hurla sauvagement pendant que je me redressais :

— Ils peuvent avoir leur maudite fiole, mais ils n'auront pas leur Génie!

Il tira énergiquement sur le bouchon.

Je suis resté pétrifié d'horreur, m'attendant à voir surgir la créature.

Sedenko s'esclaffa. Il me lança le flacon.

— Il est vide! Ce n'était qu'une farce. Groot les a roulés!

Cela semblait le ravir.

— Ils peuvent l'avoir, capitaine, si ça vous fait plaisir. (Il rit encore plus fort.) Quelle superbe farce! Je savais que Philander Groot était un homme selon mon cœur.

Maintenant que je tenais la fiole, je vis deux minuscules mains blanches s'agripper au goulot. J'ai regardé à l'intérieur. Il y avait une petite créature faible et misérable. Elle était visiblement en train de mourir, au contact de l'air. Elle avait une forme humaine, mais elle était nue et mince. Une sorte de petit miaulement s'échappa de ses lèvres fripées, et je crus reconnaître un mot ou deux. Puis les mains miniatures relâchèrent le goulot et la chose retomba au fond de la bouteille, où elle se mit à grelotter.

Il n'y avait rien à faire, sinon replacer le bouchon. J'ai regardé Sedenko d'un air dégoûté.

– Vide! lança-t-il en pouffant. Vide, capitaine. Oh, permettez-moi de la rapporter. J'ai failli gâcher la farce de Groot.

J'ai enfoncé le bouchon dans le flacon, que j'ai tendu à Sedenko.

– Vide, répétai-je. Rapportez-la.

Il fourra l'objet dans sa sacoche, sauta en selle et partit à cette allure folle que lui et les siens affectionnaient.

J'attendis une quarantaine de minutes, puis je repartis vers l'ouest, en direction de Bakinax, sans me soucier, à ce moment, de savoir si Sedenko avait ou non survécu. J'avais consulté mes cartes. Bakinax se trouvait à peine à une semaine de cheval de la forêt à la Lisière-du-Paradis.

Cependant, mon appréhension augmentait à mesure que je me rapprochais de la ville.

Sedenko me rattrapa bientôt, le visage radieux.

– Ils n'avaient pas remarqué son absence, dit-il. Philander Groot est vraiment un malin, n'est-ce pas, capitaine?

– Oh, certainement, répondis-je.

Il me semblait que Groot avait eu ses propres raisons pour tromper les Tatars. Grâce à ce Génie, vivant ou mort, ils survivaient et les gens de Bakinax n'osaient pas les attaquer. Groot avait offert aux Tatars la vie et, d'une certaine façon, une raison de vivre. Mon admiration pour le mignon continuait à grandir, ainsi que ma curiosité à son sujet.

Nous laissâmes enfin la grande plaine derrière nous pour pénétrer dans une région d'herbe sèche et de petites collines, parcourue par des milliers de ruisseaux. Il avait recommencé à pleuvoir.

Il m'apparut que la Mittelmarch était devenue de plus en plus désolée depuis une année que nous voyagions. Comme si moins de choses pouvaient y pousser, comme si l'âme de ce royaume se dissolvait lentement. Je me disais que je constatais simplement des différences géographiques, mais c'était loin de me satisfaire.

Dans la soirée, une ville apparut devant nous et nous sûmes qu'il devait s'agir de Bakinax.

Nous avons traversé les rues sous la clarté de la lune. L'endroit paraissait très calme. Nous avons arrêté un homme éméché qui rentrait chez lui en titubant, une torche dans chaque main. Nous ne pouvions pas comprendre sa langue, mais nous avons obtenu des renseignements par gestes et avons trouvé à nous loger pour la nuit : une petite auberge à l'odeur désagréable.

Dans la matinée, nous prenions un petit déjeuner de fromages étranges et de viandes mystérieuses lorsque nous fûmes interrompus par l'entrée de cinq ou six hommes en surcots identiques, tenant des hallebardes, coiffés de morions ornés de plumes, et portant des gants et des chausses en mailles de fer. Ils nous ont fait clairement comprendre que nous devions les suivre.

Sedenko voulait combattre, mais je n'en voyais pas l'utilité. Nos chevaux avaient été mis à l'écurie pendant notre sommeil et nous ne savions pas exactement où ils se trouvaient. De plus, toute cette région nous était étrangère. Comme c'était devenu mon habitude, je portais sur moi tous les présents de Lucifer, et j'avais l'épée au côté, aussi ne me suis-je pas senti trop vulnérable en me levant et en m'essuyant les lèvres avant de m'incliner devant les soldats pour leur indiquer que nous étions prêts à les accompagner.

Vues en plein jour, les rues de Bakinax étaient étroites et pas très propres. Des gamins en haillons, au visage mince et affamé, s'arrêtaient pour nous regarder passer tandis que des vieillards, vêtus de guenilles pour la plupart, nous dévisageaient d'un air ébahi. Cette ville ne paraissait pas particulièrement accablée, comparée à bon nombre de cités que j'avais vues en Europe, mais elle n'avait pas l'air très joyeuse. Il y régnait une ambiance lugubre et je trouvais qu'elle portait bien son nom de cité de la Peste.

Nous fûmes escortés jusqu'à la place principale où se trouvait, surmontant une grande estrade en bois, un énorme globe fabriqué dans un métal terne et déplaisant, gardé par des soldats portant la même livrée que ceux qui maintenant nous entouraient. A part eux, il n'y avait pas de citoyens sur la place.

– Ce doit être la résidence du diable dont les Tatars ont parlé, me chuchota Sedenko. Vous croyez réellement qu'il se nourrit des âmes des gens de ce pays, capitaine ?

– Je ne sais pas, répondis-je, mais je lui offrirais volontiers la vôtre, Sedenko.

Je n'étais pas encore décidé à lui pardonner la sottise qu'il avait commise en dérobant la fiole. Pour sa part, il n'éprouvait pas le moindre remords. Comme d'autres remarques auparavant, il prit celle-ci pour une plaisanterie et il tendit le cou pour regarder à nouveau la Sphère tandis que nous montions les marches de pierre et passions le portail de ce qui était manifestement un important édifice public.

On nous fit entrer dans une salle bordée de chaque côté par des bancs. Cependant, pas un seul siège n'était occupé. Tout au bout de la pièce était posé un lutrin, et derrière ce lutrin, là où aurait dû se tenir un prêtre, il y avait un grand homme mince portant une perruque rouge vif et vêtu d'une robe noir et or.

Il s'exprima en latin :

– Parlez-vous latin, vous autres ?

– Je le parle un peu, déclarai-je dans cette langue. Pourquoi avons-nous été amenés en ce lieu aussi brutalement, Votre Honneur? Nous sommes d'honnêtes voyageurs.

— Pas si honnêtes. Vous cherchez à éviter les taxes. Vous avez chevauché dans notre lieu sacré, nos Terres des Cendres, et vous l'avez profané. Vous êtes entrés dans Bakinax par la porte de l'Orient sans mettre d'or dans le plateau. Et il ne s'agit là que de vos principaux crimes. Ne me présentez pas votre hypocrisie en plus de vos outrages, monsieur! Je suis le Grand Magistrat de Bakinax et c'est moi qui ai ordonné votre arrestation. Qu'avez-vous à répondre?

— Nous ne pouvons pas connaître vos lois, lui dis-je, car nous sommes ici des étrangers. Si nous avions su que vos Terres des Cendres étaient sacrées, nous les aurions contournées, je vous l'assure. Quant à l'or qui doit être mis dans le plateau, je suis prêt à le payer sur-le-champ. Personne ne nous a avertis quand nous sommes entrés.

— Trop tard pour payer en or, rétorqua le Grand Magistrat. (Il se moucha et nous toisa d'un air furieux.) Vous ne pouvez pas prétendre que personne ne vous a parlé de Bakinax durant votre voyage, car elle est célèbre, cette cité de la Peste. On ne vous a rien dit de notre démon?

— On nous a parlé d'un démon, c'est vrai. (J'ai haussé les épaules.) Mais pas de taxes, Votre Honneur.

— Pourquoi être venu ici?

— Pour nous ravitailler.

— Dans la cité de la Peste? s'exclama-t-il en ricanant. Dans cette terrible cité du démon? Non! Vous êtes venus pour nous faire souffrir!

— Mais, monsieur, comment pourrions-nous, tous les deux, faire souffrir une ville entière? lui demandai-je.

Cet homme était fou. Je commençais à croire, malheureusement, que la ville entière était prise de folie. J'ai regretté ma décision de venir ici et je me trouvais en accord avec le Grand Magistrat quand il affirmait que seul un idiot voudrait aller à Bakinax.

– En étant ce que vous êtes. En voyant ce que vous voyez ! répondit le Magistrat. Nous ne permettrons pas qu'on se moque de nous, étrangers ! Nous ne le permettrons pas !

– Nous ne voulons pas nous moquer, lui dis-je. Nous promettons de ne plus jamais citer le nom de Bakinax. Seulement, cher monsieur, laissez-nous poursuivre notre route, car nous avons une sainte mission à accomplir.

– Oui, c'est bien vrai, déclara le vieil homme avec une sorte de soulagement. Vous devez payer de vos âmes votre stupidité ainsi que votre mépris pour nous. Vous serez donnés en pâture à notre démon. De la sorte, deux des nôtres seront épargnés pendant quelque temps et vous recevrez un châtiment adapté à vos crimes. Vos âmes iront en Enfer.

Je me suis esclaffé en entendant cette sentence. Sedenko n'avait aucune idée de ce que nous venions de dire. Je lui ai résumé grossièrement nos paroles.

Cela ne l'amusa pas autant que moi. Peut-être ne croyait-il pas réellement que son âme était déjà destinée au royaume de Lucifer.

13

– Vous, monsieur, déclara le Grand Magistrat en s'adressant à moi, vous serez le premier à combattre notre démon. Personne ne l'a jamais vaincu. Néanmoins, si vous parvenez à le tuer, la porte de la Sphère s'ouvrira et vous serez libre. Si vous n'êtes pas sorti dans une heure, votre ami vous rejoindra.

– Je suis autorisé à emporter mon épée ? demandai-je

– Vous pouvez garder tous vos biens avec vous, répondit-il.

– Dans ce cas, je suis prêt, annonçai-je.

Le Grand Magistrat parla avec ses soldats dans leur propre langue. L'un d'eux resta pour garder Sedenko, tandis que les autres m'escortèrent de la Cour jusqu'à la grand-place, sur laquelle la pluie s'était remise à tomber.

Nous avons monté quelques marches menant à la plate-forme. Il y avait à la surface de la Sphère une petite porte ronde vers laquelle s'approcha un garde. Il était nerveux. Il posa sa paume sur la clenche, puis hésita.

Je vis une silhouette s'avancer sur la grand-place. Klosterheim paraissait encore plus sinistre que lors de notre dernière rencontre. Il me regardait en souriant. Il se régalait à l'avance et tremblait presque de plaisir. Ses habits noirs étaient sales et peu soignés; les plumes violettes de son chapeau, tout emmêlées, s'effilochaient; son dos, enfin, semblait étrangement voûté, d'une manière à peine discernable. Ses yeux révélaient cette même démence aveugle. Il retira son chapeau pour me faire un salut ironique; la porte s'ouvrit en grinçant et les soldats me poussèrent en avant.

– Serait-ce votre œuvre, Klosterheim ? demandai-je.

Le chasseur de sorcières haussa les épaules.

– Je suis un ami de Bakinax, dit-il.

– Vous avez offert ce démon à la ville ?

Il ignora ma question et se contenta de faire un signe aux gardes. En lui adressant un geste d'adieu, je me suis penché pour pénétrer dans l'obscurité humide, puante et salée de la Sphère. A croupetons, j'ai cligné des yeux, scruté les ténèbres, mais sans rien distinguer. La porte ronde se ferma derrière moi dans un claquement. Peu à peu, j'ai commencé à voir. La clarté provenait d'une substance curieuse inondant le fond de la Sphère. C'était blanc et visqueux, et de toute évidence il s'agissait aussi de ce qui provoquait cette odeur nauséabonde. Quelque chose en émergea, de l'autre côté de la Sphère. Le liquide qui couvrait le fond fit entendre un bruit de succion. Il n'y avait pas de couleurs ici. Tout paraissait gris, noir et blanc.

La seule chose qui se déplaçait dans ce liquide était plus grande que moi. Elle avait des écailles. Elle avait une grosse tête mélancolique qui retombait sur le côté, presque appuyée sur son épaule gauche. Ses longues dents étaient cassées, ses lèvres en charpie, comme si elles avaient été complètement mâchonnées. Un peu de vapeur s'échappait d'une large narine. Le monstre me regarda en poussant un petit glapissement, presque une question.

– Etes-vous le démon de la Sphère? lui demandai-je.

La tête se redressa légèrement. Puis, au bout d'un moment, une voix s'éleva du fond de sa gorge.

– C'est moi.

– Vous devez savoir que mon âme ne vous est pas destinée, lui dis-je. Elle appartient déjà à notre Maître, Lucifer.

– Lucifer. (Le nom était déformé.) Lucifer?

– Il possède mon âme. Je ne peux donc pas vous offrir de nourriture, seigneur démon. Je ne peux vous offrir que la mort.

– La mort? (Il passa sur ses lèvres déchirées une langue en piteux état. Un sourire sembla se dessiner sur son visage.) Lucifer? Je veux être libre. Je ne veux plus rien manger. Pourquoi me donnent-ils tant à manger? Ils n'ont qu'à me libérer du pacte et je repartirai directement aux Enfers.

– Vous ne voulez pas rester ici?

– Je n'ai jamais voulu venir ici. J'ai été trompé. Pris au piège de ma propre gourmandise. Je sais que votre âme n'est pas pour moi, mortel. Je la sentirais si elle m'était destinée. Et je ne peux pas sentir votre âme.

– Mais vous me tuerez quand même, hein?

Le démon s'assit dans le fluide. Il en éclaboussa un peu ses doigts griffus.

– Des enfants et des adolescents. Voilà tout ce qu'il en reste. Il n'y a pas une âme à Bakinax – je veux dire : pas une âme adulte – qui ne me soit déjà promise. Je ne vous tuerai pas, mortel, à moins que, par ennui, vous ne désiriez combattre. Vous êtes l'un des rares à vouloir parler. La plupart crient. Les enfants, les jeunes gens et les jeunes filles, je les mange. Cela les fait taire. Mais j'en ai plus qu'assez. Plus qu'assez.

– Mais vous ne voulez pas me laisser quitter votre tanière ?

– Comment le pourrais-je ? Je suis moi-même enfermé ici. Un pacte. Cela semblait avantageux, il y a si longtemps.

– Quel est le mage qui vous a attrapé ?

– Il s'appelait Philander Groot. Un homme charmant. Avant, je parcourais librement tout le royaume. Maintenant, je suis limité à Bakinax et à cette cage. Oh, je suis tellement las des âmes insipides de ces jeunes.

Il prit un peu de fluide sur son doigt et le suçota. Puis il poussa un soupir.

– Mais ils vous craignent, lui dis-je. C'est pour cela qu'ils vous gardent ici. Ils croient que vous vous échapperez si vous n'êtes pas rassasié.

– Les hommes n'agissent-ils pas toujours ainsi ? demanda le démon. Que dois-je représenter pour eux, je me le demande ?

Je me suis allongé, du mieux que j'ai pu, contre la paroi de la Sphère. Je commençais à m'habituer à l'odeur.

– Bon, ils ne vous relâcheront pas, et ils ne me libéreront pas, à moins que je ne vous tue. Vous avez de la nourriture. Je n'en ai pas. Apparemment, je dois mourir de faim ou vous occire.

Le démon releva les yeux vers moi.

– Je n'ai aucune envie de vous tuer, mortel. Cela offenserait notre Maître, n'est-ce pas ? Votre heure n'est pas encore venue.

– Je le crois aussi, lui dis-je. Car j'accomplis une mission qui m'a été directement confiée par Lucifer.

– Dans ce cas, nous sommes confrontés à un dilemme, précisa le démon.

J'ai réfléchi pendant un instant.

– Je pourrais tenter de vous exorciser, lui proposai-je. Cela vous permettrait au moins de sortir de la Sphère. Où iriez-vous ?

– Tout droit en Enfer.

– Là où vous souhaitez demeurer.

– Je ne veux plus quitter l'Enfer, annonça le démon d'une voix émue.

– Je ne suis pas un expert en exorcisme.

– Ils ont essayé de m'exorciser, mais ceux qui sont déjà promis à l'Enfer, qu'ils le sachent ou non, ne peuvent pas m'obliger à partir.

– Donc, je ne peux pas vous exorciser non plus.

– J'en ai l'impression.

– Nous sommes à nouveau dans l'impasse, dis-je.

Le démon baissa la tête et poussa un soupir encore plus profond que le précédent.

– Oui.

– Et si je vous tuais? suggérai-je. Où irait votre âme?

– Dans l'Oubli. J'aimerais mieux ne pas trépasser, seigneur chevalier.

– Pourtant, on m'a dit que la porte ne s'ouvrirait qu'après votre mort.

– Comment peuvent-ils le savoir, puisque personne ne m'a jamais occis ?

– C'est peut-être Philander Groot qui le leur a dit.

J'ai pesé le problème durant un moment.

– La porte finira bien par s'ouvrir, pour laisser entrer mon compagnon, qui doit être votre prochaine victime. Pourquoi ne pas vous échapper quand viendra son tour ?

– Vous pourriez peut-être vous échapper, expliqua le démon. Mais ce n'est pas uniquement le métal qui me retient ici. Il y a ce pacte avec le mage, comprenez-vous ? Si je le brisais, je serais anéanti sur-le-champ.

– Philander Groot est donc le seul à pouvoir vous délivrer.

– Exactement.

– Mais Philander Groot s'est fait ermite, et il demeure dans un lointain royaume.

– C'est ce que j'ai entendu dire.

– La logique m'amène inévitablement à conclure que je ne pourrai m'échapper qu'en vous tuant, annonçai-je. Et je sais que mes chances d'y parvenir sont pratiquement nulles.

– Je suis très fort, et aussi très féroce, assura le démon, comme pour confirmer mes propos.

– Je crois que mon seul espoir, lui confiai-je, est d'attendre que l'heure soit écoulée, puis d'essayer de sortir par la porte quand viendra le tour de mon ami.

– Cela paraît être la seule solution, acquiesça le démon. Mais ils vous tueront quand même, n'est-ce pas ?

– Il y a de fortes chances.

A son tour, le démon réfléchit un moment.

– J'essaie de trouver une autre solution, qui nous profiterait à tous deux, précisa-t-il.

– Sans parler des enfants et des vierges de Bakinax.

– Evidemment, confirma-t-il. (Il eut un air nostalgique.) Savez-vous s'il reste encore des Tatars ?

– Quelques-uns. Ils sont protégés de vous par un génie qu'ils possèdent.

– Celui qui est dans la fiole ?

– Celui-là.

– Ah ! ah ! (Il prit une mine songeuse.) J'aimais bien les Tatars.

Je commençais à me dire que les créatures surnaturelles de ce pays étaient plutôt affaiblies. Je me demandais si non seulement la Mittelmarch mais l'Enfer tout entier n'étaient pas en train de décliner. A moins que les pouvoirs n'aient été rassemblés pour être utilisés dans cette guerre civile qui faisait rage, selon Klosterheim, entre Lucifer et Ses ducs.

J'ai cru remarquer un mouvement au-dessus de moi. J'ai tendu ma main au démon. Il plaça ses doigts écailleux dans les miens. Je lui ai demandé :

– Seriez-vous assez obligeant pour me permettre de me tenir sur vos épaules afin de m'échapper quand la porte s'ouvrira ?

– Bien volontiers, répondit le démon, à une condition : si vous parvenez à vous enfuir et à retrouver Philander Groot, dites-lui que je promets, s'il rompt notre pacte, de retourner aussitôt en Enfer et de ne plus jamais m'aventurer dans les régions de la Terre.

– Mes chances de revoir Groot sont minces, lui confiai-je honnêtement. Néanmoins, je vous donne ma parole que, si je le rencontre à nouveau, ou si j'ai la possibilité de lui faire parvenir un message, je lui ferai savoir ce que vous m'avez dit.

– Alors, je vous souhaite une chance du Diable, déclara le démon en se penchant pour que je puisse grimper sur son dos. Et j'espère que vous tuerez ce Grand Magistrat qui m'a causé tant d'ennuis.

La porte s'ouvrit. J'entendis rire des gardes. J'entendis pester Sedenko.

Son visage apparut au-dessus de moi. J'ai posé un doigt sur mes lèvres. Il écarquilla des yeux stupéfaits et j'ai murmuré :

– Tirez votre lame dès maintenant. Nous allons tenter de nous échapper en combattant...

– Mais... commença Sedenko.

– Ne me posez pas de question, dis-je.

Le Kazak haussa les épaules et se retourna en déclarant :

– Attendez que je tire mon sabre, les amis !

Il avait son arme à la main. J'ai dégainé mon épée tandis que le démon commençait à me soulever vers la porte. Je me suis agrippé au rebord et j'ai bondi par l'ouverture, en dépassant Sedenko, pour me fendre vers le garde le plus proche que j'ai touché en plein cœur. Deux autres s'écroulèrent devant moi avant d'avoir compris ce qui se passait. Les trois qui restaient se jetèrent sur Sedenko et sur moi, et nous aurions pu nous en débarrasser facilement si je n'avais pas été distrait par les gestes insistants de Sedenko. Je me suis tourné pour jeter un coup d'œil dans la direction qu'il indiquait.

Klosterheim était là, monté sur un lourd destrier

noir. Derrière lui se trouvaient une vingtaine d'armures à cheval, animées d'une sinistre lueur noire. C'étaient les démons d'armes du seigneur Arioch, duc de l'Enfer. Pendant un instant, je fus tenté de replonger dans la Sphère. Klosterheim se moquait de moi en attendant la fin du combat.

J'ai tué encore un garde et Sedenko coupa les deux autres en rondelles.

Derrière nous, par la porte ouverte de la Sphère, se dégageait l'odeur fétide des âmes qui pourrissaient. Devant nous se trouvaient le visage d'un Klosterheim triomphant et ses impassibles laquais.

– Nous sommes damnés, sans nul doute, murmura Sedenko.

J'avais maintenant fixé dans ma mémoire la formule magique permettant de repousser ces cavaliers. Repoussant les craintes de Sedenko, j'ai levé la main :

– *Rehoim Farach Nyadah !*

Klosterheim continua de rire. Puis il s'arrêta et leva aussi une main :

– *Niever Oahr Arnjoija !* (Il avait une expression de défi.) J'ai neutralisé votre incantation, von Bek. Croyez-vous que j'aie perdu toute une année à me demander comment vous aviez arrêté mes hommes la dernière fois ?

– Alors, nous sommes perdus, dis-je.

– Vous êtes perdus. Je connaissais votre destination. Je savais que vous deviez passer par cette région, car vous allez chercher le Saint-Graal dans la forêt à la Lisière-du-Paradis. Mais vous ne verrez jamais cette forêt, von Bek.

– Comment la guerre évolue-t-elle en Enfer ? demandai-je.

Klosterheim se rassit sur sa selle.

– Assez bien, répondit-il. Lucifer s'affaiblit. Il se replie. Il ne combattra pas. Le nombre de nos alliés augmente. Vous avez agi comme un idiot en n'acceptant pas quand je vous ai offert une chance de vous joindre à moi.

– J'ai accepté une tâche, dis-je. Je savais qu'il y avait peu d'espoir de la mener à bien. Mais un pacte est un pacte. Et c'est Lucifer qui tient mon âme, Klosterheim; pas vous.

Une ombre s'abattit brusquement sur la ville entière. Levant la tête, j'ai observé une chose plus étrange que tout ce que j'avais pu voir en Enfer ou dans la Mittelmarch. Un énorme chat noir baissait les yeux vers nous. Un seul mouvement d'une patte ou de sa queue aurait pu détruire la cité tout entière. J'ai d'abord pensé qu'il s'agissait d'un autre allié de Klosterheim, mais je compris très vite que le chasseur de sorcières était aussi surpris que nous.

– Qu'avez-vous donc appelé maintenant, von Bek? demanda-t-il.

Il était déconcerté. Puis il jura en apercevant quelque chose derrière nous.

Sedenko se retourna le premier et poussa un cri d'étonnement. On entendit un fort gazouillis : le genre de bruit que font les étourneaux quand le soir tombe. J'ai regardé en arrière. Un char de bronze et d'argent, tiré par des milliers de petits oiseaux dorés, traversait le ciel en descendant vers nous.

– A l'attaque! hurla Klosterheim.

Il lança son cheval vers la plate-forme, aussitôt suivi par la masse de métal flamboyant que formaient les cavaliers noirs.

Quand le char se posa sur la plate-forme, Klosterheim fit sauter son cheval sur l'estrade et fonça directement sur moi. J'ai paré son premier coup. Les serviteurs cuirassés du duc Arioch mirent pied à terre et montèrent pesamment l'escalier. Nous fûmes rapidement repoussés.

J'entendis une voix s'élever du char. Une voix douce, un peu ironique, réprobatrice, qui annonça :

– Démon de la Sphère, je vous libère de votre engagement, à la condition que vous avez émise, et à la condition supplémentaire que vous combattiez ces ennemis de votre Maître, car ils conspirent contre Lucifer.

J'ai tourné la tête malgré le danger. Le petit homme debout dans le char se frotta la barbiche et s'inclina pour me saluer. Je sentis l'odeur de l'Eau Hongroise. Je vis de la dentelle et du velours. C'était Philander Groot en personne.

– Voulez-vous me rejoindre, messieurs? demanda-t-il courtoisement. Je crois que Bakinax va devenir un champ de bataille et ce ne sera pas un spectacle pour des gens sensibles.

Sedenko n'avait pas besoin d'une seconde invitation. Il courut à toute allure vers le char. Je l'ai suivi.

Le démon sortit de la Sphère en grondant et en clignant des yeux. Il poussa un hurlement d'exultation. Ses écailles s'entrechoquèrent et commencèrent à briller. Il se mit à rire d'un affreux plaisir. Et je vis un Klosterheim râleur chevaucher vers nous, toujours déterminé à nous tuer, alors que nous grimpions dans le char de Groot.

Maintenant le démon de la Sphère et les chevaliers du duc Arioch avaient engagé le combat. La partie me semblait inégale, mais le démon se débrouillait très bien.

Le cheval de Klosterheim se mit à ruer au-dessous de nous quand nous nous élevâmes dans les airs, tirés par les petits oiseaux. Le prêtre-soldat montrait les dents. Il se mit à crier de dépit, un peu comme un enfant auquel on aurait retiré son plat préféré.

Avant de disparaître à ma vue, Klosterheim venait de sauter en bas de l'estrade et s'éloignait à cheval du carnage qui se déroulait sur la plate-forme. Je vis deux chevaliers en armure projetés si loin qu'ils s'écrasèrent contre le tribunal. Des pierres et des briques s'écroulèrent. Un horrible feu se déclenchait à chaque endroit où retombait un chevalier du duc Arioch.

Alors, sous le regard tranquille de l'immense chat noir, nous nous sommes éloignés de Bakinax pour survoler la plaine rouge.

– Je n'avais rien prévu de tout cela, déclara Philander Groot comme pour s'excuser auprès de nous. Mais je savais que l'équilibre auquel j'étais parvenu ne pouvait pas durer. Je suis content de voir que vous allez bien, messieurs.

Je suis resté sans voix. Le mignon releva un sourcil.

– Vous vous demandez sans doute pourquoi je suis ici. Eh bien, j'ai passé un certain temps à réfléchir à votre histoire, capitaine von Bek, et à peser mon ancienne décision de me tenir à l'écart des affaires des hommes, des dieux et des démons. Puis j'ai considéré la nature de votre Quête et, pardonnez-moi, j'ai décidé d'y prendre part. Elle m'a semblé capitale.

– J'étais loin de me douter que vous êtes un si grand mage, lui confiai-je.

– Vous êtes très gentil. Depuis peu, j'ai le sentiment que des événements importants se déroulent un peu partout. Je suis un être bien vaniteux, et je dois admettre que je commençais à me fatiguer de la vallée du Nuage-d'Or et de sa décente modération, aussi ai-je pensé que je pourrais voir si j'étais encore capable d'utiliser mes vieux pouvoirs, bien que je les tienne – tout comme vous, j'en suis sûr – pour puérils et vulgaires.

– Je les tiens pour des dons du Ciel, dis-je.

Cela l'amusa.

– Eh bien, ils n'en sont pas, capitaine von Bek. Ils n'en sont pas.

L'élégant ermite resta silencieux durant un petit moment, tandis que nous poursuivions notre voyage dans les airs. Puis il s'exprima plus sérieusement qu'à l'accoutumée :

– Pour l'instant, aucun soldat des ducs de l'Enfer ne peut passer dans le simple Royaume terrestre. Mais si Lucifer est défait, une terrible insouciance s'abattra sur la Création et ce sera vraiment la fin du monde. Il n'y aura pas un seul Antéchrist, bien qu'on puisse dire que Klosterheim les représente tous. Ce sera la guerre ouverte, dans chaque région, entre le Ciel et l'Enfer. Ce sera l'Armageddon, messieurs, comme il a été annoncé. L'humanité périra. Et, quoi qu'en dise la Bible chrétienne, je crois que l'issue sera très incertaine.

— Mais Lucifer ne souhaite pas entrer en guerre avec Dieu, objectai-je.

— La décision pourrait bien ne plus appartenir à Lucifer. Ni à Dieu. Peut-être ont-Ils tous deux perdu leur autorité.

— Et le Graal ? demandai-je. Quel rôle joue le Graal dans tout cela ?

— Peut-être aucun, répondit Groot. Peut-être n'est-il tout bonnement qu'une diversion.

14

Le char de Philander Groot finit par se poser sur le flanc peu escarpé d'une colline dominant une vallée qui me rappelait beaucoup celle de Bek.

Un village brûlait au fond de cette vallée; j'apercevais la fumée noire qui s'élevait des fermes et des moulins. Des silhouettes sombres, portant des torches, parcouraient le pays en mettant le feu à tout ce qui pouvait brûler. Cette vision m'était familière. J'avais moi-même ordonné souvent de telles destructions.

— Sommes-nous encore dans la Mittelmarch ? ai-je demandé au mignon. Ou sommes-nous revenus dans notre royaume ?

— C'est la Mittelmarch, dit-il, mais ce pourrait aussi bien n'être que la Terre, vous savez. Il y a maintenant très peu d'endroits qui ne sont pas dévastés ou menacés de l'être.

— Et tout cela parce que Lucifer m'a demandé de chercher le Graal !

— Pas vraiment.

Groot fit un geste de la main et le char s'éleva de nouveau dans les airs. Il déclara, comme en aparté :

– Je crains que nous ne voyions plus rien de tel. La plupart de ces choses sont dues aux Puissances des ténèbres, même si elles ne sont pas utilisées à leur service. Le saviez-vous, capitaine von Bek ?

– Je l'ignorais.

– Maintenant que je ne suis plus un des Seigneurs gris, comme on appelle en Enfer ceux d'entre nous qui sont neutres, il me sera plus difficile de lancer des incantations. (Il s'interrompit pour lisser sa petite moustache.) Vous êtes un homme peu ordinaire, capitaine, mais ce n'est pas votre Quête qui a provoqué tout cela. La décision prise par Lucifer de chercher à conclure la paix avec Son Créateur, voilà ce qui a attisé une crise qui couvait au moins depuis la naissance du Christ. La situation s'est embrouillée, voyez-vous. Les fois païennes sont loin d'être détruites. C'est pourtant ce que voulaient Bouddha, le Christ et Mahomet. Pour beaucoup, la mort du paganisme annonçait le prochain déclin du monde (et je n'entrerai pas dans les détails, car c'est une question complexe, bien qu'elle n'en ait pas l'air). Nous avons abandonné nos responsabilités, soit à Dieu, soit au Diable. Je ne suis pas certain que Dieu exige cela de nous, et je ne suis pas certain non plus qu'Il le souhaite. Rien n'est sûr dans l'univers, capitaine.

– Aucun avantage ne sera gagné si je découvre le Remède à la souffrance du monde ?

– Je ne sais pas. Peut-être le Graal n'est-il qu'un objet de troc dans un jeu si mystérieux que même ses deux principaux participants n'en comprennent pas les règles. Mais encore une fois, il se peut que je sois complètement dans l'erreur. Cependant, vous devez savoir une chose : Klosterheim est maintenant plus puissant que vous ne commencez à le croire. Son orgueil l'a poussé à n'amener que les mêmes chevaliers auxquels vous aviez échappé auparavant, mais ne croyez pas qu'il commande seulement une vingtaine d'hommes. Il est maintenant l'un des principaux généraux de l'Enfer en rébellion. Et vous savez que votre Quête est la prétendue cause de ce soulèvement. Ils vous arrêteront s'ils le peuvent, capitaine von Bek. Ou ils vous prendront le Graal si vous parvenez à le trouver.

– Mais avec votre aide, cher mage, nous avons de meilleures chances, affirma Sedenko.

Groot lui sourit.

– Ne sous-estimez pas Klosterheim, messieurs. Et ne vous surestimez pas. Le peu de savoir que je possède a été employé. Le pouvoir lui-même a été arraché à d'autres. Ils peuvent le réclamer quand ils le veulent. Quant à mes trucs pour faire apparaître des génies ou des démons, ils ne sont que peu de chose. Ils sont ridicules aux yeux de l'Enfer. Il ne me reste plus grand pouvoir désormais. Je voyagerai néanmoins avec vous, car ma curiosité est immense, et je saurai ainsi ce qu'il vous advient. Nous ne sommes plus qu'à un ou deux jours de la forêt à la Lisière-du-Paradis, et je pense que nous ne verrons plus guère Klosterheim pendant un moment. Il a dû perdre quelques chevaliers de valeur dans la bagarre de Bakinax. Mais, quand il se représentera devant nous, il aura plus de pouvoir qu'il n'en a jamais possédé auparavant.

– Tout ce qui est surnaturel se ligue contre moi, déclarai-je, répétant l'avertissement de Klosterheim.

– Oui. Tout ce qui est surnaturel est menacé. Certains croient que toutes ces merveilles auxquelles vous avez pu assister sont dues à la souffrance du monde. Ils disent que, sans cette souffrance, de telles merveilles ne seraient pas nécessaires. Elles n'existeraient pas.

– Vous voulez dire qu'elles sont produites par les besoins de l'humanité?

– L'homme est un animal qui raisonne, même s'il n'est pas rationnel, déclara Philander Groot. Venez, des chevaux nous attendent dans ce bosquet.

Nous l'avons suivi jusqu'au pied de la colline et, bien entendu, des chevaux s'y trouvaient. Quand nous fûmes en selle, Groot se mit à bavarder civilement, à nous raconter des anecdotes sur les gens qu'il avait connus et les endroits qu'il avait visités, comme si nous partions tout bonnement pour une joyeuse promenade. Nous avons suivi la ligne des crêtes afin d'éviter les soldats qui parcouraient la vallée, un peu plus bas, et nous avons continué de chevaucher durant la nuit jusqu'à ce que le danger fût loin derrière nous. Alors seulement, nous avons pensé à nous reposer. Eclairés par la lune, nous sommes arrivés à une croisée de routes. Philander Groot examina les panneaux.

– Là, dit-il enfin.

Il désigna le poteau portant l'indication : *Vers Wolfshaben, 3 milles.*

– Connaissez-vous Wolfshaben, capitaine? Herr Sedenko?

Nous avons répondu que non.

– Une excellente ville. Si vous prenez plaisir à la compagnie des femmes, il faudra visiter la maison du bordeau. Pour ma part, j'irai me divertir en cette maison, où les lits sont les plus confortables, de toute façon.

– Je vous accompagnerai volontiers, annonça vivement Sedenko.

– Si je peux avoir un bon lit, sans prostituée, je serais vraiment heureux de vous tenir compagnie, leur dis-je.

Mes amis se divertirent royalement à la merveilleuse maison du bordeau de Wolfshaben (qui est, je pense, très célèbre parmi les voyageurs de la Mittelmarch), et j'ai dormi comme un mort jusqu'au matin.

Cette matinée de printemps était fraîche quand nous nous sommes éloignés de Wolfshaben; il y avait de la rosée sur l'herbe vert tendre, quelques gouttes de pluie sur les feuillages des arbres, et la nature exhalait une odeur suave.

Chevauchant devant Sedenko et moi-même, Philander Groot reniflait l'air, ressemblant tout à fait à un courtisan français allant baguenauder.

– Une belle journée, messieurs, déclara-t-il. N'est-il pas merveilleux d'être en vie ?

La route descendait dans une autre vallée, aussi verte que la précédente, il ne s'y trouvait aucun soldat, et elle semblait avoir été complètement épargnée par la guerre. Mais, après un virage, nous sommes tombés sur une grande procession d'hommes, de femmes et d'enfants, à cheval ou en chariot, portant des balluchons sur le dos, et les yeux remplis de terreur. Il y avait là des gens de toutes conditions. Philander Groot les appela gaiement, comme s'il ne comprenait pas leur situation.

– Qu'est-ce donc ? Un pèlerinage à Rome ?

Un chevalier, vêtu d'une demi-cuirasse hâtivement bouclée, s'approcha aussitôt.

– Nous fuyons devant une armée, monsieur. Vous feriez bien de ne pas aller plus loin dans cette direction.

– Je vous remercie de votre conseil, monsieur. De quelle armée s'agit-il ?

– Nous n'en savons rien, dit une pauvre femme portant une entaille en travers du front. Ils sont arrivés brusquement. Ils ont tué tout ce qu'ils trouvaient. Ils ont pillé. Sans dire un seul mot.

– Aucune justification, commenta l'homme en demi-cuirasse. Aucun avertissement. Pas la moindre chevalerie.

– Je crois, monsieur, que nous voyagerons avec vous pendant un moment, déclara Groot.

Il se tourna vers nous pour obtenir notre approbation, et nous la lui avons donnée aussitôt.

– C'est agir sagement, monsieur.

Ainsi, en compagnie de plus d'un millier de personnes, nous avons pris une autre route que celle que nous espérions suivre au début, mais sans pour autant revenir sur nos pas. Nous sommes restés avec eux pendant près de deux jours. C'étaient pour la plupart des hommes et des femmes d'une certaine éducation : des prêtres et des nonnes, des astronomes, des mathématiciens, des chirurgiens, des seigneurs et des dames, des écoliers, des acteurs. Et aucun d'eux ne comprenait pourquoi ils avaient été attaqués ni qui les avait attaqués, bien qu'il courût parmi eux de nombreuses théories, dont certaines étaient particulièrement extravagantes. Nous avons seulement pu déduire que leurs agresseurs étaient des soldats mortels au service des ducs de l'Enfer, mais même cette interprétation était loin d'être certaine, car quelques clercs étaient parvenus à l'habituelle conclusion que leur communauté avait commis un horrible péché envers Dieu et que Celui-ci avait envoyé les soldats pour les punir.

Nous avons finalement quitté cette foule et nous avons découvert sur nos cartes une autre route qui menait vers l'ouest. Mais des troupes galopaient partout. Nous nous sommes cachés plus d'une fois, car nous étions trop inquiets pour combattre quelqu'un qui pouvait être un serviteur d'un duc de l'Enfer.

Maintenant, le monde entier semblait mis à feu et à sang. Des forêts entières étaient en flammes; des villes entières étaient transformées en brasiers aussi ardents que celui de Magdebourg.

– Ah, mes amis, dit Philander Groot, ce pourrait être la Fin, après tout.

– Et bon débarras! lançai-je. C'est un monde misérable, un monde mauvais, un monde en décadence. Il voudrait obtenir l'amour sans sacrifice. Il voudrait la satisfaction immédiate de ses désirs, comme un enfant, comme une bête. Et s'il n'est pas satisfait, il s'irrite et pique une colère destructrice. A quoi bon chercher un Remède à sa douleur, Philander Groot? A quoi bon vouloir tenter, par tous les moyens, de lui épargner sa damnation méritée?

– Parce que nous sommes vivants, je suppose, capitaine von Bek. Parce que nous n'avons pas d'autre choix qu'espérer le rendre meilleur, selon nos propres conceptions.

Philander Groot paraissait amusé par mes paroles.

– Le monde est le monde, déclara Sedenko. Nous ne pouvons pas le changer. C'est à Dieu de le faire.

– Peut-être pense-t-Il que c'est justement à nous de le faire, répondit tranquillement Groot. (Mais il n'insista pas sur ce point.) Oh, regardez! Devant nous! N'est-ce pas magnifique, messieurs?

C'était un édifice élevé, qui montait jusqu'au ciel, tout en courbes et en arêtes de cristal. Un grand bâtiment de verre et de quartz, comme je n'en avais encore jamais vu.

– C'est gigantesque, dit Sedenko. Regardez à l'intérieur. Il y pousse des arbres. C'est comme une jungle.

Philander Groot posa ses doigts sur ses lèvres, resserra ses sourcils d'un air songeur. Puis son visage s'éclaira.

– Eh bien, voici la fameuse volière du comte Otto de Gerantz-Holffein. Allons-nous la traverser, messieurs? Vous verrez que la route passe directement dans la volière et ressort de l'autre côté. Je ne pensais pas qu'elle était si proche. J'en avais entendu parler, mais je ne l'avais encore jamais vue. Maintenant, le comte Otto est mort. Il avait la marotte des oiseaux exotiques. Il s'est fait construire cette volière par un de mes amis, cela fait des années. C'est la raison pour laquelle elle est remplie d'arbres, voyez-vous. Des arbres pour les oiseaux. Et elle est toujours debout! Un miracle d'architecture! Mais peut-être êtes-vous inquiets? Voulez-vous que nous contournions l'édifice?

– Nous le traverserons, répondit Sedenko.

– J'aimerais le visiter, approuvai-je.

Je sentais que je serais heureux de goûter un moment de détente, aussi court qu'il fût.

– Le comte Otto était si fier de sa volière et de sa collection d'oiseaux qu'il insistait pour que tous les voyageurs pussent la visiter, expliqua Philander Groot, et c'est pourquoi la route la traverse.

Il paraissait tout à fait ravi.

En nous approchant, nous nous aperçûmes que l'entrée de l'énorme volière, envahie par les herbes, n'était plus entretenue; elle semblait abandonnée depuis des années. J'ai tendu l'oreille pour écouter des chants d'oiseaux. Je n'ai entendu qu'un bruit, une sorte de murmure, de papotage, comme les réflexions songeuses d'un inconsolable géant.

– Le comte Otto possédait au moins un spécimen de chaque oiseau connu, annonça Philander Groot en nous entraînant dans la jungle miniature. (Des branches s'emmêlaient au-dessus de nos têtes, mais la route était assez dégagée.) Quand il est mort, son neveu ne s'est plus intéressé à la volière. C'est pourquoi elle est maintenant dans cet état.

Il y régnait une forte odeur de moisissure et de vieil humus; loin devant nous, sous la faible clarté du soleil diffuse et verdâtre, je crus distinguer un chatoiement de plumes aux couleurs vives.

– C'est un oiseau assez gros, fit remarquer Sedenko. (Il regarda autour de lui.) Un endroit idéal pour que Klosterheim nous tende une embuscade...

– Il est derrière nous, rappelai-je au Moscovite.

– Il possède une aide infernale, déclara Philander Groot. Il est maintenant l'un des principaux généraux d'Arioch. Il n'est pas limité par les préoccupations des mortels; pas pour l'instant. Mais, pour nous, aucun endroit n'est plus dangereux qu'un autre, étant donné les puissances auxquelles commande Klosterheim.

– C'est pour cela que vous semblez tellement insouciant, Philander Groot ? demandai-je à l'élégant mage.

Il se tourna vers moi en souriant et s'apprêtait à répondre lorsque cela sortit avec fracas des feuillages.

Il était au moins quatre fois plus grand qu'un cheval, et boitillait sur trois pattes. Il tenait la quatrième, la patte antérieure droite, bien au-dessus du sol, car elle avait visiblement été blessée longtemps auparavant. C'étaient ses écailles que j'avais prises pour des plumes un peu plus tôt : il y avait une dominante de rouges et de jaunes scintillants. Ses mâchoires ouvertes étaient garnies de dents argentées, et sa lourde queue battait derrière lui comme celle d'un chat en colère.

Il venait vers nous à une allure incroyable. Groot partit d'un côté, Sedenko de l'autre, et je me retrouvai seul, l'épée à la main, face au dragon boiteux.

Je n'avais pas l'habitude de combattre les dragons. Jusqu'à cet instant, je ne croyais pas à l'existence de telles créatures. Celui-ci ne crachait pas de feu, mais son souffle était vraiment fétide. Et il nous cherchait noise. Cela ne faisait aucun doute.

Mon cheval hennit de terreur et tenta de s'échapper, mais je savais qu'il était impossible de fuir. J'ai frappé d'estoc le museau de la bête, et le sang a jailli. Le monstre rugit et ses mâchoires se refermèrent en claquant, mais il ralentit son attaque. J'ai frappé de nouveau. Il s'est cabré à demi sur ses pattes de derrière, incapable de donner des coups avec son unique patte antérieure sans basculer en avant. J'ai foncé derrière lui, faisant sauter mon cheval par-dessus la queue agitée, obligeant ainsi le dragon à se retourner, gêné dans ses mouvements par les lourds troncs d'arbres. Des dents argentées se refermèrent sur ma manche en emportant un peu de chair. J'ai crié, mais je n'étais pas sérieusement blessé. J'aperçus Philander Groot et Sedenko qui arrivaient derrière le dragon pour le frapper avec leurs propres épées.

J'étais repoussé de plus en plus loin dans les broussailles, et je me suis bientôt retrouvé coincé contre un grand mur de verre. La gueule du dragon plongea de nouveau; ses dents me ratèrent de peu et se refermèrent sur le cou de mon cheval qui hurla. J'ai vidé les étriers en tombant à la renverse tandis que ma monture était soulevée du sol. Je me suis affalé lourdement parmi les branchages, mais je me suis relevé aussitôt.

Le cheval était mort et continuait de se convulser entre les mâchoires du dragon. Le monstre flaira un instant autour de lui avant de lâcher le destrier qui s'écrasa sur le sol à quelques pieds de moi. Manifestement, j'étais la proie désignée du dragon et rien d'autre ne pourrait le satisfaire. Je n'avais que mon épée pour me défendre. J'ai tenté de ramper à l'abri d'un épais tronc d'arbre, mais je savais qu'aucun endroit ne pouvait m'offrir de réel refuge dans cette volière délabrée.

La queue du dragon frappa le verre, et le fêla. Un curieux tintement descendit de la toiture et brusquement, comme s'il venait de se réveiller, un groupe d'oiseaux multicolores prit son vol avec force cris et gazouillis. Ils redescendirent bientôt se poser sur le cadavre du cheval. Ils se désintéressaient du combat, et le dragon les ignora. Ils commencèrent leur festin.

Le long museau reprit sa recherche et flaira mon odeur. Le dragon continua de me poursuivre en sautillant, tandis que Philander Groot et Grigory Petrovitch Sedenko, derrière lui, poussaient des cris et le frappaient, mais sans résultat. Mes forces me quittaient rapidement. Des éclats de cristal se mirent à tomber autour de moi, et l'un d'eux faillit m'empaler.

Les crocs me retrouvèrent et raclèrent mon bras gauche. J'eus l'impression que le dragon avait déchiqueté tout le membre en un seul mouvement. Je m'affaiblis encore, mais je continuai à fuir.

Philander Groot m'appelait, mais je ne pouvais pas saisir ses paroles. J'ai encore frappé la gueule du dragon, en lui plongeant mon épée dans le palais. Il grogna en redressant la tête, m'arrachant mon arme, qu'il recracha aussitôt. Désormais, je n'avais plus aucune défense.

Je suis tombé. J'ai commencé à me traîner sur le sol, espérant découvrir quelque refuge temporaire. Une griffe atteignit ma jambe droite; la douleur s'élança dans mon échine et se répandit dans tout mon corps. Mais j'ai quand même continué à fuir, m'agrippant aux branches basses pour me tirer hors de portée du monstre.

Ma main s'est alors posée sur quelque chose de lisse et froid. Malgré mon regard voilé, j'ai vu qu'il s'agissait d'un morceau du toit brisé. Cela ressemblait à un long glaçon. Je me suis aperçu qu'il était très pointu. Je me suis efforcé de le lever d'une main, en m'arc-boutant sur ma jambe valide, jusqu'à ce qu'il fût solidement appuyé sur la terre, entre deux racines, sa pointe irrégulière dressée vers le dragon.

La bête se cabra de nouveau et s'avança en chancelant sur ses pattes postérieures. De la salive coulait de ses mâchoires. Les dents argentées claquèrent. J'ai roulé derrière l'énorme éclat de cristal à l'instant où le dragon se laissait tomber sur moi.

La pointe lui frappa la poitrine, juste sous la gorge, et s'enfonça complètement. Le dragon poussa un rugissement de douleur et baissa vers moi des yeux furieux, comme s'il reconnaissait en moi la source de sa souffrance.

Un sang noir jaillit de la poitrine du dragon lorsqu'il se mit à frapper la pointe de cristal avec sa patte valide, et chaque coup avait pour effet d'agrandir la plaie et de faire couler davantage de sang. L'horrible liquide me couvrait de la tête aux pieds, mais je crois que je souriais quand même.

Philander Groot et Sedenko avaient mis pied à terre. Ils plongèrent sous les branches et se précipitèrent vers moi. Groot portait une autre pointe de cristal entre ses bras. De toute la force de son petit corps, il l'enfonça dans le flanc du dragon.

La bête grogna et se tourna vers cette nouvelle source de douleur. Une toux affreuse s'échappa de sa gorge.

Puis il tituba contre un mur, déjà fêlé, et s'écroula en passant au travers. Pendant un instant, affalé parmi les feuilles, les branches brisées, les tessons de verre et de cristal, il donna l'impression de vouloir se redresser. Il poussait des grondements et ses naseaux crachaient du sang à plusieurs pieds de distance. Les oiseaux quittèrent le cadavre de mon cheval dont ils avaient complètement nettoyé les os. Le dragon agonisant se remit à tousser affreusement, d'une manière presque pitoyable.

Un dernier long soupir, et il avait expiré. Les oiseaux bariolés commencèrent à se poser sur ses écailles et le dragon fut bientôt complètement enseveli sous un amas de plumes frémissantes et de becs ensanglantés.

Philander Groot et Grigory Sedenko vinrent à mon secours. Leurs visages semblaient très préoccupés. J'ai tourné la tête pour regarder mon bras. Il était ouvert jusqu'à l'os. Ma jambe n'était pas en meilleur état.

J'ai montré le squelette de mon destrier. Mes sacoches étaient intactes. « Le petit flacon. » J'ai poussé un gémissement car la douleur commençait à se manifester.

Sedenko savait de quel flacon je voulais parler. Il courut jusqu'à la sacoche, et le trouva. Le bidon était un peu tordu et bosselé, mais toujours d'une seule pièce. Il fallut un certain temps à Sedenko pour arracher le bouchon et porter le goulot à mes lèvres. J'ai bu à petites gorgées. La souffrance fit place à quelque chose qui ressemblait à une sorte de froide extase, puis à l'oubli. J'ai rêvé que j'étais à nouveau jeune, dans ma ville de Bek, et que toute cette aventure n'avait été qu'un cauchemar.

Quand je me suis réveillé, mes amis m'avaient lavé le corps et changé mes vêtements. Pendant un moment je me suis demandé si, comme Siegfried, le sang du dragon allait me rendre invulnérable. Mon bras gauche était couvert de cicatrices, mais je pouvais le bouger sans rien éprouver qu'un léger endolorissement et une certaine raideur. Ma jambe était également guérie.

Philander Groot me souriait en tirant sur sa barbiche. Il paraissait toujours aussi tranquille. Sa mise et son port étaient parfaits.

– Maintenant, vous êtes vraiment un preux chevalier, capitaine von Bek, dit-il. Vous avez occis un dragon durant votre Quête du Saint-Graal !

Il tira son épée du fourreau et m'en offrit la garde magnifiquement ouvragée.

– Tenez, déclara-t-il, vous ne pouvez pas être un chevalier sans une lame.

J'ai accepté son cadeau sans hésiter. Je ne sais toujours pas très bien pourquoi il me fit ce présent, ni pourquoi je le pris aussi promptement.

– Je vous suis reconnaissant, dis-je.

J'étais assis, bien droit, dans un coin de l'immense volière. Je pouvais voir à travers le feuillage la paroi brisée ainsi que les ossements du dragon, un peu plus loin. Il n'y avait plus le moindre signe de ces oiseaux. On aurait dit qu'ils ne s'étaient réveillés qu'en flairant la mort.

Je me suis remis sur pied.

– Vous êtes resté sans connaissance durant toute une journée, m'apprit Philander Groot pendant que je bouclais son épée à ma ceinture.

– Des heures précieuses abandonnées à Klosterheim, déclarai-je.

– Peut-être, répondit le mage.

Sedenko approcha en tirant les deux destriers survivants.

– J'ai chevauché un peu plus loin, annonça-t-il. Il y a une grande plaine devant nous. Au delà se trouve une forêt bleu-vert qui monte jusqu'au ciel. Je crois que nous avons atteint l'extrémité du monde, capitaine.

15

– C'est tout à fait comme chez moi, déclara Grigory Petrovitch Sedenko d'une voix particulièrement joyeuse, tout à fait comme les steppes de l'Ukraine.

Au bout de cette prairie onduleuse, le monde semblait s'incurver vers le ciel et l'on pouvait apercevoir le bleu-vert brumeux d'une forêt immense et tranquille.

Nous traversions un petit pont de pierre, apparemment construit pour une ville qui n'existait plus.

– On prétend que le comte Otto aimait beaucoup vivre ici, annonça Philander Groot. Selon la rumeur, son château fut bâti en vue du Paradis; et, après son trépas, non seulement son âme se serait élevée au Paradis, mais le château aurait été emporté avec elle. En tout cas, nous n'en voyons pas trace par ici.

– Fort bien, dis-je, je ne devrais plus tarder à parvenir au terme de ma Quête.

– Le Graal se trouve réellement là-bas? demanda Sedenko.

– Je le saurai bientôt. (J'ai hésité.) Je saurai si toutes ces aventures, toutes ces épreuves ont été vaines ou non. L'Homme lutte en croyant qu'il peut modifier sa destinée à force de persévérance. Et je crois que tous ces efforts ne mènent qu'à la ruine.

– Vous demeurez donc un fataliste, commenta simplement Philander Groot.

– Je sais que l'Homme est mortel, déclarai-je. Qu'il ne peut pas contrôler la famine et la maladie. Après tout ce que j'ai vu, j'ai cherché à devenir un homme d'action. Et je n'ai réussi à procurer au monde qu'une souffrance encore plus grande.

– Mais vous pourriez être près d'obtenir son Remède. (Philander Groot parlait d'une voix très douce.) Peut-être est-il possible de libérer l'Homme de sa captivité, de sa dépendance envers Dieu ou Lucifer. Nous pourrions voir l'aube d'un nouvel âge. Un âge de Raison.

– Et si la Raïson de l'Homme est aussi parfaite que le reste? objectai-je. Pourquoi devrions-nous faire l'éloge de sa misérable logique, de son penchant à créer des lois qui ne font que compliquer davantage sa condition?

– Eh bien, répondit Philander Groot, peut-être parce que nous n'avons que cela. Et notre apprentissage doit passer par les épreuves et les erreurs, n'est-ce pas?

– Au prix de notre humanité naturelle?

– Parfois, peut-être. (Philander Groot haussa les épaules.) Vous devez maintenant prendre mon cheval, seigneur chevalier. Je ferai de mon mieux pour vous suivre à pied.

– Il ne vous reste plus de magie pour vous prêter secours durant votre voyage ? demandai-je.

– Comme je vous l'ai dit, elle est entièrement utilisée. Les ducs de l'Enfer ont repris la moindre parcelle du pouvoir qu'ils m'avaient confié. Laissons-leur le surnaturel et le sensationnel. J'ai déjà renié tout cela autrefois, et je le renie à nouveau. Bien que je ne pense pas avoir maintenant le choix, comme cela fut le cas auparavant. Néanmoins, puisque j'avais pris la même décision lorsque le choix m'appartenait, je n'ai pas le sentiment d'une grande perte. Et mon désir de posséder ces pouvoirs a disparu depuis bien des années.

Sedenko s'écria soudain :

– Regardez ! Regardez derrière nous !

Nous nous sommes retournés.

Derrière le pont, derrière les collines, s'était formé un grand nuage noir qui se déplaçait.

– C'est Klosterheim et les forces de l'Enfer, annonça simplement Philander Groot. Vous devez désormais vous hâter, capitaine von Bek. Ils ne poursuivent que vous.

– Ils sont si nombreux ? demandai-je.

– N'êtes-vous pas flatté ? dit-il avec un sourire tranquille.

– Ils vous tueront, Philander Groot, déclara Sedenko. J'insiste pour que vous montiez en croupe avec moi.

– J'aime la vie, cher Moscovite, répondit le mage, et j'accepte votre offre.

Ainsi avons-nous poursuivi notre route, Philander Groot cramponné au dos de Sedenko. Nous avancions bien plus lentement que ne l'exigeait notre inquiétude, avec ce nuage noir qui semblait grandir à chaque instant. Nous avons bientôt senti le sol frémir sous nos pas, comme pour annoncer un tremblement de terre, mais nous l'avons ignoré car l'horizon, loin devant nous, était couvert d'un brouillard bleu-vert.

Il nous apparut bientôt que la moitié du monde était ténèbres, et l'autre moitié lumière. Derrière nous s'avançaient les forces infernales menées par Klosterheim, devant nous s'étendait le Paradis, dans lequel nous ne pouvions pas pénétrer. Nous étions dans des sortes de Limbes intemporelles, les trois derniers mortels pris entre les adversaires d'une guerre mystérieuse et insensée qui menaçait de détruire tout le Royaume terrestre.

Nous nous trouvions encore à quelques milles de la forêt quand nous entendîmes des hurlements derrière nous et vîmes une douzaine de cavaliers foncer sur nous. L'avant-garde de l'armée principale de Klosterheim.

Il s'agissait de guerriers à l'aspect terriblement hideux, aux visages déformés, rongés par les maladies – certains n'avaient plus que la moitié de la chair sur les os. Et ils affichaient tous la grimace familière des morts en décomposition.

Ayant tiré nos épées, nous fûmes aussitôt dans la bataille, mais notre efficacité se trouvait diminuée par le fait que Groot était un passager et qu'il se trouvait maintenant désarmé. De plus, notre moral n'était pas remonté par les horribles ricanements qui s'échappaient des lèvres de nos assaillants lorsque nos armes les frappaient.

Ils galopaient en rond autour de nous, nous empêchant totalement de progresser, et je fouillais ma mémoire dans l'espoir de trouver une incantation capable de les arrêter. Ce fut Groot qui trouva la parade, en s'écriant :

– Frères ! Pourquoi ne poursuivez-vous pas von Bek ? Il vous détruira s'il s'échappe. Regardez... Il est déjà là-bas, presque à l'orée de la forêt !

Et, tandis qu'ils tournaient leurs yeux vitreux dans la direction qu'il indiquait, Groot me murmura :

– Je me suis rendu compte que les morts sont en général des gens assez sots.

Les cavaliers cessèrent de ricaner pour discuter entre eux, et nous étions déjà en train d'éperonner nos chevaux en fonçant vers la brume bleu-vert. Nous pouvions voir derrière nous une armée qui s'étendait d'un bout à l'autre de l'horizon, et les ténèbres qui la survolaient menaçaient maintenant le soleil, qui nous serait bientôt caché.

Une froideur vint alors de l'est, comme un vent pétrifié. J'ai pensé que cela ressemblait davantage à un vide risquant de nous aspirer. Nous frissonnions en poursuivant notre course, les créatures infernales lancées à notre poursuite.

– Le duc Arioch étend ses ailes, annonça Groot en observant le nuage noir. Il a mis son armée entière à la disposition de Klosterheim.

Nous pouvions sentir l'odeur putride de la chair morte; des mains cadavériques cherchaient à nous saisir. Et d'autres encore approchaient derrière les premiers cavaliers : les choses qui couraient, mi-singes, mi-hommes, vêtus de bandelettes de cuir nouées, portant des épieux et des massues en bois, avec des dents comme des défenses. Et derrière eux venaient des guerriers au visage mince, au corps élancé, la chevelure grise flottant au vent, portant une livrée vert et blanc, sans cuirasse. Ceux-ci tenaient de grandes épées à deux mains et guidaient leurs chevaux avec leurs cuisses. Et à côté d'eux se trouvaient des démons, tout en cornes et en pustules, chevauchant des montures monstrueuses, et il y avait des femmes aux dents limées en pointe, et des femmes avec des groins de porc, et des apparitions dont la chair semblait liquide, et des lézards géants portant des singes, et des autruches montées par des lépreux en armes, et des choses encapuchonnées qui croassaient – et nous galopions toujours, juste devant eux, tandis que Sedenko lançait un appel plaintif à Dieu, au tsar et à sainte Sophie; quant à Groot, exténué, il ne parvenait plus à conserver son allure élégante.

Le vacarme des jacassements, des cris et des ricanements nous remplissait les oreilles. Lui seul aurait déjà pu nous rendre fous, tout comme l'odeur qui nous poussait au bord de l'évanouissement. Nos chevaux se fatiguaient. Je vis la monture de Sedenko trébucher, manquant de désarçonner le mage. J'avais l'impression que Philander Groot était aussi effrayé que moi, et qu'il avait perdu toutes ses ressources. Il n'avait plus maintenant d'autre choix que de fuir avec nous en gardant l'infime espoir que la forêt pourrait au moins nous offrir un refuge temporaire.

Nous n'étions pas très loin devant nos poursuivants. Petit à petit, ceux-ci gagnaient sur nous et commençaient à nous entourer.

– Oh, mon Dieu, ayez pitié de moi. Je me repens ! Je me repens ! cria Sedenko tout en donnant un coup d'épée qui arracha la tête d'un démon. Je confesse que je suis un pécheur et un coquin !

Une autre tête se détacha d'un corps. Du sang éclaboussa le visage du Kazak. Il pleurait, blanc de peur; à peine conscient, je pense, qu'il priait tout en continuant à tuer.

– Mère de Dieu, prenez-moi en votre sein !

La puante multitude se faisait de plus en plus pressante. Mais aucune épée ne nous avait touché. Aucun coup ne s'était abattu sur nous. Je compris que Klosterheim avait ordonné de nous prendre vivants. Sa nature était telle qu'il ne serait satisfait qu'en contemplant notre trépas.

– Les grimoires ! me cria Sedenko. Il doit y avoir quelque chose dans les grimoires !

J'en ai sorti un, puis l'autre. J'ai lancé des incantations. J'ai clamé les paroles qui avaient déjà repoussé les forces du duc Arioch. Mais rien n'affectait plus ces créatures infernales. Cela en disait long sur la puissance grandissante d'Arioch et sur l'autorité déclinante de Lucifer. J'ai jeté les grimoires vers des visages hideux et ricanants. J'ai lancé mes cartes vers Klosterheim tandis que son cheval s'ouvrait un passage parmi la foule; le prêtre-soldat s'avança lentement vers nous, le dos raide, un petit sourire sur ses lèvres minces, redressant un peu les épaules. Il tendit une main, attrapa le coffret et répandit les cartes sur le sol. Il haussa les épaules.

– Maintenant, vous êtes à moi, von Bek, déclara-t-il.

C'est alors que Philander Groot descendit tranquillement de cheval et vint s'interposer entre moi et mon vieil ennemi.

– Klosterheim, dit-il d'une petite voix calme qui exprimait pourtant une force énorme, vous êtes la personnification de la misère intellectuelle.

Klosterheim ricana :

– Je suis pourtant ici, Philander Groot, en pleine ascension, alors que vous n'avez pas d'autre espoir qu'une mort rapide. Vous prétendrez peut-être qu'il n'y a pas de justice. Je vous répondrai que ce sont les forts qui rendent leur propre justice, par leurs actes, et grâce aux pouvoirs qu'ils amassent.

– Vous avez obtenu une certaine puissance, Johannes Klosterheim, parce que le duc Arioch a jugé bon de vous l'accorder. Mais quand vous ne lui serez plus utile, Johannes Klosterheim, vous serez destitué.

– Je commande à tout cela ! (Klosterheim fit un grand geste de la main pour montrer les rangs innombrables des damnés.) Lucifer Lui-même tremble maintenant. Vous voyez ! Nous avons atteint les frontières du Paradis lui-même. Quand nous en aurons fini avec vous, nous pourrons marcher sur la Ville sainte, si nous le voulons. Nous assiégerons le vieux Dieu faible et décadent qui demeure là-haut. Nous assiégerons Son idiot de Fils. Le duc Arioch m'emploie, c'est vrai, mais il m'emploie comme Lucifer emploie von Bek. Pour mon courage. Pour mon courage mortel !

– Chez von Bek, il s'agit de courage, déclara Philander Groot. Chez vous, Johannes Klosterheim, il s'agit de démence.

– De la démence ? Chercher le pouvoir et le conserver ? Non !

– Le désespoir mène à de nombreuses formes de pensée, dit le mage, et à de nombreuses sortes d'action. Le désespoir pousse certains vers un meilleur équilibre, par l'analyse du monde tel qu'il est et tel qu'il pourrait être. Il en pousse d'autres vers une profonde et dangereuse folie, car ils imposent leurs propres désirs à la réalité. Je plains votre désespoir, Johannes Klosterheim, car en fin de compte il ne pourra recevoir aucun soulagement. C'est le pire que l'on puisse connaître. Et, pourtant, les hommes regardent souvent vos semblables avec envie, comme vous enviez certainement le duc Arioch, qui jalouse sans doute son Maître Lucifer, au point de Le trahir, et peut-être Lucifer est-Il jaloux de Dieu. Et que désire Dieu, je me le demande ? Peut-être envie-t-Il le simple mortel qui est satisfait de son sort et n'envie personne.

– Je n'écouterai pas ces sornettes plus longtemps. Vous devenez ennuyeux, Philander Groot. Vous ne faites qu'accélérer votre trépas en m'ennuyant !

Philander Groot s'était redressé. Il paraissait maintenant beaucoup plus calme. Il prit une de ses anciennes poses et se tirailla un instant la moustache.

– Fi ! Quelle vulgarité, même de votre part, Johannes Klosterheim ! Si vous exigez des autres un divertissement, vous devriez être au moins prêt à proposer vous-même quelque chose !

Autour de nous, les forces de l'Enfer piaillaient, grognaient, grondaient et bavaient. Ces créatures étaient impatientes de nous voir mourir.

– Est-ce là... (D'une main fatiguée, Groot désigna les démons et les morts vivants aux corps difformes.)... Est-ce là tout ce que vous pouvez offrir ? De la simple sensation ? La terreur est l'émotion humaine la plus facile à provoquer. Vous le saviez ?

Klosterheim ne se laissait pas démonter par le mage. Il haussa les épaules.

– Mais vous admettrez que la terreur est des plus efficaces pour parvenir à ses fins. C'est de loin la plus économique des émotions, pas vrai, philosophe ?

– Je pense que nous sommes opposés par nature, déclara Philander Groot comme un hôte bavardant avec son invité durant le dîner, et que nous ne comprendrons jamais les motifs ou les ambitions de l'autre.

Il leva les bras en l'air et sembla tirer sur quelque chose, sur une corde invisible. Une boule d'or étincelant apparut dans sa main. L'or se mit à briller de plus en plus et tout son corps parut s'enflammer. Son visage calme, un peu las, continua de nous regarder tandis que les hordes infernales, consternées, se reculaient en murmurant. Groot fit un geste d'une main et une gerbe de feu frappa le groupe de démons le plus proche. Ils se mirent aussitôt à brûler en hurlant, trépignant, frappant leurs corps. Un autre geste de Groot et quelques autres dizaines de monstres s'embrasèrent.

Klosterheim recula en titubant, protégeant son visage de la chaleur.

– Quoi ? Vous m'avez roulé. Tuez-le !

Philander Groot s'adressa à moi sur le ton de la conversation.

– Je pense que je ne vais pas tarder à mourir. Je vous conseille à tous deux de fuir pendant que vous le pouvez.

– Venez avec nous ! dis-je.

– Non. Je suis satisfait.

J'ai regardé vers l'ouest, vers la brume bleu-vert, ma destination.

– Tenez !

Je lui ai lancé la fiole contenant les dernières gouttes de l'élixir de Lucifer. Il la prit avec un hochement de reconnaissance et porta le goulot à ses lèvres.

– Sedenko ! ai-je crié à mon compagnon.

J'ai fouetté mon cheval et je suis parti. J'ai entendu Klosterheim crier :

– Oh ! il faut les tuer maintenant !

Nous fûmes de nouveau sur l'herbe. J'ai regardé en arrière. Tout était sombre, à part le feu doré qui dévastait les rangs des damnés. Sedenko était blanc. Il se tenait le dos tout en chevauchant. Il avait l'air de pleurer.

J'ai vu Philander Groot se déplacer. Le feu jaillit

entre nous et la horde de l'Enfer. La puanteur de cette armée céda la place à un air plus pur; la brume était juste devant nous.

Nous avons atteint la forêt; nous venions de pénétrer parmi les premiers bouquets d'arbres lorsque Sedenko s'affala en avant sur le cou de son cheval. Sa respiration était hachée. De petits bruits s'échappaient de ses lèvres.

J'ai vu qu'il avait une entaille dans le dos, allant de l'épaule à la hanche. Il continuait de pleurer.

– Ils m'ont tué. Oh, par tout ce qui est saint, ils m'ont tué, capitaine!

Le brasier d'or était maintenant éteint. L'armée des ténèbres se remit en marche. Puis elle s'arrêta.

Je savais qu'elle ne pénétrerait pas dans la forêt à la Lisière-du-Paradis, mais qu'elle attendrait mon retour, si je parvenais à ressortir un jour.

J'ai sauté au bas de mon cheval fourbu et j'ai couru porter assistance à Sedenko. J'ai soutenu son corps qui glissait de la selle. Du sang coula sur mes bras et sur ma poitrine. Sedenko releva les yeux vers moi; son visage était maintenant innocent, implorant.

– Je suis vraiment damné, capitaine? Je suis voué aux Enfers?

Je n'ai pas pu lui répondre.

Quand il fut mort, je me suis relevé pour regarder autour de moi. Tout était paisible. Une solitude s'était emparée de mon âme.

Maintenant, tout était sombre, à part cette forêt. Et il y avait, même ici, des bribes de gris, comme si le mal s'insinuait.

J'ai levé la tête vers le ciel en agitant le poing.

– Oh, je vous renie. Je renie votre Paradis et je renie votre Enfer. Faites de moi ce que vous voudrez, mais sachez que vos désirs sont misérables et vos ambitions insensées!

Je ne m'adressais à personne. Je m'adressais à l'Univers. Je m'adressais au Néant.

16

Un silence s'était abattu sur le monde.

La plaine semblait maintenant couverte d'un bout à l'autre par l'armée de Klosterheim; multitude en attente, pétrifiée. Même la forêt ressemblait à celle dans laquelle j'avais découvert le château de Lucifer. Aucun animal, aucun oiseau, rien ne bougeait; il n'y avait que l'odeur tendre de l'herbe et des fleurs.

Je couvris le corps de Sedenko avec des feuilles et des tulipes sauvages. Je n'avais pas la force de l'enterrer. J'ai laissé son destrier pour le garder, puis j'ai enfourché mon propre cheval et je me suis dirigé droit vers l'ouest en m'enfonçant dans cette forêt bleu-vert. Mon corps et mon esprit étaient atteints d'une étrange torpeur. Peut-être ne pouvaient-ils plus accepter davantage de terreur ou de chagrin.

Je savais aussi que j'avais changé depuis que j'avais quitté le château de Lucifer; autant qu'entre mon départ de Bek et le sac de Magdebourg. Les modifications étaient subtiles. Il n'y avait pas eu de fort sentiment de révélation. Mon amertume était d'un ordre différent. Je n'accusais personne, pas même Dieu, d'être responsable des malheurs du monde. Et je ne me condamnais pas trop durement pour mes crimes passés. Cependant, j'étais décidé à suivre un chemin qui n'appartiendrait qu'à moi. Si jamais je revenais dans le monde que j'avais quitté, je ne me mettrais pas au service des protestants ou des catholiques. J'emploierais mes talents de soldat à me défendre et à protéger les miens, mais je ne me porterais pas volontaire pour aller combattre. Je pleurais le trépas de Sedenko et de Philander Groot, et je me disais que, si une chance de les venger se présentait à moi, je la saisirais probablement; néanmoins, je n'éprouvais plus de colère, désormais, envers le misérable Johannes Klosterheim, dont la propre terreur augmentait sans cesse, à mesure que grandissait son pouvoir.

Le sol commençait à monter, suivant presque la courbe que j'avais cru remarquer de loin. Et maintenant, éloigné de l'influence des forces de Klosterheim, j'entendis le chant d'un roitelet, puis le sifflement d'un merle et le jacassement d'une pie. De petits animaux couraient dans les sous-bois. Tout était de nouveau normal.

J'ai chevauché durant plusieurs heures avant de me rendre compte que la nuit ne tombait pas sur cette forêt. Le ciel était immaculé, serein, baigné par un soleil clément. Finalement, j'entendis des rires d'enfants alors que je parvenais en haut d'une colline; j'aperçus en bas, de l'autre côté, une petite clairière dans laquelle se trouvaient une maison au toit de chaume et quelques dépendances, ainsi qu'une vache et un cheval de labour. Trois petits garçons jouaient dans la cour et devant la porte se tenait une femme aux cheveux gris, mais qui avait le port droit et la peau claire d'une jeune fille. Même à cette distance, j'aperçus ses yeux. Ils étaient francs, et du même bleu-vert que la forêt. Elle sourit et me fit un signe.

J'ai descendu lentement, savourant cette scène de paix.

– Je dois vous avertir qu'une puissante armée venue de l'Enfer assiège la forêt, lui dis-je.

– Je sais, déclara la femme. Comment vous appelez-vous, jeune homme ?

– Je suis Ulrich von Bek et j'entreprends une Quête. Je cherche le Saint-Graal pour mettre un terme à la souffrance du monde et pour que Lucifer puisse retrouver Sa place dans le Royaume céleste.

– Ah, dit-elle, vous voici enfin, Ulrich von Bek. Je le garde ici pour vous.

J'ai mis pied à terre. J'étais étonné.

– Vous gardez quoi, madame ?

– J'ai ce que vous appelleriez le Graal. C'est une coupe. Je crois qu'il s'agit de ce que vous recherchez.

– Madame, je ne peux pas vous croire. Je pense que, jusqu'à présent, je n'ai jamais réellement cru que je pourrais trouver le Graal; ni aussi facilement, pour qu'il me soit offert par une personne telle que vous.

– Oh, le Graal est une chose simple. Et il a une fonction simple, franchement, Ulrich von Bek.

Mes jambes fléchissaient. Je me sentais faible. Je n'avais pas encore remarqué à quel point j'étais éreinté.

La femme fit signe à un des garçons de s'occuper de mon cheval. Elle passa son bras autour de ma taille. Elle était très forte.

Elle m'emmena dans la fraîcheur paisible de sa maison et me fit asseoir sur un banc. Elle m'apporta du lait. Elle m'offrit des tartines de miel. Elle ôta mon casque, me caressa la tête et murmura des paroles apaisantes alors que j'éclatais en sanglots.

J'ai pleuré pendant une heure. Quand j'eus fini, j'ai relevé les yeux vers cette dame et j'ai dit :

– Tout ce que j'aime est menacé, ou perdu à jamais.

– C'est ce qu'on dirait, déclara-t-elle.

– Mes amis sont morts. Mon véritable amour est l'esclave de Satan, comme moi-même. Et je ne suis pas certain que mon Maître tiendra Sa promesse.

– On ne peut pas faire confiance à Lucifer, admit-elle.

– Il m'a proposé de libérer mon âme, expliquai-je.

– Oui. C'est la seule chose qu'Il puisse offrir, Ulrich von Bek, la seule qui ait une valeur pour un mortel. Il peut proposer la puissance et la connaissance, mais elles sont inutiles s'il faut les payer de son âme. Beaucoup sont venus jusqu'à moi, dans la forêt à la Lisière-du-Paradis. De nombreux soldats et de nombreux philosophes.

– Qui cherchaient le Graal?

– Oui.

– Et vous le leur avez montré?

– Je l'ai montré à certains, oui.

– Et ils l'ont ramené avec eux dans le monde?

— Un ou deux l'ont ramené, en effet.

— Alors ce n'est qu'une duperie. Le Graal n'a pas de pouvoir particulier.

— Je ne vous ai pas dit cela, Ulrich von Bek.

Elle était presque fâchée. Elle prit une cruche et me versa encore un peu de lait. Elle étendit du miel sur le bon pain.

— Mais la plupart d'entre eux attendaient des signes magiques, dit-elle. La plupart espéraient au moins une musique céleste. Beaucoup d'entre eux étaient tellement purs et innocents qu'ils ne pouvaient pas supporter la vérité.

— Comment ? Le Graal n'est évidemment pas une supercherie de Satan. Si c'était le cas, les conséquences de ce que j'ai fait...

— Vous craignez le pire, dit-elle en riant, car votre expérience vous a conduit à craindre le pire. Oh, j'ai vu des hommes et des femmes au grand cœur qui s'agenouillaient pour adorer la coupe. Je les ai vus prier durant des jours, dans l'attente d'un message, d'un signe. Je les ai vus partir d'ici désappointés, clamant qu'on leur avait offert un faux Graal. J'ai même été menacée de mort, par ce même Klosterheim qui maintenant commande aux armées de l'Enfer.

— Klosterheim est venu ici ? Quand cela ?

— Il y a bien des années. Je ne l'ai pas traité différemment. Mais il espérait trop. Alors il n'a rien obtenu. Et il est reparti. Il m'a frappée ici de son épée.

Elle désigna son sein gauche.

— Et, de toute évidence, il ne vous a pas tuée, dis-je.

— Bien sûr que non. Il n'était pas assez fort.

— Il a des forces à sa disposition, désormais.

— Pour ça, oui ! Mais il a refusé d'apprendre, dit-elle, et c'est grand dommage. Il avait du caractère, ce Johannes Klosterheim, et il me plaisait malgré sa naïveté. Il refusait les connaissances que Lucifer refusait. Pourtant, je crois que vous les avez acquises, Ulrich von Bek.

— Tout ce que j'ai appris, madame, c'est à accepter

les attributs du monde tels qu'ils sont. Je crois avoir appris à m'accepter moi-même, à accepter la capacité de l'Homme à créer, non pas des prodiges et des merveilles, mais des villes et des fermes qui agencent le monde, qui nous apportent la justice et la santé.

– Ah ! ah ! dit-elle. C'est donc là tout ce que vous avez appris, jeune homme ? Est-ce tout ?

– Je le pense, répondis-je. Le merveilleux est par nécessité un mensonge, une déformation. Au mieux, c'est une métaphore qui nous guide vers la vérité. Je crois savoir ce qui provoque la souffrance du monde, madame. Ou du moins, je crois savoir ce qui contribue à cette souffrance.

– Et de quoi s'agirait-il, Ulrich von Bek ?

– En disant un seul mensonge à une personne ou à une autre, en niant un seul fait de la réalité du monde tel qu'il a été créé, on ajoute à la souffrance du monde. Et la souffrance, madame, engendre la souffrance. Et l'on ne doit pas chercher à devenir saint ou pécheur, Dieu ou Diable. On doit s'efforcer de devenir humain et d'aimer l'humanité qui est en nous.

Je commençais à me sentir mal à l'aise.

– Voilà tout ce que j'ai appris, madame.

– C'est tout ce que demande le Paradis, déclara-t-elle.

J'ai regardé par la fenêtre.

– Y a-t-il réellement un Paradis ?

– Je le crois, répondit-elle. Venez, Ulrich von Bek, nous allons marcher un peu.

J'avais retrouvé mes forces. Elle me prit par la main et m'emmena au-dehors, puis dans la forêt qui s'étendait derrière la maison et nous avons marché jusqu'au bord d'un précipice d'où s'élevait le brouillard bleu-vert. J'eus brusquement l'impression que mes sens et mon esprit s'aiguisaient, et je n'avais encore jamais ressenti une telle émotion. J'éprouvais une joie et une sérénité qui m'étaient inconnues jusqu'alors. J'aurais voulu sauter de cet endroit et plonger dans cette brume fraîche, pour me donner tout entier à ce que je ressentais. Mais la femme me tira la main et je dus me détourner du Paradis.

Même maintenant, je ne peux pas être certain d'avoir connu un indice de ce que pourrait être le Paradis. On aurait dit une sorte de clarté, une sorte de compréhension. Le Ciel et l'Enfer pourraient-ils n'être que la différence entre l'ignorance et le savoir ?

Je me suis détourné du Paradis.

Je me suis détourné du Paradis et je suis revenu avec la dame vers sa maison. Les enfants avaient disparu et seuls demeuraient la vache et le cheval, tranquilles.

Je me suis assis à table et elle servit du lait.

– Où se trouve cet endroit ? lui demandai-je. Où se trouve le Paradis ?

– Cela doit maintenant être évident pour vous.

Elle alla jusqu'au buffet en bois qui se trouvait derrière elle et ouvrit un tiroir. Elle en sortit une petite coupe en terre qu'elle posa devant moi sur la table.

– Voici. Rapportez ceci à votre Maître. Dites-Lui que vous avez trouvé le Graal. Et dites-Lui qu'il a été façonné par les mains d'une femme ordinaire.

– Cela ? (Je ne pouvais pas le toucher.) C'est cela, le Saint-Graal ?

– C'est là le fruit de ce qui réside selon vous dans le Graal, dit-elle. Et il est saint, je pense. Et c'est moi qui l'ai fait. Et il n'apporte que l'Harmonie. Il accorde avec eux-mêmes les gens qui se trouvent en sa présence. Ironiquement, néanmoins, il ne peut être pris que par une personnalité déjà cohérente.

– Et moi, madame, peut-on dire de moi que je suis cohérent alors que mon âme appartient à Lucifer ?

– Vous êtes un homme, dit-elle. Un mortel. Et vous n'êtes pas innocent. Et vous n'êtes pas vaincu. Oui, von Bek, vous êtes assez cohérent.

Mes doigts se sont avancés vers la petite coupe en terre.

– Mon Maître ne voudra pas croire à cela.

Elle haussa les épaules.

– Votre Maître est fou, dit-elle. Votre Maître est fou.

– Eh bien, assurai-je. Je la Lui rapporterai. Et je Lui répéterai ce que vous m'avez dit. Que j'apporte un Remède à la souffrance du monde.

– Vous Lui apportez l'Harmonie, déclara-t-elle. C'est cela le Remède. Et le Remède se trouve en chacun de nous.

– Cette coupe n'a pas d'autre pouvoir, madame?

– Le pouvoir de l'Harmonie est bien assez grand, répondit-elle simplement.

– Mais difficile à démontrer, répliquai-je d'un ton amusé.

Elle sourit. Puis elle haussa les épaules, ne souhaitant plus discuter de ce sujet.

– Fort bien, dis-je. Je vous remercie de votre hospitalité, madame. Et pour m'avoir offert le Saint-Graal. Dois-je croire en lui?

– Croyez ce que vous voulez. Cette coupe est ce qu'elle est, dit-elle. Et vous pouvez la prendre.

Finalement, j'ai saisi la coupe. Elle était chaude entre mes doigts. J'ai éprouvé un peu de cette sensation que j'avais déjà connue lorsque la femme et moi nous tenions au bord de l'abîme, derrière la maison.

– Je vous remercie de votre présent, dis-je.

– Ce n'est pas un présent, m'annonça-t-elle. Il est amplement mérité, Ulrich von Bek. Soyez-en sûr.

– J'ai un rouleau de parchemin que je dois ouvrir si je veux retrouver mon Maître, précisai-je.

– Vous ne pouvez pas l'ouvrir ici, dit-elle. Et, même si vous le faisiez, vous ne pourriez pas retourner d'ici jusqu'en Enfer, ni en aucun endroit qui dépend de l'Enfer. C'est la règle.

– Ah, mais, madame, j'ai fait un si long chemin! Devrais-je être dupé maintenant?

– Vous n'êtes pas dupé, dit-elle gentiment, mais c'est la règle. Vous utiliserez votre parchemin lorsque vous serez ressorti de la forêt. A ce moment, il pourra vous servir.

– Klosterheim et la horde du duc Arioch m'y attendent.

– C'est vrai, dit-elle. Je le sais.

– Je vais donc être damné alors que j'ai manifestement atteint mon but ?

– Si vous le pensez.

– Vous devez me le dire ! (J'étais au bord des larmes.) Oh, madame, vous devez me le dire !

– Prenez le Graal, déclara-t-elle. Et prenez votre parchemin. Tous les deux vous seront bien utiles. Montrez le Graal à Klosterheim et rappelez-lui qu'il l'a déjà vu auparavant.

– Il se moquera de moi.

– Bien sûr que Klosterheim se moquera de vous à la moindre occasion. Bien sûr qu'il le fera, Ulrich von Bek. Ce n'est qu'une cuirasse, ce Klosterheim.

– Et ensuite, il me tuera.

– Dans ce cas, vous devez avoir du courage.

Elle se leva de table et je compris qu'elle me donnait congé.

Quand je sortis dans la cour, un des petits garçons tenait mon cheval à ma disposition. Un autre était assis sur la pompe et me regardait. Le troisième ne s'intéressait pas à moi. Il observait les poulets.

Je me suis mis en selle et j'ai calé mes pieds dans les étriers. J'ai senti la coupe de terre dans ma bourse, avec le parchemin de Lucifer.

– On ne forgera pas de légende sur vous, dit la femme aux cheveux gris, mais vous êtes pourtant mon préféré, parmi tous ceux qui sont venus jusqu'à moi.

– Mère, demandai-je, voulez-vous me dire votre nom ?

– Oh, répondit-elle, je ne suis qu'une femme ordinaire qui a fait une coupe en terre et qui habite une chaumière dans la forêt à la Lisière-du-Paradis.

– Mais rien qu'un nom ?

– Appelez-moi comme vous voudrez, dit-elle.

Elle sourit; et son sourire était chaleureux. Elle posa sa main sur la mienne.

– Appelez-moi Lilith, comme le font certains.

Puis elle frappa le flanc de mon cheval et je suis reparti vers l'est. Retournant vers Klosterheim et l'ignoble armée qui m'attendait.

17

Je savais que c'était un espoir insensé, mais je suis résolument retourné à l'endroit où j'avais laissé le corps de Sedenko. Je me souvenais d'une légende concernant une des propriétés du Graal, prétendant qu'il pouvait ramener les trépassés à la vie. J'ai tendu la coupe en terre sur le cadavre de mon malheureux ami condamné à l'Enfer, mais ses yeux n'ont pas cillé, ses plaies n'ont pas été guéries par magie, bien que son visage parût alors plus paisible qu'au moment où je l'avais recouvert de fleurs et de feuilles.

Je pensais que ce rêve n'avait pas de sens. Cette coupe de terre n'était rien de plus qu'une coupe de terre. Je n'avais rien appris et je n'avais rien gagné. Malgré tout, j'ai continué de chevaucher jusqu'à l'orée de la forêt à la Lisière-du-Paradis, et je me suis retrouvé seul face aux rangs innombrables de l'Enfer en rébellion; j'ai cherché mon parchemin tandis que Klosterheim sortait à cheval de l'immense nuage noir et s'avançait lentement vers moi.

– Je vous donne l'occasion de participer à cette aventure, déclara-t-il. (Il fronçait les sourcils et pinçait les lèvres.) Vous et moi possédons un grand courage, von Bek; ensemble, nous pourrions marcher sur le Paradis et nous en emparer. Pensez à tout ce que nous détiendrions !

– Vous êtes fou, Johannes Klosterheim, répondis-je. Philander Groot vous l'a déjà dit. Et il avait raison. Comment les dons du Ciel pourraient-ils être pris de force ?

— De la manière dont je m'empare de l'Enfer, imbécile !

— J'ai trouvé le Graal, dis-je, et je vous demande de me laisser passer, car je vais retrouver mon Maître. Je suis parvenu au terme de ma Quête.

— On vous a leurré. Vous n'êtes pas le premier à être ainsi mystifié.

— Je sais que vous avez posé votre regard sur le Graal et que vous l'avez renié, dis-je, mais moi, je ne l'ai pas rejeté, Klosterheim. Ne me demandez pas pourquoi, car je ne pourrais pas vous le dire, bien que je sois certain que vous aviez de nombreuses raisons pour ne pas le reconnaître.

— Je ne l'ai pas reconnu parce que c'est un leurre, répliqua-t-il. Il n'y a pas eu de miracles. Ou bien Dieu nous a trompés, ou bien Il ne possède plus aucun pouvoir. C'est après cela que j'ai décidé de servir Lucifer. Et maintenant, je suis à mon propre service, contre Lucifer Lui-même.

— Vous ne servez rien ni personne, lui dis-je, que la cause de la discorde.

— Ma cause est bien plus importante ! Von Bek, je vous offre tout ce que vous désirez.

— Vous m'offrez plus que ne m'a offert Lucifer Lui-même, déclarai-je. Croyez-vous que Son pouvoir vous appartienne déjà ?

— Il m'appartiendra !

Il fit un signe et la force pesante de l'Enfer s'avança vers moi. J'ai senti la puanteur. J'ai entendu les gloussements et les autres bruits. J'ai distingué les visages hideux et déformés. Ils étaient innombrables.

— Voilà ce qui commande, maintenant, affirma Klosterheim. La mort et la terreur sont les moyens grâce auxquels tout pouvoir peut se maintenir. J'élabore ma justice moi-même. Un monde juste est un monde dans lequel Johannes Klosterheim possède tout ce qu'il désire !

J'ai sorti la petite coupe de ma bourse.

— C'est cela que vous avez rejeté ?

Le sol se remit à trembler. On eût dit que la Terre entière oscillait. Un monstrueux hurlement s'éleva des troupes infernales.

Klosterheim regarda fixement la coupe.

– Oui. C'est la même. Et on vous a joué le même tour, von Bek, comme je vous l'ai dit.

– Alors, regardez-le, dis-je. Regardez-le de toutes vos forces. Regardez-le!

Je savais à peine pourquoi je parlais de la sorte. Je tenais le Graal très haut. Aucune lumière n'en jaillit. Aucune musique ne s'en échappa. Il ne se produisit rien de spectaculaire. Il demeurait ce qu'il était : une petite coupe d'argile.

Pourtant, çà et là dans les rangs infernaux, des paires d'yeux étaient pétrifiées. Ils regardaient. Et une sorte d'apaisement apparaissait sur les visages de ceux qui observaient.

– C'est un Remède, ai-je crié, obéissant à mon instinct, un Remède à votre souffrance. C'est un Remède à votre désespoir. C'est un Remède.

Les malheureux damnés, qui n'avaient connu que la peur durant toute leur existence, qui n'envisageaient rien d'autre qu'un avenir de terreur ou d'oubli, commencèrent à se dresser pour voir la coupe de terre. Les armes furent abaissées. Les grognements et les gloussements cessèrent.

Klosterheim était stupéfait. Il n'émit pas la moindre protestation quand je me suis avancé vers son armée.

– C'est un Remède, ai-je répété. Regardez-le. Regardez-le.

Ils tombaient à genoux. Ils descendaient de leurs montures. Même les plus grotesques d'entre eux étaient subjugués par cette coupe. Et pourtant elle ne répandait aucun rayonnement particulier. Aucun miracle ne se produisait, sinon le miracle de leur salut.

Et c'est ainsi, Klosterheim à mon côté, que j'ai traversé les rangs de l'Enfer sans subir le moindre mal. Klosterheim était le seul à ne pas être affecté par le Graal. Son visage était déformé par un terrible tourment. Il était fasciné par ce qui arrivait, mais il ne voulait pas le croire. Il toussa. Il se mit à gémir.

– Non, dit-il.

Ensemble, nous avons traversé l'armée entière. Et cette armée était allongée sur le sol. Elle était allongée sur le sol et semblait dormir, mais elle aurait pu tout aussi bien être morte; je n'en savais rien.

Klosterheim et moi étions maintenant les deux seuls à demeurer encore conscients.

Klosterheim tremblait. Il tourna la tête de tous côtés, se mordit les lèvres, me regarda et regarda la petite coupe en terre. Il ne pouvait plus parler. Et il y avait des larmes dans ses yeux tourmentés.

– Non, gémit Klosterheim.

– C'est la vérité, lui assurai-je. Vous auriez pu avoir le Graal. Mais vous l'avez repoussé. Vous avez repoussé votre propre salut ainsi que celui de vos semblables. Vous auriez pu obtenir ce Graal, Johannes Klosterheim.

Il porta ses doigts à ses lèvres tordues. Des larmes coulaient maintenant sur ses joues pâles et creusées. Il répéta :

– Non.

Il dit :

– Non.

– C'est la vérité, Klosterheim. Oui, c'est la vérité.

– Ce n'est pas possible.

Ces dernières paroles furent un hurlement de terreur. Il tendit ses mains gantées vers le Graal, comme s'il croyait pouvoir encore être sauvé.

Puis il s'affala en avant et tomba de son cheval. Son âme lui avait été ravie. Le duc Arioch l'avait réclamée.

J'ai mis pied à terre. Klosterheim était bien mort.

Les troupes du duc Arioch continuaient de dormir, ou commençaient à se relever pour se disperser. Ceux qui s'étaient réveillés s'éloignaient lentement, tout à fait en paix avec eux-mêmes. Non seulement la forêt à la Lisière-du-Paradis n'était-elle plus menacée, mais Lucifer devait également triompher en Enfer.

J'ai réfléchi au sens de ma Quête, et de la coupe elle-même. D'une certaine manière, cela avait servi à la fois Dieu et le Diable. Puis je me suis rappelé ce qu'avait dit la femme. Elle avait parlé d'Harmonie.

J'ai sorti le rouleau de ma bourse et je l'ai ouvert. J'ai lu les mots écrits sur le parchemin, et tout en les lisant je me suis retrouvé dans la bibliothèque du château, où j'avais vu pour la dernière fois mon Maître, Lucifer.

La bibliothèque était vide, mis à part les livres et le mobilier. La lumière du matin entrait par les grandes fenêtres. Au-dehors, les arbres frémissaient dans la brise. Des oiseaux étaient perchés sur les branches. Des oiseaux chantaient dans les feuillages.

J'ai compris que cet endroit n'appartenait plus au royaume de l'Enfer.

18

Je me demandais maintenant si Lucifer avait été vaincu et si, dans Sa défaite, Il n'avait pas emmené l'âme de Sabrina et continuerait à réclamer la mienne.

Je suis resté un moment à la fenêtre, admirant la beauté ordinaire et réconfortante qui se déployait à l'extérieur. J'ai posé la petite coupe en terre sur la table à laquelle s'était tenu Lucifer. Puis j'ai quitté la bibliothèque et j'ai traversé la grand-salle fraîche pour monter l'escalier conduisant à la chambre de Sabrina. Je ne m'attendais pas à la trouver là.

Elle était couchée dans son lit. Son expression était si sereine que durant un instant je l'ai crue morte. Son visage était toujours aussi charmant et sa superbe chevelure coulait sur les oreillers. Elle respirait doucement quand je me suis courbé pour embrasser son front. Ses paupières s'ouvrirent. Elle me regarda sans éprouver de surprise. Elle me sourit et m'ouvrit ses bras. Je me suis penché pour l'enlacer.

– Tu as rapporté le Graal, dit-elle.

– Tu le sais ?

Je me suis assis à côté d'elle. J'ai caressé son épaule.

– Bien sûr que je le sais. (Elle m'embrassa.) Nous sommes libres.

– Je pensais avoir tout perdu, lui confiai-je. Tout ce que j'aime.

– Non, assura-t-elle. Tu as gagné beaucoup, et cela t'est acquis définitivement. Lucifer est reconnaissant. Tu as obtenu ce que tu cherchais et par là même tu as défait Son pire ennemi.

– Et il n'est plus notre Maître.

– Il ne l'est plus. (Ses yeux intelligents me dévisagèrent.) Il est retourné en Enfer. Il ne réclame plus aucune parcelle de la Terre pour Son royaume.

– Nous ne Le reverrons plus jamais ?

– Nous Le reverrons. Dans la bibliothèque. A midi.

Elle se leva des couvertures et chercha sa robe. Je la lui tendis. Elle était blanche, comme une robe de mariage.

– Et Dieu ? demandai-je. A-t-Il pu parlementer avec Dieu ?

– Je ne sais pas. (Elle jeta un coup d'œil par la fenêtre.) Il est presque midi. Lucifer m'a demandé de venir avec toi.

Nous nous sommes enlacés de nouveau, cette fois plus passionnément. Puis nous avons quitté la chambre et descendu l'escalier menant à la bibliothèque.

Une fois encore, comme elle l'avait fait un an auparavant, Sabrina ouvrit les énormes battants de la porte. Et, cette fois encore, Lucifer était assis à la table. Mais Il ne lisait pas. Il tenait la coupe d'argile entre Ses mains. Il tourna vers nous Ses yeux magnifiques. J'ai pensé alors qu'Il éprouvait un peu moins de terreur, un peu moins de méfiance.

– Je vous souhaite le bonjour, capitaine von Bek, déclara-t-Il.

– Bonjour, prince Lucifer, répondis-je en m'inclinant.

– Vous serez heureux de savoir que vos amis ne se trouvent pas en Enfer, annonça-t-Il. J'ai libéré leurs âmes comme j'ai libéré la vôtre.

– Alors, l'Enfer existe toujours, dis-je.

Il rit; de Son rire ancien et mélodieux.

– En vérité, oui. L'Antidote à la souffrance du monde ne peut pas abolir l'Enfer, pas plus qu'il ne peut arrêter immédiatement tout ce qui tourmente l'Homme.

Il reposa doucement la coupe sur la table et se leva. Sa peau nue brillait comme un feu argenté; Ses yeux de cuivre brûlant contenaient toujours cette part de mélancolie que j'avais remarquée la première fois.

– J'ai souhaité ne plus avoir affaire avec votre Terre, nous dit-Il.

Il s'avança vers nous d'une démarche gracieuse et baissa les yeux sur nous. Il semblait y avoir aussi de l'amour dans Son regard, ou du moins une sorte d'affection. Il tendit Ses merveilleuses mains et nous toucha. J'ai frissonné en ressentant cette étrange extase qui, pour beaucoup, pouvait être une drogue irrésistible. J'ai suffoqué. Il a retiré Ses mains.

– J'ai parlé à Dieu, révéla Lucifer.

– Et Il Vous a repoussé, Votre Majesté? demanda faiblement Sabrina.

Sa voix douce et vibrante était presque aussi basse que celle de Sabrina lorsqu'Il répondit :

– Je ne crois pas qu'il s'agisse d'un refus. Mais j'espérais davantage.

Le Prince des ténèbres poussa un soupir, puis sourit. C'était un sourire amer, et qui révélait une profonde tristesse.

– Je ne suis pas admis au Paradis, continua Lucifer. Au lieu de cela, le Ciel a placé le monde sous ma seule responsabilité. Je suis chargé de le rédimer, avec le temps. Si j'aide les hommes à accepter leur propre humanité, alors moi, Lucifer, je redeviendrai ce que j'étais avant d'avoir été chassé du Paradis.

– Vous êtes donc maintenant le Seigneur de la Terre, Votre Majesté? questionnai-je. Le pouvoir de Dieu ne s'étend plus ici?

– Mon pouvoir ne s'y étend pas, en tant que tel. Je suis chargé d'apporter la Raison et l'Humanité dans ce monde, et de découvrir ainsi un Remède à sa souffrance. Je suis chargé de comprendre la nature de cette coupe. Quand j'aurai compris sa nature et quand tous les hommes auront compris sa nature, nous serons tous rachetés!

Lucifer releva la tête et s'esclaffa. C'était un son musical, plein d'ironie autant que d'humour.

– Comme les choses évoluent, von Bek! Comme les choses évoluent!

– Alors, Vous êtes encore notre Maître, déclara Sabrina.

Elle fronça les sourcils, à nouveau inquiète.

– Mais non! répliqua Lucifer en se retournant, d'un ton presque furieux. Vous êtes vos propres maîtres. Votre destinée vous appartient. Vos existences vous appartiennent. Ne voyez-vous pas que cela signifie le terme de ce qui est miraculeux? Vous êtes à l'aube d'un nouvel âge de l'Homme, une ère de recherche et d'analyse.

– L'Age de Lucifer, déclarai-je en faisant écho à Sa propre ironie.

Il saisit l'humour. Il sourit.

– L'Homme, qu'il soit chrétien ou païen, doit apprendre à se gouverner tout seul, à se comprendre lui-même, à prendre ses propres responsabilités. Il ne peut plus y avoir d'Armageddon, désormais. Si l'Homme est détruit, c'est qu'il se sera détruit lui-même.

– Nous devrons donc vivre sans recours, dit Sabrina.

Son visage s'éclairait.

– Et sans entraves, ajouta Lucifer. Ce seront vos

semblables, vos enfants et leurs enfants qui trouveront le Remède à la souffrance du monde.

– Ou qui périront dans cette entreprise, dis-je.

– C'est un risque à courir, répondit Lucifer. Et vous devez vous rappeler, von Bek, qu'il est dans mon intérêt que vous réussissiez. Je mets ma sagesse et ma connaissance à votre disposition. J'ai toujours gardé ce présent pour l'Homme. Mais maintenant que je peux le lui offrir pour rien, j'ai décidé de ne pas le faire. Chaque fragment de sagesse devra être mérité. Et elle sera difficile à obtenir, capitaine.

Cette fois, Lucifer s'inclina devant nous. Son corps parut briller d'un éclat plus grand, et la bibliothèque fut soudainement vide.

Il avait emporté la coupe en terre avec Lui.

J'ai saisi la main de Sabrina.

– As-tu encore peur ? lui ai-je demandé.

– Non, répondit-elle. Je suis soulagée. Le monde a été menacé pendant trop longtemps par les choses extraordinaires, par le surnaturel et par les monstres. Je serais plutôt contente de sentir l'odeur des pins et d'entendre le chant de la grive. Et d'être avec vous, capitaine von Bek.

– Le monde est encore menacé, lui dis-je, mais peut-être pas par Lucifer.

J'ai serré fortement sa main. Et j'ai déclaré :

– Maintenant, nous pouvons rentrer à Bek.

Nous nous sommes mariés dans la vieille chapelle de Bek, Sabrina et moi. Mon père mourut peu après notre retour, et il était content que je fusse là, pour garder les propriétés comme il l'aurait souhaité. Il disait que j'avais « grandi », et je crois qu'il aimait Sabrina autant que moi-même. Elle nous donna deux filles et un garçon, qui ont tous survécu et qui maintenant se portent bien. Nous avons continué d'étudier et nous avons reçu bien des grands hommes, qui ont été surtout impressionnés par les dons de Sabrina pour la philosophie naturelle; en revanche, je crois qu'ils trouvaient parfois mes propres spéculations quelque peu obscures.

Je ne devais plus rencontrer Lucifer, et peut-être ne Le reverrai-je jamais.

Je continue parfois d'avoir des doutes sur le fait que mon âme n'appartient plus qu'à moi. Il est encore possible que Lucifer nous ait menti, que Dieu ne L'ait pas écouté, que Dieu ne Lui ait pas parlé. Lucifer, a-t-Il réclamé la charge de la Terre entière pour défier Dieu ? Et Dieu a-t-Il jamais existé ?

Ce ne sont pas des pensées que je révèle à n'importe qui, bien entendu, sauf maintenant, car je crois venue l'heure de mon trépas. Il est périlleux pour un homme de proférer de telles hérésies. Je vois peu de signes prouvant que la Raison triomphe, ou même qu'elle triomphera un jour. Mais si je conserve une foi, c'est dans l'espoir infime que l'humanité obtiendra sa rédemption et que Lucifer, après tout, n'a pas menti.

J'ai visité les Enfers, et je sais que je n'aimerais pas y passer l'éternité. Et je crois que l'on m'a permis de goûter au Paradis.

Nous avons fini par être heureux à Bek. Nous cherchions l'Harmonie, mais pas au prix d'une pensée musclée ou de débats passionnés; et je crois que nous l'avons trouvée, dans une certaine mesure. De toute évidence, l'Harmonie est difficile à mériter.

La guerre a fini par s'arrêter sans nous avoir beaucoup touchés. Quant à la guerre qui a menacé les Royaumes surnaturels, nous n'en avons plus entendu parler. La peste n'a jamais frappé Bek. Sans résolument nous vouer au commerce, nous devînmes fort bien nantis. Musiciens et poètes cherchaient notre patronage et nous offraient en contrepartie les fruits de leur talent, aussi avions-nous des distractions régulières et merveilleuses.

En l'année 1648, sans particulier effort de bonne volonté, mais surtout en raison de leurs pertes grandissantes, à la fois en argent et en hommes, les principaux acteurs de cette guerre s'entendirent pour faire la paix. Pendant plusieurs années encore, nous avons reçu dans nos propriétés des hommes et des femmes qui n'avaient connu que la guerre, qui étaient nés dans la guerre et qui avaient vécu de la guerre durant toute leur existence. Nous ne les avons pas détournés de Bek. Beaucoup d'entre eux continuent de vivre parmi nous, et comme ils ont tant connu la guerre, ils s'efforcent de maintenir une paix solide.

En 1678, ma femme Sabrina mourut de causes naturelles; pleurée par tous, elle fut enterrée dans notre crypte familiale. Quant à moi, je suis maintenant tout seul. Nos enfants sont au loin; notre fils enseigne la médecine et la philosophie naturelle à l'université de Prague, où il est grandement honoré; ma fille aînée est ambassadrice à Londres (d'après ce que je sais, son salon est fort célèbre et elle jouit de l'amitié de la reine), et ma fille cadette est l'épouse d'un médecin prospère de Lubeck.

A mon regard subjectif, la souffrance du monde est un peu moins terrible qu'il y a une trentaine d'années, quand notre bonne Allemagne fut laissée en ruine. Si Lucifer ne m'a pas menti, je Le prie de tout mon cœur et de toute mon âme afin qu'Il mène les hommes vers l'Humanité, vers la Raison et vers cette Harmonie qui, au prix de grands efforts, pourrait un jour être nôtre.

En bref, je prie pour que Dieu existe, pour que Lucifer puisse obtenir Sa propre rédemption et pour que les hommes soient ainsi libérés d'eux à tout jamais : car, tant que l'Homme n'établira pas sa propre justice en fonction de sa propre expérience, il ne saura pas ce que peut être la véritable paix.

Avec cela, qui est mon testament, je remets mon âme à l'éternité, et je ne l'offre ni à Dieu ni à Lucifer, mais à l'Humanité, pour en faire à sa guise. Et j'implore avec empressement tout homme ou toute femme qui lira ceci et qui le croira de poursuivre ce que ma femme et moi-même avons commencé :

Faites œuvre du Diable.

Et je pense que vous verrez le Paradis plus tôt que ne le verra jamais votre Maître.

Signé de ma propre main en cette année de Notre Seigneur mil six cent quatre-vingt :

BEK

Achevé d'imprimer sur les presses de l'imprimerie Brodard et Taupin
58, rue Jean Bleuzen, Vanves. Usine de La Flèche,
le 12 août 1985
6381-5 Dépôt légal août 1985. ISBN : 2 - 277 - 21877 - 4
Imprimé en France

1877
★★★

Editions J'ai Lu
27, rue Cassette, 75006 Paris
diffusion France et étranger : Flammarion